Alexander MacLeod

Tun, was getan werden muss

Alexander MacLeod

Tun, was getan werden muss

Stories

Deutsch von Henning Ahrens

Luchterhand

Für meine Eltern, Anita und Alistair

Ich halte inne, wende das Gesicht vom Wind ab
und blicke auf den Weg zurück, den ich gekommen bin.
Meine Eltern stehen da, vom Wind aneinander geweht.
Auch sie bewegen sich nicht, versuchen nur,
sich zu behaupten. Seitlich zum Wind gedreht,
Köpfe und Schultern aneinander gelehnt, erinnern sie
an die Balken eines Dachgiebels.

Alistair MacLeod, »Im Herbst«

Aber ich spürte: Du bist ein ich,
du bist eine Elizabeth,
du bist eine von ihnen.
Warum solltest du eine von ihnen sein?
Ich wagte kaum aufzuschauen,
das, was ich war, zu sehen.

Elizabeth Bishop, »Im Wartezimmer«

Lagomorpha

An manchen Abenden spielen das Kaninchen und ich mit der Plüschmöhre Tauziehen, und es kann passieren, dass es mitten darin erstarrt, als hätte es einen Geistesblitz. Dann sieht es mich an, sein lebhafter Blick wird bohrend und starr und schlägt mich in seinen Bann, ich kann ihm nicht entrinnen. Seine Albino-Augen haben einen blassrosa Außenkreis, darin einen fahlgrauen Kreis, darin einen dunkelroten Kern, und dieser saugt mich auf. Schwer zu sagen, wieso, aber während es mich anstarrt, während ich diesen Kern inmitten zweier konzentrischer Kreise betrachte, komme ich stets aus dem Konzept und habe das Gefühl, durch ein fernes Sonnensystem zu trudeln, dessen Planeten um eine lodernde, implodierende Sonne kreisen.

Unser Kaninchen – inzwischen wohl meines –, das Kaninchen und ich sind in etwas Mysteriöses verstrickt. Manchmal bilde ich mir ein, das Tier zu verstehen, aber zugleich ist mir klar, dass es mich seinerseits durchschaut – sogar viel gründlicher –, bis hinein in mein tiefstes Unterbewusstes; dass es leiseste Signale wahrnimmt, die nicht einmal ich selbst bemerke. Ein vertracktes Hin und Her. Vielleicht waren wir in letzter Zeit zu oft beisammen. Vielleicht habe ich in letzter Zeit zu oft über Kaninchen nachgedacht.

Wie hier festgehalten werden soll, sind Vertreter dieser Art im Allgemeinen launisch und störrisch, zwanghaft und trübsinnig, jähzornig, unberechenbar und rätselhaft. Obendrein unerträglich still. Und doch angenehme Gesellschaft. Man muss bloß Geduld haben, genau beobachten und sich bemühen, die Bedeutung ihrer Regungen zu erfassen, obwohl diese genauso gut vollkommen bedeutungslos sein könnten. Manches liegt auf der Hand. Wenn man von einem Kaninchen gemocht oder für den Abschaum dieses Planeten gehalten wird, spürt man das sofort, aber zwischen diesen Extremen liegt vieles – dazwischen liegt alles –, man weiß nie so recht, woran man mit einem Kaninchen ist. Gut möglich, dass man ein leidgeprüftes, gequältes Tier vor sich hat, denkbar wäre aber auch, dass man seinen Alltag mit einem weiteren angeödeten Geschöpf dieses Universums teilt, einem rundum zufriedenen Mümmelmann, dem es schlicht lieber wäre, wenn man aus dem Zimmer verschwände.

Meist spielt das jedoch keine Rolle. Wir haben unsere jeweilige Alltagsroutine und kommunizieren nur durch die regelmäßigen Streicheleinheiten. Ich kraule mein Kaninchen zwischen den Löffeln, dort, wo es selbst nicht rankommt, und im Gegenzug leckt es meine Finger oder meinen Handrücken ab oder schleckt mir das Salz aus dem Gesicht.

Heute sieht die Sache anders aus. Heute sind wir auf

neues, riskanteres Terrain vorgedrungen, heute brauchen wir für etwa fünf Minuten eine festere, eine tragfähige Verbindung. Um diese herzustellen, muss das Kaninchen etwas Unerhörtes tun, es muss seiner Natur zuwiderhandeln und mindestens einen Laut von sich geben, der eine klare Botschaft vermittelt. Es muss dringend Wörter finden oder etwas, das Wörtern gleichkommt. Es muss reden, sofort, und mir erklären, was zum Teufel hier passiert.

*

Ich sollte wohl gleich zu Beginn festhalten, dass ich nie damit gerechnet hätte, mich als Tierfreund zu entpuppen. Ich bin ohne Haustiere aufgewachsen, wäre also nie auf den Gedanken gekommen, dass die Familie, die ich mit meiner Frau gegründet habe, zusätzlicher Lebewesen bedürfte, vor allem keiner herumwuselnden, deren Krallen auf Hartholzböden klickerklackern.

Sie müssen wissen – und ich nehme an, dies hat entscheidend zur jetzigen Situation beigetragen –, dass Sarah, meine Frau, an einer schlimmen Katzenallergie leidet. Oder litt. Denn sie ist inzwischen nicht mehr meine Ehefrau, sondern meine Partnerin. Wie andere Menschen machten auch wir eine Entwicklung durch, und als die neue Bezeichnung populär wurde – etwa zehn Jahre nach unserer klassischen kirchlichen Trauung –, griffen wir sie sofort auf. Wir fanden, dass der Begriff »Partnerschaft« unsere Situation besser und präziser traf, hatten uns, um ehrlich zu sein, sowieso immer gefragt, warum alle Welt glaubt, man müsse sich bis ans Ende aller Tage als Ehepaar verstehen.

Schwer zu sagen, welcher Begriff die aktuelle Situation am besten beschreibt. Möglicherweise »Auszeit«, vielleicht auch »gütliche Trennung«, nur dass wir nicht geschieden sind. Noch wurden keine rechtlichen Schritte eingeleitet. Sarah und ich sind keine Ex-Partner. Wir telefonieren fast täglich und versuchen, einander auf dem Laufenden zu halten. Andererseits leben wir seit über einem Jahr getrennt, und ihr neues Zuhause in Toronto, die Eigentumswohnung in der vierunddreißigsten Etage, habe ich noch nie betreten.

Ich kann mir trotzdem vorstellen, wie sie den Samstagvormittag verbringt. Wie gehabt, nehme ich an. Ich sehe vor mir, wie sie durch die Zimmer schlendert, eine Zeitschrift oder ihr Telefon in der einen Hand, einen Becher Tee in der anderen. Sie schaut aus einem Fenster, verliert sich vielleicht im Anblick des Verkehrs. Wer weiß. Tatsächlich könnte sie alles mit jedem tun. Uns beiden stehen alle Wege offen, kaum etwas ist in Stein gemeißelt. Die Allergie aber schon. Wenn Sarah sich keiner ärztlichen Behandlung unterzogen hat, und das wäre mir neu, dann reagiert sie bis heute allergisch auf Katzen, egal, wo sie ist, egal, was sie tut. Ihre Allergie ist akut, so dramatisch, dass sie einen Epi-Pen haben muss, eine Katze kam also nie in Frage. Und ein Hund, mit dem man täglich Gassi gehen muss – die Runde drehen, das Bällchen werfen, dazu die Haare, der Sabber und die Kotbeutel im Park –, nein, das hätte mich überfordert, wäre mir zu viel Öffentlichkeit gewesen.

Hätten wir unser anfängliches Leben weitergeführt, wären wir zu zweit geblieben, dann wäre wohl alles gut gegangen, dann hätten wir ewig weitermachen können. Das Problem waren unsere Kinder, drei an der Zahl. Damals zwischen sieben und dreizehn, also noch recht jung. Bald darauf entwickelten sie sich zu den Menschen, die sie heute sind.

Rückblickend weiß ich, dass es unsere intensivste gemeinsame Zeit war, der Höhepunkt, noch zehrender als die schlaflosen Nächte mit Neugeborenen oder die Entwöhnung von den Windeln. Es ist mir ein Rätsel, wie wir diese Jahre überstanden haben, durch blinden Durchhaltewillen, nehme ich an, einen Automatismus, befeuert von ungeahnten Kräften. Damals glichen wir dem komplexen Ökosystem eines Regenwalds mit seinen Ranken, seinem üppigen, tobenden Leben, seinem feuchten, dampfenden Moder. Wir hielten ein raffiniertes, genau austariertes Gleichgewicht, waren komplett miteinander verwoben, enger verbunden, als es je wieder der Fall sein sollte.

Die Mädchen hatten uns oft bedrängt, und am Ende knickten wir ein. Alle Freunde, alle Nachbarn, alle Cousins und Cousinen hatten Haustiere, ob Designer-Dackel, Husky-Welpen mit verschiedenfarbigen Augen oder haarlose, reinrassige Katzen. Es ließ sich schlicht nicht verhindern, dass ein solches Geschöpf auch bei uns Einzug hielt.

Wir begannen mit einem handelsüblichen, billigen Aquarium. Einen knappen Monat lang blubberte ein Glasbehälter im Wohnzimmer, und wir ließen ein Dutzend Fische darin ersaufen. Nach einer raschen Erörterung der Alternativen gelangten wir zu der Einsicht, dass ein Kaninchen die beste Wahl sei, ein erster Schritt ins Reich der Säugetiere. Besser als Vogel oder Eidechse, darin stimmten wir alle überein, ausgeprägtere Persönlichkeit, mehr Interaktion.

»Vielleicht ist ein Kaninchen so ähnlich wie eine Katze.« Ich weiß noch, wie ich das sagte. Wir bekamen es durch eine Kijiji-Anzeige – »Kaninchen an gutes Zuhause abzugeben« –, und der Halter, ein Akadier, überließ uns das Tierchen am Ende umsonst.

Ich besuchte ihn und wurde in den mit Teppich ausgelegten Keller seines Hauses geführt. Dort wurde ich ausführlich über Futter, Kot und Streu belehrt.

»Müssen wir irgendwas beachten?«, fragte ich. »Wir kennen uns überhaupt nicht aus.«

»Hauptsache, Sie verputzen das Kerlchen nicht«, sagte der Mann. »Kaninchen schweben zwischen zwei Extremen, so ist das nun mal.«

Er ließ die Hand senkrecht durch die Luft sausen wie bei einem Karateschlag.

»Man möchte sie entweder zum Freund haben, oder man will sie schlachten und braten und abends verspeisen. Heute waren schon zwei Interessenten da. Und wenn sich gezeigt hätte, dass Sie auch so ein Arschloch sind, dann hätte ich die Anzeige sofort gelöscht. Den Typen stand es ins Gesicht geschrieben. Sie hätten das Kaninchen zu Eintopf oder einem Frikassee verarbeitet, wie meine *grand-mère* es früher zubereitet hat, Sie verstehen? Eine Frechheit, mir so dreist ins Gesicht zu lügen.«

Was er mir denn ansehe, wollte ich wissen. Er lachte und tippte sich gegen die Schläfe. »Wenn ich das wüsste«, sagte er. »Man kann ja nur Mutmaßungen anstellen, wie? Man weiß nie genau, wie einer tickt. Aber wenn ich Sie so anschaue, tja, dann würde ich sagen, dass Sie unseren Gunther nicht abmurksen. Sie sind nicht der Typ.«

»Gunther?«, fragte ich.

Er hockte sich hin, wiederholte den Namen dreimal in rascher Folge und schnalzte mit der Zunge.

Das Kaninchen kam unter dem Sofa hervor, sauste zu ihm und richtete sich auf, um zwischen den Löffeln gekrault zu werden.

»Es hört auf seinen Namen?«

»Aber klar. Tun wir doch alle, oder nicht?«

»Müssen wir den übernehmen?«

»Sie können tun und lassen, was Sie wollen, mein Freund. Sobald Sie zur Tür hinaus sind, ist es Ihr Kaninchen. Wenn Sie wollen, dass es auf Sie hört, wäre es aber besser, den vertrauten Namen zu benutzen.«

Ich streckte eine Hand aus, und Gunther beschnupperte meine Finger und leckte daran. Ich fand seine Zunge damals komisch. So lang und so trocken. Die Zunge eines Kaninchens ist sehr lang und sehr trocken.

Der Mann lächelte.

»Ein gutes Zeichen«, sagte er. »Das passiert selten. Gunther fremdelt meist. Es kann dauern, bis er sich entscheidet.«

Das Kaninchen kratzte sich, indem es den juckenden Kopf an meinem harten Schienbeinknochen rieb.

Eine Veränderung bahnte sich an, das spürte ich.

»Wir sind uns also einig?«, fragte der Mann.

»Ich denke schon«, sagte ich. Und wir gaben uns die Hand.

»Und Sie versprechen mir, ihn nicht zu schlachten?« Das sagte er mit einer Art Lachen.

»Ja«, sagte ich und bekräftigte dies durch ein Nicken. Es war ziemlich albern.

»Würden Sie das unmissverständlich formulieren, laut und jetzt und hier?«

Diese Frage war nicht scherzhaft gemeint. Er sah mich bohrend an, und ich wich seinem Blick nicht aus. Er hielt meine Hand fest, und ich spürte, wie er meine Knöchel zusammenquetschte.

»Ich verspreche Ihnen, Gunther nicht zu schlachten.«

»Sehr gut«, sagte der Mann, und er lächelte und zuckte die Schultern. »Ich denke, das genügt.«

*

Es dauerte keine drei Wochen, da erwogen Sarah und ich, das Kaninchen einschläfern zu lassen.

»Es klappt nicht«, sagte sie. »Oder? Das merken wir doch beide. Ist mir egal, was wir machen – verkaufen, zurückbringen oder im Tierheim abgeben –, aber so kann es nicht weitergehen. Wir sollten uns eingestehen, dass es ein Fehler war.«

Die Kinder hatten das Interesse verloren, und das Kaninchenklo war das reine Grauen. Wir benutzten eine billigere Streu, die Gunther verhasst war. In den ersten paar Tagen hatte er zwei geliehene Bücher geschreddert und ein halbes Dutzend Kabel durchgenagt, ohne von einem Stromschlag dahingerafft zu werden. Außerdem litt er an einer Infektion, die er sich vermutlich während seines Umzugs eingefangen hatte, vielleicht hatte er sich auch bei uns angesteckt. Der Anblick war jedenfalls grässlich. Zähflüssiger gelber Eiter verklebte das Fell unter seinen Augen, beide Tränenkanäle waren rot und grün geschwollen. Er fraß kaum noch, und der verheißene trockene, leicht zu entfernende Kot war Durchfall gewichen. Unsere weiße Couch, die bis heute existiert, jene, auf der ich mit Gunther vor dem Fernseher sitze, war voller Kaninchenkacke.

Auch ich entwickelte Beschwerden. So hatte ich Atemprobleme, in den Membranen meiner Brust nistete sich eine Art Asthma ein. Meine Lunge war ungewohnt empfindlich – im Zentrum meines Inneren schien eine wunde Stelle zu erblühen –, und ich schaffte morgens kaum noch die Treppe. Die Ursachen blieben unklar, es konnte nicht als sicher gelten, dass es an Gunther lag. Die Ärzte nannten unterschiedliche Gründe – etwa eine Veranlagung, die plötzlich Symptome hervorrief. Was mich betraf, so hatte ich meine eigenen lungenpfeifenden Theorien und neigte zu der Ansicht, dass das Kaninchen und ich nicht füreinander geschaffen waren.

Wir brachten es zu einem Tierarzt, der das Gegenteil von hilfreich war.

Der Typ klatschte Gunther auf den Untersuchungstisch aus rostfreiem Stahl, leuchtete ihm in Augen und Ohren und tastete ihn ab. Das dauerte keine zehn Minuten. Danach riss er sich die lila Handschuhe herunter und pfefferte sie in einen Mülleimer.

»Gut«, sagte er, »ich will offen sein.«

Er neigte den Kopf zur Tür. Dahinter, im Wartezimmer, saßen mindestens zehn weitere Leute, alle mit ihrer Leine und ihren Leckerlis und ihrem heiß geliebten Haustier.

»Sie haben sicher gesehen, dass wir hauptsächlich Katzen und Hunde behandeln. Verstehen Sie, was ich damit sagen will? Diese Tiere machen fünfundneunzig Prozent unserer Fälle aus. Wir haben also wenig Erfahrung mit Exoten, fürchte ich.«

»Exoten?«, fragte ich. »Soll das heißen, ein Kaninchen zählt zu den Exoten?«

»Für mich schon. Um es klipp und klar zu sagen: Ich habe die Standarduntersuchung durchgeführt, die in unserem Basistarif enthalten ist. Für weitere Diagnosen müsste es geröntgt werden, und ich nehme an, das halten auch Sie für übertrieben. Jedenfalls im Falle eines Kaninchens. Noch dazu bei einem Kaninchen, das nicht mal sterilisiert ist.«

In diesem Moment schien die Sache entschieden zu sein. Gunther war schon fast Geschichte. Der Weg in eine andere Zukunft stand offen, es boten sich neue Perspektiven.

»Also«, sagte er, »wie wäre es, wenn ich Sie kurz allein lasse, damit Sie in Ruhe überlegen können, wie Sie Abschied nehmen möchten. Sollten Sie bei meiner Rückkehr beschlossen haben, dass weitere Untersuchungen überflüssig sind, dann würde ich das Tier sedieren und die Infusion vorbereiten. Wann diese verabreicht wird, dürfen Sie entscheiden. Das wäre ein schmerzloses, friedliches Ende. Was hätte ein Kaninchen, das nicht mehr fressen, trinken oder sehen kann, schon noch vom Leben?«

Als er ging, fiel mir auf, wie er von dem ernsten Leben-und-Tod-Ausdruck auf die heitere Halbjährlicher-Gesundheitscheck-Miene umschaltete, die für seine Stammklientel bestimmt war.

Ich drehte mich zu Sarah um, aber sie packte Gunther schon wieder ein, um ihn mit nach Hause zu nehmen.

»Scheiß auf den Typen«, sagte sie.

Ich lächelte und nickte. Meine Frau lässt sich nicht herumkommandieren.

Wir brachten Gunther nach Hause. Sarah entdeckte im Internet eine nette, bodenständige Veterinärin für Großtiere, die auf dem Land Rinder, gigantische Schweine, ja sogar Rennpferde behandelte, und obwohl sie wenig Erfahrung mit Haustieren hatte, verkaufte sie uns das notwendige Antibiotikum für schlappe fünfundzwanzig Dollar und stellte auch eine Diagnose. Die Zähne seien das Problem, erklärte sie. Sie seien im Bogen gewachsen und viel zu lang, würden sich also in den Gaumen bohren, wenn das Kaninchen fressen wolle. Der Entzündungsherd befinde sich im Maul. Ihr Kleinvieh-Kollege hatte da nicht mal reingeschaut.

»Im Moment sieht es schlimm aus«, sagte die Veterinärin, »und ich werde nichts tun, aber sobald das Antibiotikum anschlägt, müssen Sie die Zähne zurückschneiden.«

All das erlebten wir tatsächlich, Sarah und ich. Wir fütterten Gunther eine Woche lang mit der Plastikspritze. Wir mixten das Medikament mit der Küchenmaschine in seinen widerwärtigen Grünkohl-Smoothie. Dann wickelte ich das strampelnde Tier in ein Handtuch, presste es gegen meine Brust und hielt alle vier Beine fest. Die Haare fielen ihm aus, teils büschelweise, teils als lichte Flusen, die durchs Zimmer segelten und sicher tief in meine Lunge eindrangen. Sarah zwängte sein Maul auf und pumpte ihm den dunkelgrünen Brei Spritze um Spritze in die Kehle. Er schluckte das meiste, und was er auswürgte, verhärtete sich im Fell zu einer dicken grünen Kruste.

Die Medikamente schlugen an. Eine Woche später, Gunther war wieder kräftiger, tauschten Sarah und ich die Rollen und setzten die Anweisung der Tierärztin in die Tat um. Sie hielt ihn im Handtuch fest, und ich nahm die Kneifzange – extra zu diesem Zweck erworben und sterilisiert – und schob Gunthers Lefzen zurück.

Ich sah sofort, was nicht stimmte. Seine Schneidezähne, gelb-braune Hauer, erinnerten an winzige Widderhörner und waren auf ganzer Länge von einem schwarzen Streifen durchzogen wie von einem Blutgefäß. Ich zerbrach mir den Kopf darüber, wie diese Zähne üblicherweise aussahen, wie lang sie im Normalfall waren, leider vergebens, denn ich hatte noch nie einem Kaninchen ins Maul geschaut.

Schließlich schritt ich kurz entschlossen zur Tat. Ich entschied mich für eine Stelle und zielte mit der Kneifzange. Gunther tobte, er schnaubte durch die Nase. Sarah konnte ihn kaum halten, aber sogar in diesem kritischen Moment brachte er nicht mehr als ein Husten hervor.

»Los!«, sagte sie. »Mach schon. Jetzt. Na, los.«

Ich drückte die Zange rasch und mit Wucht zusammen. Der Zahn war weicher als erwartet. Ein Schnappen, dann flog ein etwa fünf Zentimeter langes Segment durch das Zimmer der Mädchen. Das zweite Segment, vom zweiten Zahn geschnitten, war noch etwas länger. Gunther hätte es um ein Haar in die Kehle bekommen, aber ich angelte es mit dem Finger aus seinem Maul. Ich schob die Hand hinein und zog sie wieder heraus. Damit war es getan, Sarah ließ ihn los, und er floh unters Bett.

Wir standen da, Sarah mit dem besudelten Handtuch – Gunther hatte sich komplett entleert –, ich mit der Zange in der Hand, auf dem Fußboden lagen die Zahnsegmente.

Ich drehte mich um und zupfte etwas Fell aus einer ihrer Augenbrauen, und sie legte das Handtuch weg und wischte ihre Hände zuerst an ihrer Brust, danach an meiner ab.

»So hatte ich mir das nicht vorgestellt«, sagte sie.

»Ich auch nicht«, sagte ich.

Gunther, der unter dem Bett saß, war mucksmäuschenstill. Wäre ein Fremder ins Zimmer gekommen, dann hätte er nichts von seiner Anwesenheit geahnt; wir wiederum wussten nicht, ob er sich vor Schmerzen krümmte oder erleichtert war.

»Und was nun?«, fragte ich.

»Weiß ich auch nicht«, sagte sie. »Lass uns abwarten.«

*

Irgendwie lief alles nach Plan. Nachdem das Medikament gewirkt hatte und die Zähne gestutzt waren, futterte Gunther wieder sein Wiesen-Lieschgras. Sein Kot verfestigte sich, die Augen hellten sich auf. Sogar die Kinder zeigten wieder Interesse. Sie spielten mit ihm, warfen seine Möhre durch das Zimmer, damit er sie holte, und erfanden ein lustiges Matador-Ritual. Wenn sie ein Geschirrtuch schüttelten und »Toro! Toro! Toro!« riefen, preschte Gunther auf sie zu und fegte unter dem Tuch hindurch. Das funktionierte auch mit einer Pyramide aus Plastikbechern. Kaum war sie fertig, kam er angeflitzt und sprengte sie mit voller Wucht.

Wenn Kaninchen glücklich sind, vollführen sie Freudensprünge, bei denen sie sich hoch in die Luft katapultieren, viel höher, als man es für möglich gehalten hätte. Sie werfen sich wie wild hin und her und strampeln mit allen vieren. Man fühlt sich an Rituale in Wiedergeburtskirchen erinnert, bei denen Gläubige, tief vom Heiligen Geist bewegt, ihren ekstatisch zuckenden Körper nicht mehr unter Kontrolle haben. Gunther machte das jedes Mal nach dem Stierkampfspiel oder dem Sprengen der Plastikpyramide. Diese Art von Sprung wird »binky« genannt. Das ist die fachlich korrekte Bezeichnung: »binky«.

Irgendwann in dem Zeitraum zwischen unserer Entscheidung in der Tierarztpraxis und dem Stutzen der Zähne wurde Gunther heimlich, still und leise ein Teil unseres Lebens. Es entwickelte sich ein harmonisches Miteinander, er war in unserem Dasein verankert, in den Alltag integriert. Das Stillen seiner Bedürfnisse wurde zu einer Selbstverständlichkeit. Wir waren im Wochenturnus abwechselnd dafür zuständig, die Streu zu wechseln, das Zimmer zu saugen, Futter und Wasser aufzufrischen. Diese Arbeiten wurden mit einem Taschengeld belohnt, und Gunther wurde zu einer festen Haushaltspflicht wie das Ausräumen der Geschirrspülmaschine oder das Rausbringen des Mülls. Wenn uns andere Dinge oder auch Notfälle beschäftigten – in einem jener Jahre starb Sarahs Vater nach kurzer Krankheit, ich war zwischenzeitlich acht Monate arbeitslos, und in einem Frühjahr mussten wir eine weitere Hypothek aufnehmen, um Dach und Schornstein reparieren und die Regenrinnen austauschen zu lassen –, vergaß ich Gunther oft. Seine Gegenwart zwang mich, einen Inhalator zu benutzen, was ich bald automatisch tat, und trotzdem konnte es passieren, dass ich ihn tagelang nicht zu Gesicht bekam. Wir liefen alle hektisch durcheinander, und es war, als stünde unser Minivan permanent mit laufendem Motor und offener Schiebetür in der Einfahrt, jederzeit bereit zum Abschwirren wie ein Militärhubschrauber. Wenn Sarah oder ich das Haus verließen, klatschten wir in die Hände und riefen: »Abflug! Abflug! Abflug!«

Rein in den Van und wieder raus, rein in den Verkehr und wieder raus. Täglich stand irgendetwas an, rund um die Uhr. Klavier und Schwimmen, Fußball und Schülerzusammenkünfte. Sarah verpflichtete sich als Girl-Guide-Leiterin, um sich noch intensiver um die Kinder kümmern zu können. Sie lernte alle Eide auswendig, besorgte sich die Uniform, und wir verkauften kistenweise Kekse. Ich trainierte fünf Jahre eine Jungen-Fußballmannschaft, obwohl ich zunächst keine Ahnung von Fußball hatte.

Dazu das Pausenbrot. Tausende Portionen produzierten Sarah und ich für die wählerischen, undankbaren Kinder, die wir auf die Welt gebracht hatten. Wenn ich Sandwichränder abschnitt oder nach der Schule klaglos eine Tupperdose öffnete, deren Inhalt – makellos geschnittene Gurkenstifte und Ranch-Dip – nicht angerührt worden war, fragte ich mich jedes Mal, ob ich das alles aus Liebe tat oder meinen Kindern die Zukunft vermasselte.

Morgens hetzten wir schreiend zur Ecke, wo der erste Schulbus um 7:30, der zweite um 7:45 fuhr. Danach unter die Dusche, Haare zurechtmachen, in Schale werfen und zur Arbeit rasen, wo man sich mit zig Idioten herumschlagen musste. Mit den idiotischen Dingen, die diese Idioten sagten und taten.

Jeder Morgen begann fünf oder sechs Stunden nach dem Zubettgehen. Und jeden Morgen hinkten wir beim Öffnen der Augen schon hinterher, waren schon wieder zu spät dran.

»Was steht heute an?«, fragte ich stets, und sie sah mich an und blinzelte, als wäre ich ein Fremder. Dann wandte sie sich ab oder richtete den Blick zur Decke, als wäre diese ein Bildschirm, als würde sie beim Zahnarzt auf dem Behandlungsstuhl liegen und die Ticker-Meldungen lesen.

»Mittwoch«, antwortete sie dann. »Mittwoch ist Pizza-Tag. Also kein Pausenbrot. Danach Geigenunterricht und eine Sitzung in der Schule – es geht um die Reinigung des Spielplatzes, glaube ich –, einer von uns muss sich blicken lassen. Und wenn anschließend Zeit bleibt, ist der Friseur an der Reihe. Bitte. Jeder in diesem Haus muss dringend zum verdammten Friseur.«

»Ja.«

»Ich meine das ernst«, sagte sie. »Du musst unbedingt zum Friseur. Du siehst aus wie ein Penner.«

Ich weiß noch, dass wir uns vor fünf Jahren, auf der Party einer Kollegin von Sarah, die sich in den Ruhestand verabschiedete, während der Reden davonstahlen und hinten im Minivan in Hunde-Stellung Sex hatten. Das war natürlich absurd, aber es war auch das einzig Richtige. Auf der Rückbank lagen fleckige Popsicle-Stiele und Einwickelpapiere, Lego und Kopfhörer, wir entdeckten sogar einen vermissten Laufschuh. Sarah reckte ihn triumphierend, während sie mit der anderen Hand ihre Hose öffnete. »Endlich!«, sagte sie. »Erinnere mich unbedingt daran, wenn wir zu Hause sind.« Die Autos standen im Schein der Straßenlaternen, niemand kam vorbei, niemand lugte durch unsere dezent getönten Scheiben. Im Van lief es hastig und umständlich ab, aber wir bekamen, was wir wollten, und waren zum Kuchenessen wieder da, Kleidung glatt gestrichen, Reißverschlüsse zugezogen.

Schwer zu sagen, was danach geschah. Es gab keine konkrete Zäsur. Weder eine dramatische Explosion noch andere Lieben. Vermutlich wurden wir zermürbt – Stück für Stück, unausweichlich –, bis wir beide genug hatten und merkten, dass wir eine Veränderung brauchten. Vielleicht kam noch etwas hinzu – ein Sog von innen, ein Signal von außen, schwer zu sagen. Oder es war so, dass die Möglichkeiten, die der Körper des jeweils anderen bot, schlicht ausgereizt waren.

Dennoch hatten Sarah und ich gute und stabile gemeinsame Jahre, und ich denke, das Ergebnis kann sich sehen lassen. Drei Kinder sind nicht ohne, und wir trugen diese Menschen – trugen sie aus der Entbindungsstation durch den Hort und die Schule und alle Sommerferien, wir trugen sie bis zu den extravaganten Abendessen zu ihrem Highschool-Abschluss. Dann verließen sie eine nach der anderen das Nest, und wir lebten nie wieder unter einem Dach. Zwei Kinder studierten in jeweils anderen Städten, eines zog am anderen Ende der Stadt mit seinem Freund zusammen und nahm einen Job in einem Callcenter an.

Danach waren wir allein. Zu zweit und doch allein, nur Gunther war noch da. Die Umstellung war schwieriger als gedacht. Es gab überschüssigen Platz, und wir füllten ihn mit allem, was wir schon immer entbehrt hatten. Wir waren allein miteinander, und trotzdem kamen wir uns ständig in die Quere. Ich hatte das Gefühl, dass die Luft im Haus dicker wurde oder, schlimmer noch, dass nach und nach in jede Ritze unseres Lebens Schneematsch gekippt wurde. Wir mussten täglich hindurchstapfen, jedes Miteinander war unnötig schwierig. Wir ignorierten das Theater, das der jeweils andere machte, und es gab Streit, heftigen Streit um die Frage, wer von uns beiden das Recht hatte, über das Aus- oder Anknipsen einer Deckenleuchte zu entscheiden. Ich fand es nervig, wie sie kaute, wie sie ständig hinterrücks über Leute herzog, wie egoistisch sie war. Sie wiederum fand es nervig, dass ich immer mit den Stiften klickte, mich in ihre Pläne einmischte, nie zu Ende brachte, was ich begann. Wir hatten keinen gemeinsamen Nenner mehr.

Das Angebot einer Versetzung kam also zum richtigen Zeitpunkt. Es war eine handfeste Beförderung, eine Aufgabe auf nationaler Ebene – ein viel höheres Gehalt und endlich der richtige Job, genau jener, den sich Sarah seit Jahren gewünscht hatte. Sie durfte sich diese Chance nicht durch die Lappen gehen lassen. »Das ist die Gelegenheit«, sagte sie, und wir wussten es beide.

Danach begannen wir, über eine »notwendige Veränderung« oder die Umsetzung »des neuen Plans« zu diskutieren. Wir besprachen alles ruhig, sachlich und betrübt, und dann war es beschlossene Sache. Der Job bedeutete eine Umstellung, doch uns beiden war bewusst, dass das nur ein erster Schritt war, und als wir mit den Kindern sprachen, waren wir offen und ehrlich. Wir mussten einen Neuanfang machen und konnten dies nicht mehr vertuschen oder die Wahrheit leugnen.

»Ihr sollt glücklich sein, das ist alles, was wir wollen«, sagte unsere älteste Tochter, und das hallte nach, weil ich geglaubt hatte, es wäre etwas, das Eltern zu ihren Kindern sagen, nicht umgekehrt.

Wir erhielten die Fassade vier weitere Monate aufrecht – von September bis Weihnachten, das wir ein letztes Mal gemeinsam feierten – und schritten in der dritten Januarwoche zur Tat. Wie alle anderen wollten auch wir die Feiertage in Ruhe verleben, bevor das Gerede begann. So gehörte es sich, es war ehrlich, ja rücksichtsvoll.

Ich fuhr sie zum Flughafen, und auf einem Parkplatz, der

dazu gedacht ist, sich zu küssen und Tränen zu vergießen, küssten wir uns und vergossen aufrichtige Tränen.

»Wir müssen schlicht tun, was getan werden muss«, sagte sie.

*

Manchmal betrachte ich Gunther und frage mich, ob er ein typischer Vertreter der Lagomorpha ist, die diese Welt bevölkern, ob er seinen Artgenossen gleicht. Außerdem frage ich mich, ob er je ein anderes Kaninchen zu Gesicht bekommen hat oder mich für eines hält. Sie sind Nesthocker – auch ein Begriff, den ich dazugelernt habe –, kommen blind, taub und schutzlos auf die Welt, er hat also keine Erinnerungen an Mutter oder Geschwister, konnte weder Bilder noch Geräusche aus dieser ersten Lebensphase mitnehmen. Und wenn man die Zeit nach der Geburt nicht übersteht, ohne von anderen behütet zu werden – einem frisch aus dem Ei geschlüpften Vogel gleicht –, dann gilt man als Nesthocker. Als Gunther zur Welt kam, war er ein acht Zentimeter langes Stück Fleisch, ein rosiger, nackter, strampelnder Wurm, kaum mehr als ein Mäulchen und ein verletzlicher Blutkreislauf, dessen Adern unter der Haut zu sehen waren. Zu seinem Wurf gehörten vermutlich weitere acht oder neun Junge. Vielleicht erinnert er sich vage an die Berührungen anderer Kaninchen, an wuselnde Körper, die sich aneinanderkuscheln, um es warm zu haben. Auch ein Wort, das ich mag – das Verb »wuseln«. Man hat so selten Gelegenheit, es zu benutzen.

Die Welt hat unendlich viel zu bieten. Ich habe im Internet Bilder und Artikel studiert, grafische Darstellungen und Aufrisse, die illustrieren, was wir vorfänden, wenn wir den Tieren in ihren Bau folgten, in die komplexe Gemeinschaft, die sie einen knappen Meter unterhalb unserer Welt errichtet haben. Die größten Baue bestehen aus Hunderten Tunnelmetern, die in Schlangenlinien auf und ab führen. Kein Raubtier würde sich da je hineinwagen. Ihrem Instinkt gehorchend, graben sie dunkle Labyrinthe und täuschen parallel zu ihren Wegen Tunnelenden und Tunnelanfänge vor. Dazu legen sie Dutzende Schlupf- und Fluchtlöcher an, manche echt, andere nur zum Schein. Eine atemberaubende Strategie, wenn man bedenkt, dass diese ausgefeilten Tricks und Täuschungen Bestandteile des großen Plans von Mutter Natur sind.

Trotzdem haben Kaninchen in freier Wildbahn nur eine Lebenserwartung von ein, zwei Jahren. Keine zehn Prozent erleben einen zweiten Sommer oder Winter. Alle einunddreißig Tage erblickt eine neue Generation von Kaninchen das Licht der Welt, sie werden geboren, um zu sterben. Nicht so Gunther. Mit seinen mindestens fünfzehn Jahren ist er vermutlich ein Unikum der Weltgeschichte. Ab jetzt betritt er mit jeder Erfahrung Neuland.

Heute wollte ich ihm eine Abwechslung bieten. Er hat sein Leben in Häusern verbracht – ein Hauskaninchen –, aber heute Morgen nahm ich ihn mit nach draußen. Ich musste hinten im Garten lange liegengebliebene Arbeiten erledigen. Ich rechnete nicht damit, dass er entfleuchen würde, denn die Zäune reichen bis zum Boden – aber sie haben Schlupflöcher, und warum sollte er nicht wenigstens die Chance haben?

Ich setzte ihn auf den Rasen und kraulte ihn lange zwischen den Löffeln.

»Dann mal los«, sagte ich und breitete die Arme aus, als überließe ich den Garten ihm. »Das ist dein Reich.«

Er sah zu mir auf, nicht so begeistert wie erwartet, dann rupfte er frischen Klee ab und begann zu mümmeln. Gelassen wandte er sich um, hoppelte zur hinteren Veranda und beschnupperte eine Stelle in der Nähe von Komposttonne und Gartenschlauch. Er schien es nicht eilig zu haben.

Ich kehrte ihm den Rücken zu und ging zum Schuppen, stellte die Zahlenkombination des Vorhängeschlosses ein, zog die Tür auf und holte den verstaubten Rasenmäher heraus. Ich griff nach der Heckenschere und dem stabilen alten Gartenrechen mit seinen spitzen Zinken. Ich holte die Schubkarre. Eine halbe Stunde sah ich ganz bewusst nicht zu Gunther hinüber. Er sollte sich in aller Ruhe draußen akklimatisieren.

Früher hatte es viele solcher Frühjahrssamstage gegeben, zig Tage, an denen man zig Aufgaben erledigen musste. Ich harkte das Laub zusammen, ich säuberte die Beete und begann, den Rosenstrauch und die winterharten Pflanzen zu beschneiden, um die sich früher Sarah gekümmert hatte. Ich überlegte, welchen Schnittwinkel sie gewählt hatte, damit die Äste richtig nachwuchsen. Wir waren stets auf Fülle aus. Wir wollten volle, üppige Gewächse mit schweren, dichten Blüten. Ich berührte jede einzelne Gabelung, hielt inne, dachte nach. Dann traf ich eine Entscheidung, oft ad hoc, kappte die eine Seite und ließ die andere am Leben.

Im letzten Moment drehte ich mich um. Vielleicht hatte ich etwas gehört, vielleicht hatte die Luft vibriert. Normalerweise hätte ich nicht reagiert, schwer zu sagen, warum ich herumfuhr. Es war nur ein Seufzen, ein ersticktes Ausatmen, ähnlich dem Pfeifen meiner Lunge, wenn sie in schlimmster Verfassung war, nur flacher und hektischer.

Was ich erblickte – worauf mein Blick fiel –, war in der Welt der Natur vermutlich ganz normal. Für mich war es schockierend – absolut neu und verstörend. Eine Schlange, dicker und länger als jedes Lebewesen, das ich unter unserer Veranda vermutet hätte, hatte sich um Gunthers Körper gewunden. Das Drama war fast zu Ende, es war schon wieder Stille eingekehrt. Gunther lag ausgestreckt da, und das Geräusch, das er entließ, diese Vibration, war die letzte Luft, die aus seinem Körper gequetscht wurde. Die Schlange hatte sich vier- oder fünfmal um ihn gewunden, und sie schienen sich in die Augen zu schauen, ihre Köpfe berührten einander. Ihre Schwanzspitze und Gunthers Blume waren ebenfalls fast gleichauf, aber dazwischen – unter- und innerhalb der Windungen der Schlange – war Gunthers Körper grässlich entstellt, sein Kopf schien auf den Rücken verdreht worden zu sein. Ich war überzeugt, dass ihm alle Knochen gebrochen waren.

Ich habe das recherchiert – sobald ich wieder im Haus war, ging ich ins Netz – und weiß daher, dass dieses Reptil, dieses unter unserer Veranda hausende Wesen, eine Rattenschlange war, eine ungiftige Würgeschlange, die für die hiesige Fauna natürlicher ist als mein Neuseeland-Kaninchen. Ich erfuhr auch, dass Kornnattern und Rattenschlangen prima Haustiere sind, ideal für Kinder, sanfte Stars der Reptilien-Shows, die von Schule zu Schule tingeln. Kinder finden es herrlich, wenn sie sich um ihre Arme oder Beine schlingen, sie lieben das sowohl feuchte als auch trockene Gefühl. Der Rattenschlange ließ sich kein Vorwurf machen, sie hatte nichts Unrechtes getan. Sie hatte sich am angemessenen Ort eingenistet, war einem rein instinktiven Verhaltensmuster gefolgt, das sie nicht ändern konnte. Und auch Gunther befand sich am angemessenen Ort. Wenn sich jemand unangemessen verhielt, dann ich. Aber ich konnte nicht anders.

»Nein«, sagte ich und tat vier oder fünf energische Schritte auf die beiden zu. Dann griff ich nach diesem verstörenden, zappelnden, rätselhaften Konglomerat. Ich glaube nicht, dass ich so etwas noch einmal in der Hand haben werde, weiß auch nicht mehr, wie es sich anfühlte. Beide Tiere zusammen waren so schwer wie eine volle Einkaufstüte, wogen also keine Tonnen. Ich hielt sie in der linken Hand, packte die Schlange mit der rechten hinter dem Kopf und versuchte, sie abzureißen, Gunther zu befreien. Sie ging auf mich los, löste sich von Gunther und ringelte sich um meinen Arm. Ich warf beide auf den Boden. Gunther regte sich nicht, doch die Schlange steuerte sofort den Laubhaufen an, wobei sie sich gleichzeitig seit- und vorwärts zu bewegen schien.

Ich war noch nicht fertig mit ihr. Ich schnappte mir den Rechen, verfolgte sie und holte bei der ersten Gelegenheit aus. Der Rechen sauste im hohen Bogen über meine Schulter, und ich spürte einen Widerstand, als sich ein, zwei Zinken in den Schlangenkörper bohrten. Die anderen schlugen links und rechts daneben ein. Beide Hälften der Schlange, die obere und die untere, zuckten weiter wie wild, aber ihre Mitte war festgenagelt. Ich stellte mich neben ihren Kopf und sah zu, wie sie sich wand. Im passenden Moment trat ich zu. Ich trug nur Laufschuhe, legte aber all meine Kraft in den Tritt und spürte, wie der Schädel in Stücke ging und irgendeine Flüssigkeit ausschied. Es war, als hätte ich eine Orange zertrampelt. Nach fünfzehn Sekunden begann sie zu erschlaffen, zuerst erlahmte die obere Hälfte, danach die untere. Ich drehte mich um und machte mich auf den Anblick gefasst – ein weißes, lebloses Häuflein, das nicht mehr atmete. Aber nichts da. Gunther saß etwas weiter weg, etwa einen halben Meter von der Stelle, wo er zu Boden gefallen war, und gewann wider Erwarten seine rundliche Gestalt zurück. Er saß so reglos da, wie es nur Kaninchen möglich ist, und starrte mich an, starrte das Bild an, das sich ihm bot.

Ich sah ihn an, danach die Schlange, ließ meinen Blick über ihren Körper gleiten. Was hatte sie getan, was hatte ich getan? Ich wusste nicht, was es zu bedeuten hatte. Ich wusste nur, was passiert war und dass ich die Schweinerei irgendwann wegräumen musste. Ich ging zu Gunther und hob ihn behutsam auf. Er zeigte keine Reaktion, war nur ein weiches Objekt in meinen Händen, fast wie ein Plüschtier, ein Kinderspielzeug, das ein echtes Kaninchen darstellen, das verkörpern sollte, was Kaninchen auszeichnet. Ich trug ihn hinein, zurück in unser Haus, in dem wir uns auch jetzt befinden, setzte ihn aufs Sofa und sank vor ihm auf die Knie. Ich strich über seinen Körper wie der lieblose Tierarzt, konnte aber ebenso wenig wie dieser ertasten, ob irgendetwas nicht am rechten Platz war, hätte auch nicht sagen können, ob er innere Verletzungen davongetragen hatte.

Das Telefon klingelt, es ist Sarah. Bei ihr ist es eine Stunde früher, die Zeitverschiebung irritiert mich kurz, und mir kommt der Gedanke, dass sie einen solchen Vorfall auch noch nie erlebt hat.

»Wie geht's dir?«, fragt sie.

Sie klingt heiter, unbeschwert, vertraulich. Unter den passenden Voraussetzungen können wir dort anknüpfen, wo wir aufgehört haben. Sie möchte plaudern, sich an einem öden Samstagvormittag die Zeit vertreiben. Wir schweigen beide, und irgendetwas sagt mir, dass auch sie noch solo ist.

»Tja«, sage ich. Es fällt mir schwer, die richtigen Worte zu finden. »Gunther ist etwas zugestoßen.«

»Nein«, entfährt es ihr, ihre Stimme hat plötzlich einen scharfen, panischen Unterton. »Was denn?«, fragt sie. »Ist es schlimm? Ich musste gerade an ihn denken und habe mich gefragt, wie es euch beiden geht. Wird er wieder? Ist mit dir alles okay?«

»Es war eine Schlange«, antworte ich möglichst sachlich. »Kaum zu glauben, oder? Eine echte Schlange, eine ziemlich große, hinten im Garten, sie hätte ihn fast erledigt, er hat knapp überlebt. Schwer zu sagen, wie es ihm geht. Ich glaube, er steht unter Schock.«

Ich schnalze mit der Zunge und rufe seinen Namen, den Namen, den ich anfangs so gewöhnungsbedürftig fand. Ich sage: »Gunther«, und warte ab, doch er kommt nicht.

Ich drücke das Telefon auf mein Ohr und höre Sarah atmen. »Wie konnte das passieren?«, will sie wissen. »Welchen Eindruck macht er? Du musst mir alles schildern. Ich brauche Details. Er muss vielleicht zum Tierarzt.«

»Er wirkt munter«, sage ich, »rührt sich aber nicht.«

Ich streiche mit dem Zeigefinger über seinen Nasenrücken und spüre, wie er einen leichten Gegendruck ausübt, als wollte er mir mit dem Körper entgegenkommen.

Ich beobachte das – es ist wie ein extremer Close-up in Zeitlupe, eine Szene, an der ich beteiligt bin und die ich zugleich von außen beobachte –, mein Finger auf seiner Nase, seine Nase an meinem Finger. Eine Weile tut sich nichts. Es tut sich nichts, es tut sich nichts, und dann wird die Kluft zu groß. Ich komme innerlich ins Schwimmen.

Sarah bricht das Schweigen.

»David!«, ruft sie. »David, bist du noch dran?«

Mein Name überrascht mich, er hört sich an wie ein Geräusch im Nebenzimmer, als ginge etwas in Scherben, und ich weiß nicht, wie ich reagieren soll, und bevor ich mich gefasst habe, reißt Gunther den Kopf herum und richtet die Löffel auf mich und das Telefon. Er erkennt Sarahs Stimme – ihre ureigenen Laute –, sie dringt aus dem Apparat bis an seine Ohren. Er fährt herum, und seine Miene, die Form und die Neigung seines Kopfes arrangieren sich zu einem ungewohnten Bild, sowohl schlaff als auch angespannt, nur an den jeweils falschen Stellen. Wenigstens atmet er tief und regelmäßig. Ich habe den Eindruck, dass er mich braucht, dass ich der Einzige bin, der ihm über den Berg helfen kann.

»Ich bin noch dran«, sage ich ins Telefon, »aber ich kann jetzt nicht reden. Bis bald.«

Ich lege auf und betrachte Gunther, sehe mich im roten Kern eines Auges gespiegelt. Die Oberfläche wirkt trüber als sonst, und ich habe den Eindruck, dass er nicht erfasst, was uns umgibt, diese ungreifbare Mischung aus Licht und Frequenzen, das Vertraute und das Fremde. Ich weiß, dass er mich erkennt – uns beide kennt –, und ich versuche, hinter mein Spiegelbild zu schauen, stelle mir vor, seine Netzhäute und Pupillen zu durchdringen, den Nerven bis ins Gehirn zu folgen. Darin ist unsere Vergangenheit verwahrt, unser gemeinsames Leben, es ist in seinem Gedächtnis geborgen. Wir beide, Sarah und ich, verschmelzen im Geist des ältesten Kaninchens, das es auf Erden je gab, zu einem gemeinsamen Gedanken – lebendig, klar und eindringlich –, aber dann verfliegt er, und was bleibt, ist der Rest.

Was die Toten wollen

Sie hat nicht gelitten.

Darauf kam man ständig zurück. Bei jedem Telefonat sagte jemand diesen Satz, und der andere Gesprächsteilnehmer musste beipflichten. Sie hat nicht gelitten. Sie hat nicht gelitten. Das war das Mantra, der Refrain der ersten sechs Stunden.

»Wenigstens ...«, Joe hörte zu, als seine Mutter dies am Telefon wiederholte, »... wenigstens dafür können wir dankbar sein, das ist immerhin ein schwacher Trost. Keine Sekunde, und es war vorbei.«

Es dauerte fast vierundzwanzig Stunden, bis sie Gewissheit hatten, die Einzelheiten erfuhren, immerhin war es drei Provinzen weiter passiert. Ihr Freund war unverletzt. Man stelle sich vor – der Freund mit heiler Haut davongekommen, Beatrice dagegen tot, vom Quad geschleudert, aus und vorbei. Bea: Zwanzig Jahre, und das war's. Und keiner, niemand aus diesem Teil der Familie, war dem Typen je begegnet.

Sie waren am Freitagabend auf einer Party im Wald gewesen, es gab ein Lagerfeuer, und gegen drei Uhr früh gemeinsam mit anderen auf einer umgewandelten Eisenbahntrasse nach Hause gebrettert. In einer Kurve prallte ein Reifen gegen eine geborstene Schwelle, einen Steinbrocken, einen Stumpf, an sich halb so wild, kann passieren, man kommt halt ins Schlingern. Ihr Freund rollte, an das Quad geklammert, auf der einen Seite den Abhang hinunter, sie wurde zur anderen Seite geschleudert und knallte mit über fünfzig Stundenkilometern gegen einen Baum.

Sie mussten Entscheidungen treffen, nur hatte nichts von dem, was sie erwogen, länger als fünfzehn Minuten Bestand. Jedes Telefonat wurde durch ein Piepen unterbrochen, die Verbindung war sekundenlang tot. Sie war rasch wiederhergestellt, aber die kurze Störung sprach Bände – sie verriet ihnen, dass sie besser nichts überstürzten, sondern umdisponieren, auf neue Anweisungen warten mussten.

Sein Vater würde in die alte Heimat fliegen. Das stand fest, viel mehr aber nicht. Er würde in den nächsten Flieger nach Nova Scotia steigen, Ort seiner Kindheit und Jugend, und zu seinem Bruder eilen, dem das Haus jetzt gehörte. »Zu alldem zurückzukehren …«, sagte seine Mutter und kniff die Lippen zusammen. Alle anderen würden mit dem Auto fahren, im Osten sähe man sich wieder.

»Joe kann problemlos über Nacht fahren«, sagte sein Vater, und Joe nickte. Dann legte sein Vater innerhalb von zehn Sekunden seinen Plan dar, als ließe der sich durch bloßes Aussprechen umsetzen. »In Montreal fährst du einen Schlenker, sammelst Bess und Regina vor ihrer Seniorenresidenz in Côte-des-Neiges ein und setzt sie auf der Rückfahrt wieder dort ab.«

»Okay.«

»Mach ihnen aber klar, dass es ohne Stopp weitergeht, ja? Keine Restaurants oder Motels. Tanken, kurz pinkeln und weiter. Das müssen sie kapieren.«

Seine Stimme bebte, als wäre er erschöpft, als hätte er den langen Hin- und Rückweg schon hinter sich. Joe betrachtete seinen fast fünfzigjährigen Vater: Oben immer kahler, seitlich immer grauer, vorne immer fetter. Er sah nicht aus wie jemand, der sich zu einer solchen Reise aufraffen kann.

»Es wird eng, aber wenn das Auto nicht schlappmacht, kostet uns die Reise nur ein paar hundert Dollar, nicht Tausende. Wenn wir wieder da sind, teilen wir die Kosten untereinander auf.«

Sie standen zu dritt im Keller, zogen Unterwäsche und Strümpfe aus dem Trockner und stopften sie in Reisetaschen. Joe wurde von seiner Mutter gebeten, den Blazer seines dunkelblauen Anzugs anzuprobieren. Er hatte das Teil zuletzt bei einer Feier der Hockeymannschaft getragen, vor gut einem Jahr, und es war an den Schultern zu eng. Seine Mutter beschnupperte eine Achsel.

»Geht schon«, sagte sie. »Wir haben nicht die Zeit, ihn reinigen zu lassen, und die Farbe erkennt man nur aus nächster Nähe.«

Jeder hatte eine eigene Agenda. Das Flugticket war skandalös teuer, und Air Canada verlangte obendrein eine notariell beglaubigte Kopie des Totenscheins.

»Ja, gut, wenn es Vorschrift ist«, sagte sein Vater kopfschüttelnd, das Telefon am Ohr. »Mal schauen, was sich tun lässt.«

Joe musste um Aufschub für eine Seminararbeit bitten und einen Ersatz für seine Schichten im Reha-Zentrum finden. Seine Mutter wiederum musste alle freien Tage opfern, die sie für Weihnachten aufgespart hatte. Und der Hund. Wohin mit dem Hund?

Er wusste, wie die Fahrt verlaufen würde. Endlos lange durch das Nichts. Er würde nachts fahren und beide Großstädte übernehmen. Seine Mutter würde ihn ablösen, aber nur tagsüber, während weniger stressfreier Stunden. In Montreal würde er einen Weg durchs dunkle Straßengewirr suchen und sich irgendwie daran erinnern müssen, welches der zwanzig Hochhäuser, die einander glichen wie ein Ei dem anderen, seine Großtanten beherbergte.

Sie standen ihm bevor, sie waren das Schlimmste an der Sache. Der Geruch alter Menschen, er hatte ihn wieder in der Nase. Er ertrug die Nähe von Bess keine fünf Minuten. Nun würden es zig Stunden mit zwei Greisinnen sein, die auf der Rückbank vor sich hin moderten. Er würde durchs Fenster atmen müssen. Sie würden gigantische Koffer mit Blümchenmuster dabeihaben, ständig Extrawürste einfordern und unterwegs über Verwandte reden, die seit Kurzem oder auch seit Ewigkeiten tot waren. Sie würden davon ausgehen, dass er wusste, wer gemeint war, aber die Namen der Fremden, mit denen er angeblich verwandt war, sagten ihm nichts.

»Hab ich's nicht gesagt? Habe ich nicht immer gesagt, das nimmt ein böses Ende?« Seine Mutter warf die zerknitterte Bluse, die sie begutachtet hatte, wieder zur Dreckwäsche.

»Alle wussten, der Junge kommt aus einem schlechten Stall.« Sein Vater flüsterte fast. Sein Anzug steckte schon im Schoner. Den Jungen hätte er bei einer Gegenüberstellung nicht identifizieren können, aber er kannte die Familie.

»Durch die Bank, der ganze Haufen. In den Häusern wurde immer nur Unheil ausgebrütet. Roddie hätte das beenden müssen. Warum hat er Bea nicht von dem Kerl losgeeist?«

Sein Vater strich über die niedrigen Balken der Kellerdecke. Eine Ansammlung verschlungener Stromkabel, schadhafter Leitungen, rostiger Abflussrohre. Quer durch Kanthölzer gebohrte Löcher, improvisierte Sicherungskästen, Notlösungen. Alles verstieß gegen Vorschriften, es mangelte an Geld und Zeit, um es ordnungsgemäß herzurichten. Joe bemerkte, wie sein Vater versuchte, seinen Blick davon loszureißen.

»Und diese Quads? Hab ich das nicht auch gesagt?«, erklärte seine Mutter. »Als damals Siebenjährige bei der Parade am Steuer von solchen mit Wimpeln und anderem Firlefanz geschmückten Kisten saßen? Sunny und die anderen haben gelacht und Süßigkeiten in die Menge geworfen, und ich hab's gesagt. Weißt du noch, wie ich dir ins Ohr gesagt habe: ›Irgendjemand wird dabei draufgehen‹? Tja, und nun? Was sagen die Leute jetzt? Behaupten sie immer noch, es wäre eine prima Übung für die Kinder, diese Kisten zu fahren?«

»Roddie ist aber auch nicht ganz schuldlos.« Sein Vater hatte sich daran festgebissen. »Er hätte es besser wissen müssen, er hätte von vornherein verhindern müssen, dass sich Bea mit diesen Typen einlässt.«

Seine Mutter knipste nervös das Licht an und aus.

»Pass auf, was du redest, Peter. Wir fahren sofort hin, aber sag erst mal nichts. Roddie ist sicher total fertig. Denk daran, bevor du den Mund aufmachst. Er ist bestimmt am Boden zerstört. Auf diese Weise ein Kind verlieren? Glaub mir: Das hält keiner aus. Kann sein, dass die Sache noch nicht ausgestanden ist. Es kann noch schlimmer kommen. Wer weiß?«

»Wäre es ein Junge gewesen, dann wäre es vielleicht nicht ganz so dramatisch«, sagte sein Vater, obwohl Joe, noch im Blazer, direkt neben ihm stand. »Bei Jungs rechnet man fast mit so was. Steht jede Woche in der Zeitung. Sie kriegen Ärger, haben Streit oder bauen besoffen einen Unfall. Mädchen nicht. Jedenfalls keine mit Zensuren und Stipendien wie Bea. Roddie hätte wissen müssen, dass der Junge schlechter Umgang ist, dass seine sämtlichen Vorfahren schlechter Umgang waren, dass Ärger vorprogrammiert war. Er hätte das beenden müssen. Und zwar sofort.«

*

Beatrice und Joe und Joe und Beatrice. Obwohl sie weit voneinander entfernt lebten, waren sie eng verbunden gewesen: Joes Familie fuhr alljährlich »in die alte Heimat«, und während zweier stets warmer Wochen im späten Juli oder frühen August waren die Kinder unzertrennlich. Strandaufenthalte, Grillabende, Dorffeste mit Umzügen und Sommerkonzerte. Wenn sein Vater nach zehn, zwölf Stunden Autofahrt in die Zufahrt einbog, stürmte Bea schon aus der Fliegengittertür.

»Alles vorbereitet«, rief sie und griff nach ihm, da war er noch nicht ganz ausgestiegen. »Du ahnst nicht, was wir gleich machen!«

Einmal, sie waren vielleicht elf, kaufte sein Onkel eine Rutschbahn von Canadian Tire. Er rollte das Plastik auf dem gefährlich steilen Hang des Vorgartens aus, als wäre es der gelbe Mittelstreifen einer Fahrbahn, und sie verlängerten die Rutsche mit allem, was ihnen in die Finger kam: vier Rollen Frischhaltefolie, einem Dutzend Müllsäcke, zwei alten grünen Persennings. Sie befestigten alles mit Zeltpflöcken und Ziegeln, kippten Spülmittel und Wasser darauf, ließen den Sprinkler laufen. Danach zogen sie Badesachen an, und sie holte eine Flasche Crisco aus der Küche.

»Wir werden so was von fliegen«, sagte sie und reckte das Bratöl. In ihren Augen funkelte Begeisterung.

Diese mitreißende Art war typisch für Bea. Sie waren Einzelkinder und sechs Wochen auseinander. Ihre Großmutter nannte sie ihre »einzigen, einzigen Kinder«. Bea schraubte die Flasche auf, und Joe sah zu, wie sie sich Schultern und Schlüsselbeine mit der zähen, gelben Flüssigkeit einschmierte. Anschließend verteilte sie das Öl großzügig auf ihrem Badeanzug, auf Armen, Oberschenkeln und Schienbeinen. Bevor sie ihm die Flasche gab, tupfte sie sich Öl auf Wangen und Stirn, nahm seine Hand und zog sie über ihre Schulter.

»Merkst du?«, fragte sie. »Als wäre ich gar nicht da.« Sie schnippte vor seinem Gesicht mit den Fingern, aber ohne Reibung entstand kein Geräusch. »Na los«, sagte sie. »Jetzt du. Mach schnell.«

Er schmierte Öl auf seine Brust, auf die Shorts, auf Knie und Oberschenkel. Es war heiß und klebrig auf der Haut und stank wie eine Fritteuse im Restaurant, schien seine Nase zu verkleistern. Er war überzeugt, erst nach einer Woche wieder normale Klamotten anziehen zu können. Seine Haut würde das Zeug noch tagelang absondern, wie ein Donut in eine Serviette suppte. Er spürte, wie es in sämtliche Poren drang.

Kaum war er fertig, sagte sie: »Okay, ich zuerst«, und sie wirbelten herum und rannten gleichzeitig los.

Sie war vor ihm da, und er sah nur noch ihre Fußsohlen, als sie sich mit dem Kopf voran auf die gelbe Plastikbahn warf. Er sprang ihr nach, und die Plastikbahn kam ihm vor wie eine Röhre, wie eine Riesenrutsche im Wasserpark. Bea ließ seifiges Wasser hinter sich aufstieben, das in seinen Augen brannte, er hörte sie die ganze Zeit, spürte jedes Steinchen unter dem Plastik, jeden Huckel auf der zwanzig Meter langen Heuwiese, euphemistisch Rasen genannt. Auf den Frischhaltefolien und Müllsäcken hatte er das Gefühl, direkt über die Steine zu schlittern, und dann gab es keine Unterlage mehr. Der Hügel war so steil, und sie waren so schnell, dass sie nach den Persennings weiterrutschten.

Sie verlor zuerst an Schwung, und er prallte seitlich gegen sie. Seine glitschige Brust glitt über die Rückseite ihrer Oberschenkel, und als er sich herumwälzen wollte, rutschten seine Hüften über ihren Bauch wie über eine Rampe. Er purzelte auf der anderen Seite neben sie, und sie blieben auf dem Rücken liegen, von Schnitten übersät, bedeckt von öligem Gras, und schnappten nach Luft.

Er stieß hervor: »Irre!« Bevor er noch etwas sagen konnte, rollte sie sich auf ihn und küsste ihn auf den Mund. Er schmeckte Bratöl, aber auch salzige Haut und Schweiß, spürte die aufgeplatzte Haut ihrer sonnenverbrannten Unterlippe. Sie atmeten im Gleichtakt, und er berührte ihre Schultern flüchtig mit gespreizten Fingern. Dann schob er sie weg und rollte sich zur Seite.

»Nein«, sagte er und atmete tief ein. Die gesamte Außenwelt schien nicht genug Luft bereitzuhalten.

»Du bist besonders«, sagte sie. »Weißt du das? Du bist etwas ganz Besonderes.«

Sie lächelte, ihr ganzer Körper schien zu lachen und Strahlen auszusenden, die ihn glatt durchdrangen. Das währte keine drei Sekunden, danach machten sie weiter, als wäre nichts passiert. Sie machten neun Jahre weiter, als könnte man, wenn man nur wollte, die Vergangenheit umschreiben und neu anfangen.

Die Rutschbahn wartete. Ihre Plastikhaut, glitzernd von Tropfen, zog sich von oben bis unten über den Hang, ihr Reiz war unwiderstehlich. Sie rutschten noch an die fünfzig Mal, probierten alles aus, sitzend oder im Stehen wie Surfer, sie drehten sich in der Mitte, um mit den Füßen oder dem Kopf voran noch weiter zu rutschen, je nachdem. Man konnte zu Beginn oder am Ende einen Salto schlagen oder beides. Sie amüsierten sich gut anderthalb Stunden lang, dann wurden sie zum Essen gerufen. Als sie das Haus betraten, bemerkte seine Mutter die Kratzer und den öligen Schaum, eine Mischung aus Bratöl, Sonnencreme und Blut. Sie griff nach Beas Ellbogen, wischte das weiße Zeug aus einer Hautfalte, rieb Daumen und Mittelfinger aneinander, schnupperte daran und wandte sich ab. Ihre Miene und der Geruch blieben in der Luft hängen.

»Was, in Gottes Namen«, fragte sie, »habt ihr beiden bloß gemacht?«

*

Seit Truro, während der letzten hundert Meilen, war sein Rücken Wirbel um Wirbel steifer geworden, ein Gefühl, das am Ende auf seinen Schädel übergriff. Der Kaffee gärte im Magen und ließ seinen Kopf schwirren, und wenn er vom Gaspedal zur Bremse wechselte, ging ein stechendes Prickeln durch sein rechtes Bein. Sechsundzwanzig Stunden im Auto. Er hatte das Licht zu einem intensiven Lila verblassen sehen und war weitergefahren, bis der Morgen graute, anfangs ein fahler Streifen am Horizont, am Ende eine blendende Helle. Nach Toronto begann er, die Strecke anhand des Tankens zu bemessen, tankte voll und fuhr, bis alles verbraucht war, tankte voll und fuhr, bis alles verbraucht war. Der Sprit ging stets rasant zur Neige, er bildete sich ein, die Bewegung der Nadel beobachten zu können, sie war schneller als ein Stundenzeiger. Einmal hatte er verschnaufen dürfen, in einer einsamen Region von New Brunswick, die Straße war neu, der Verkehr spärlich, man konnte also Gas geben, und seine Mutter war zwei Stunden lang durch stille Wälder gefahren.

Die Großtanten hatten wider Erwarten geschwiegen. Einmal, sie waren bei Dunkelheit auf der Umgehung von Cabano unterwegs, war er überzeugt, sie würden schlafen, aber als er sich umdrehte, saßen sie kerzengerade nebeneinander; zwei Augenpaare starrten durch die Brillengläser stur geradeaus.

»Fahr nur weiter«, hatte Regina gesagt. »Mach dir unseretwegen keine Gedanken.«

Als er zu guter Letzt in die Zufahrt einbog und den Hügel hinauffuhr, registrierte er die schwarzen Stämme und den weißen Himmel, der das Laub der Bäume zu ersetzen schien. Ein ungewohnter Anblick, aber es war natürlich

Ende November. Er hatte das Haus noch nie so ungeschminkt erlebt: Bretter und Dachschindeln auf einem harten, krustigen Acker. Im Sommer so dicht eingewachsen, dass von der Straße aus nichts zu sehen war, und während seiner Besuche hatte er immer den Eindruck gehabt, gegen Pappeln, Knöterich und Gras wäre nicht anzukommen, egal, wie sehr man sich ins Zeug legte. Das war nun anders. Die Bäume schienen sich im Stadium der Verarbeitung zu befinden. Sie ließen an Brennholz denken, das für den Ofen bereitlag.

Er schaltete auf Parken, atmete aus, bis seine Lunge leer war, stellte den Motor aus und drehte sich zu seiner Mutter um. Sie hatte den Spiegel auf der Beifahrerseite aufgeklappt und versuchte, die Schwellungen unter ihren Augen wegzudrücken. Der Lippenstift, den sie auflegte, war zu rot.

»Du bist gut gefahren«, sagte sie und drückte seinen Arm. »Wunderbar gut.« Sie tippte gegen das Beifahrerfenster und blickte zum Haus. »Jetzt wird es ernst. Wir werden gleich erfahren, was uns blüht.«

Die Nebentür ging auf, und Tante und Onkel, gefolgt von seinem Vater und anderen Verwandten, kamen auf sie zu, um sie zu begrüßen. Er hatte seinen Onkel, der sich beim Gehen nach rechts neigte, als wäre ein Bein etwas kürzer, nicht so schmal in Erinnerung.

Tante Regina öffnete die Tür und setzte die Schuhe mit den flachen Sohlen nacheinander auf den Kies. Nachdem sie ihr Gewicht verlagert hatte, wuchtete sie sich ächzend aus dem Auto, und er hörte sie leise furzen. Sie wandte sich zu ihm um.

»Ja, und?«, sagte sie und schien zu lächeln. »Passiert dir das nie?«

Die Leute aus dem Auto und die Leute aus dem Haus trafen sich auf der Mitte der Zufahrt, umarmten einander, schüttelten Hände. Tante Caroline und seine Mutter wollten einander tröstend in die Arme schließen, wussten aber nicht, wohin mit den Händen.

»Wir haben so unglaublich viel zu essen«, sagte seine Tante. »Ihr könnt euch nicht vorstellen, welche Berge die Nachbarn gebracht haben.«

»Ist doch herrlich«, erwiderte seine Mutter. »Wie nett. Schön, dass alle zusammenhalten, nicht wahr?«

Joe, der die im Schatten des Hauses stehenden Frauen betrachtete, dachte daran, wie seine Eltern über Tante Caroline herzogen, über ihre Stimme und ihre Backkünste, ihre schlecht frisierten Haare und ihren Tick, *Bücherei* wie *Bücher-Ei* auszusprechen. Und diese Menschen würde sie nun bei sich aufnehmen. Plötzlich empfand er etwas für sie. Zum ersten Mal seit der Todesnachricht regten sich Gefühle, wenn auch keine Trauer. Er schaute wieder zu den beiden: Seine Tante weinte an der Schulter seiner Mutter, diese legte ihrer Schwägerin eine Hand auf den Rücken. Er versuchte, sich vorzumachen, sie wären ihm fremd, versuchte, sie zu betrachten wie ein Außenstehender, seine Tante als eine Frau zu sehen, die er nur von einem

Zeitungsfoto kannte: eine Mutter, die just ihr Kind verloren hatte. So war es leichter.

Er gab zuerst seinem Vater, danach seinem Onkel die Hand, und die Art, wie beide gingen und nebeneinanderstanden, verriet ihm, dass es am Vorabend Krach gegeben hatte. Das war unübersehbar. Einer von beiden hatte vermutlich das – genau das – gesagt, was nie hätte gesagt werden dürfen. Er sah vor sich, wie die beiden um zwei Uhr früh redeten und ungewollt auf das absolute Tabuthema zu sprechen kamen, sich in ihre Wut hineinsteigerten, bis sie nicht mehr verhehlen konnten, was sie in Wahrheit dachten.

Sein Vater und sein Onkel: zwei Männer im Freien, die Hände in den Hosentaschen, einer auf die Schuhe starrend, der andere zum Himmel aufblickend. Sie hatten dieselben Eltern, waren gemeinsam in diesem Haus aufgewachsen, hatten dasselbe gegessen, sich ein Bett geteilt. Ihre Chromosomensätze glichen einander, beide hatten dunkle Augen und Geheimratsecken – und waren einander doch fremd. Während der folgenden Tage würde es süßsaure Fleischklöße und Kartoffelsalat, Zitronenschnitten und Rye and Ginger im Überfluss geben, aber die beiden Brüder würden ihren Zwist weder begraben noch hintanstellen können.

Wieder einmal wurde ihm bewusst, wie verdammt schwierig es war, einer Familie anzugehören, an Menschen gebunden zu sein, die man sich freiwillig niemals ausgesucht hätte, denen man nie ganz entkommen konnte.

Im Auto war ihm heiß gewesen, und nun, auf der Zufahrt, spürte er den schneidend kalten Wind, der die Jeans an seine Beine presste und am T-Shirt zerrte. Er sah wieder hinauf zu den Bäumen, und ihm kam der Gedanke, dass sie von genau diesem Wind und genau dieser Kälte bis aufs letzte Blatt leer gefegt worden waren. Keine Maschine hätte das besser gekonnt. Ein Trupp Arbeiter mit dem Auftrag, alles Laub abzupflücken, hätte kein solches Ergebnis erzielt.

Sein Onkel wies mit dem Kinn auf Bess und Regina und flüsterte: »Ich hoffe, sie haben dich nicht in den Wahnsinn getrieben.«

Joe sah zu seinen Großtanten und zerbrach sich den Kopf über eine schlagfertige Entgegnung. Er hätte gern mit einem Scherz oder Bonmot reagiert, doch es verging eine Sekunde, dann noch eine, und ihm fiel nichts ein. Das Zeitfenster schloss sich. Er zuckte die Schultern.

»Sie waren sehr brav«, sagte er. »Haben während der ganzen Fahrt keinen Mucks von sich gegeben.«

*

Seine Familie ging seit Jahren nicht mehr in die Kirche, aber was half's? Man konnte sich nicht ganz entziehen, wurde von anderen in Kirchen und Tempel, Moscheen und Synagogen gezerrt. Er erinnerte sich noch an den entscheidenden Wintersonntag. Seine Mutter, in ihren rostroten Bademantel gehüllt, hatte sich gerade frischen Kaffee eingeschenkt. Die

Temperatur war über Nacht abgestürzt, der Schneematsch vom Vortag war zu einer dicken, unregelmäßigen Eiskruste erstarrt. Sie würden das Eis von den Autotüren hacken müssen, bevor sie den Kratzer benutzen konnten, und vor dem Aufbruch würde das Gebläse zwanzig Minuten auf vollen Touren laufen. Seine Mutter sah auf die Uhr, danach auf die Zeitung, die vor ihr auf dem Tisch lag.

»Mir reicht's«, sagte sie und strich die Falte zwischen den Seiten glatt. »Nicht nur für heute und nicht nur wegen des Eises. Für mich ist Schluss. Ihr könnt gern hinfahren, wenn ihr wollt, aber ich habe genug.«

Sein Vater nickte. »Soll mir recht sein«, sagte er. »Ich habe auch die Nase voll.« Er schenkte sich Kaffee ein, bat seine Frau um den Sportteil, und das war's.

Sie hatten nie wieder einen Gottesdienst besucht, und wenn es doch dazu gekommen war – etwa bei der Bar-Mizwa eines Schulkameraden oder anlässlich einer riesigen ukrainischen Hochzeit, bei der sein Vater für einen Tanz mit der klapperdürren Bohnenstange von Braut hatte blechen müssen –, hatten sie sich gut geschlagen. Solange sie unter sich waren, ließen sich Kirchgänge verblüffend leicht vermeiden.

Nun aber, auf der Fahrt zum Bestattungsinstitut, wurden sie von Ritual und Etikette eingeholt und mussten sich mit aller Kraft konzentrieren, um in kein Fettnäpfchen zu treten. Joe hatte noch nie einer Trauerfeier beigewohnt, und sein Vater versuchte, ihn darauf vorzubereiten.

»Wir stehen Spalier und schütteln die Hände aller, die ihr Beileid bekunden möchten.« Während dieser Worte schaute er in den Rückspiegel, und Joe nickte dem Ausschnitt seines Spiegelbilds zu.

»Das kann ein paar Stunden dauern. Es folgen Gebete, Rosenkranz oder so, und dann gehen die Leute. Danach findet noch etwas statt, im Familienkreis, glaube ich, im Detail weiß ich es auch nicht. Wir werden ja sehen. Du musst einfach mitspielen.«

Dass es so viele waren, überraschte ihn, die Schlange der Kondolenzgäste reichte bis draußen um die Ecke. Sie konnten unmöglich alle aus dem Dorf stammen. Das Bestattungsinstitut war ein renoviertes, bescheidenes Gebäude mit Aluminiumverschalung. In der Lobby stand auf einer Staffelei eine Korktafel mit Fotos, die Bea während aller Lebensphasen zeigten. Zu seiner Verblüffung war er oft zu sehen. Auf einem Foto hielten sie jeweils eine Strumpfbandnatter, und ihm fiel ein, wie sie zwei Schuhkartons mit einem Graspolster in Terrarien umgewandelt hatten. Sie hatten Fliegen auf den Fenstern abgeklatscht und als Nahrung unter die Deckel geschoben.

Das in der Mitte platzierte, vergrößerte Foto zeigte Bea beim Volleyball. Sie war eine glänzende Angreiferin gewesen, hatte es bis ins Team der Provinz geschafft und im letzten Jahr an den Canada Games teilgenommen. Auf dem Foto, vermutlich einem Jahrbuch entnommen, hing sie mit einem angewinkelten Arm in der Luft, bereit, den Ball zu schlagen. Ihr Körper hatte die Form eines großen C. Mit Hohlkreuz und angezogenen Knien sah sie aus, als könnte sie mit den Füßen den Hinterkopf berühren. Der Ball hing in idealer Position, auf der anderen Seite des Netzes wandten die Abwehrspielerinnen mit zugekniffenen Augen den Kopf ab. Bea wirkte ruhig und konzentriert. Zwischen Ellbogen und Handgelenk zeichnete sich ein Muskelstrang ab.

Joe war allen Kondolenzgästen bekannt, er dagegen kannte fast niemanden. Er stand Spalier, und wenn gesagt wurde: »Unser tief empfundenes Beileid«, erwiderte er: »Vielen Dank.«

Es waren sehr viele alte Menschen darunter.

Eine Dame sagte zu ihm: »Sie sind derjenige, der früher Hockey gespielt hat? Der aus Ontario, der Medizin studiert?«

»Ja«, sagte er, »der bin ich.«

»Dachte ich mir schon«, sagte sie. »Ich bleibe gern auf dem Laufenden. Unsere Cousine Bess erzählt oft von Ihnen. Sie hält große Stücke auf Sie.«

Merkwürdige Vorstellung, für andere ein Gesprächsthema zu sein. Alle Lehrer, der Schulleiter und sogar der Hausmeister erschienen. Der Typ aus der Autowerkstatt, eine Frau, die weiter unten in der Straße wohnte. Seine Hand tat weh, er schüttelte in Abständen das Gelenk aus. Zu Hause wäre so etwas undenkbar, eindeutig. Alle erzählten etwas anderes von Bea.

»Ich arbeite im Laden, und sie war immer so nett.«

»Sie war die Babysitterin unserer Kinder.«

»Ihre Mutter und ich sind seit einer Ewigkeit befreundet.«

Er begriff, dass jeder dieser Menschen eine halbe Minute über diese oder jene Kleinigkeit reden wollte.

»Oh«, sagte er dann. Und: »Ah, ja«, und: »Danke, dass Sie gekommen sind.«

Er hatte den Eindruck, etwas dazuzulernen: ein neues Set von Regeln, die korrekte Technik, einem Gesprächspartner freundlich und unverbindlich den Ball zuzuspielen, um die Unterhaltung zufriedenstellend zu beenden.

Bei den Jüngeren funktionierte das nicht. Die scharten sich in Grüppchen zusammen und verliehen ihrer Trauer auf spektakuläre Art Ausdruck, klapperten das Spalier mit Teddybären, Fotos und handgeschriebenen Gedichten ab. Einige weinten fast theatralisch laut, was Joe irritierte. Es gab zig Blumensträuße in zig Formen und Stilen. Die Blumen rochen intensiv wie ein Waschmittel, ihr Duft schien synthetisch zu sein.

Gegen Ende, es ging auf einundzwanzig Uhr, lief ein Mädchen das Spalier der Angehörigen ab. Er kannte sie aus den Sommerferien, sie war eine enge Freundin von Bea. Als sie Hände schüttelten, kam sie ihm so nahe, dass sich ihre Brüste gegen seinen Arm pressten. Sie flüsterte ihm zu: »Komm danach bei mir vorbei. Du musst was tun.«

Es klang nicht bittend, sondern fordernd. Als sie zurückwich, ließ er den Blick schweifen, um zu schauen, ob jemand etwas bemerkt hatte. Dann sah er sie wieder an, aber nun hatte sie ein höfliches, formelles Lächeln aufgesetzt.

»Ich bin Janice«, sagte sie. »Du erinnerst dich?«

»Aber klar«, sagte er. »Natürlich.«

Sie hatten sich im Auto zu fünft auf die Rückbank gezwängt, Bea und ihre Freunde ließen warmes Bier herumgehen, während sie bei Dunkelheit auf einer Schotterpiste zu einem alten Gemeindehaus fuhren, wo ein Square Dance stattfinden sollte. Im Scheinwerferlicht wölkte Straßenstaub, auf beiden Straßenseiten standen die Bäume dicht an dicht, sie schienen durch einen langen Tunnel zu fahren. Janice war eine Fremde, die auf irgendjemandes Schoß saß, aber als Joe zu Bea sah, zwinkerte die ihm zu und zuckte mit den Schultern. Er konnte spüren, wie sie taktierte, um sicherzustellen, dass er nicht als Zaungast behandelt wurde, sondern dazugehörte.

Sie tranken viel, der Abend war wie vernebelt. Der Saal wimmelte von Menschen jeden Alters, es roch nach Altherren-Aftershave und Körperausdünstungen. Ein junger Geiger und eine dicke Pianistin heizten der Menge ein, zogen die Tänzer durch die Sets, trieben sie an. Alle bewegten sich wie vorgeschrieben: Füße glitten über den alten Boden, immer im Takt. Er tanzte entweder mit Bea oder mit Janice. Sie lenkten ihn abwechselnd durch die komplizierteren Schrittfolgen jener Teile, in denen alle von einem Arm zum anderen wechselten. Janice wollte schneller tanzen als alle anderen, und er erinnerte sich daran, wie er sie durch die dritte Figur gewirbelt hatte, wie alle anderen hinter ihr verschwommen waren, sah noch ihr Gesicht vor sich.

Damals hätte es fast zwischen ihnen gefunkt. Sie tanzten eng, seine Hand lag direkt über den Gürtelschlaufen der Jeans auf ihrer Taille, ihre lag auf seiner Schulter. Eine Tür tat sich auf, und sie hätten sie durchschreiten können, aber dann war Schluss, und sie stiegen in ein jeweils anderes Auto, weil sie nicht den gleichen Heimweg hatten.

Bevor sie sich trennten, verschränkte Janice die Finger in seinem Nacken. Sie schob den Kopf dicht an ihn heran, wandte das Gesicht ab, als wollte sie etwas sagen, leckte dann aber blitzschnell einen Tropfen Schweiß von seinem Ohrläppchen.

»Beim nächsten Mal, Mr. Man, planen wir die Sache besser, okay? Hätte ich das geahnt, dann hätte ich was arrangiert.«

»Ja«, sagte er. »Ja. Beim nächsten Mal machen wir's richtig.«

Im nächsten Sommer aber bekam er sie kein einziges Mal zu Gesicht, und dabei war es geblieben.

»Du musst vorbeikommen«, wiederholte sie. Sie klang jetzt ernst. »Wenn alles vorbei ist, was heute Abend noch ansteht, kommst du zu mir.«

Ein Priester versammelte sie zum Gebet, und alle waren still. Die Worte klangen, als stammten sie aus einer anderen Zeit, sie klangen wie etwas, das Menschen vor drei Jahrtausenden an einem Lagerfeuer intoniert hatten. Ewiger Friede, ewiges Licht. Der Priester deklamierte die Zeilen, alle antworteten. Joe sah sich um; sogar seine Eltern, die ein versunkenes Kindheitsreservoir anzuzapfen schienen, wussten, was sie sagen mussten. Selbst die kleinsten Kinder. Er versuchte, ihre Lippen zu lesen, um Wörter wie *Erlösung* oder *Allmächtiger* zu erraten, aber er hinkte jedes Mal hinterher.

Nach den Gebeten verließen die anderen den Raum, und die Familie war unter sich. Einer nach dem anderen trat an den Sarg. Joe sah zu, wie sein Onkel und seine Tante auf die Knie sanken. Die Wirbelsäule seines Onkels schien sich aufzulösen, er sackte, den Kopf abwendend, zur Seite, lehnte dann am polierten Holz des Sarges. Er gab keinen Ton von sich. Tante Caroline hielt seine Hand, stand nach kurzer Zeit auf, zog ihn auf die Beine, und sie verließen den Raum. Anschließend waren seine Eltern an der Reihe, danach er selbst.

Er fiel auf die Knie und betrachtete sie. Bea trug ein Kleid mit schmalen Trägern, ihr Haar war zurückgebunden. Mit dem dezent aufgetragenen Make-up wirkte sie fast lebendig. Das Kleid war aus dunkelgrünem samtigem Stoff. Es ließ an eine Weihnachtsfeier denken. Sie trug eine silberne Kette mit einem keltischen Medaillon, das mitten auf der Brust lag, ihre Hände waren gefaltet. Was auch immer da im Wald geschehen war, es war wie weggewischt, nichts verriet die Geschwindigkeit, die Wucht des Aufpralls, vor ihm lag schlicht ein Mädchen in seinem Alter, das die Augen geschlossen hatte.

Er fragte sich, welche Gedanken jetzt geboten waren und was er im Gebet, das zu dem Knien gehörte, erbitten sollte, doch ihm fiel nichts Rechtes ein. Also blieb er stumm und reglos und beschloss, vor dem Aufstehen in Gedanken bis zwanzig zu zählen.

Einer nach dem anderen ging, und am Ende zog sogar der Priester seinen Ledermantel an und fuhr nach Hause. Der Leiter des Bestattungsinstituts sammelte die Styroporbecher ein, kippte Tee- und Kaffeesatz in die Spüle. Er knipste in der Küche das Licht aus und schaute noch einmal in den Toiletten nach. Joe hörte, wie er Wasser laufen ließ und Lufterfrischer versprühte. Dieser Teil der Angelegenheit war überstanden.

Er ging mit seinen Eltern hinaus auf den kleinen Parkplatz. Das Mädchen war nirgendwo in Sicht. Das Auto seines Onkels und seiner Tante bog schon von der Zufahrt ab. Sein Vater nickte seinem Bruder zu und winkte kurz, während er die andere Hand nach dem Türgriff ausstreckte.

»Noch ein Tag«, sagte er halblaut, ließ sich auf den Sitz sacken und legte den Kopf in den Nacken, als wollte er das Lämpchen und die Bespannung der Decke inspizieren. »Fast geschafft.«

Joes Mutter stieg auf der Beifahrerseite ein, er selbst setzte sich nach hinten. Sein Vater drehte den Schlüssel um, und als der Motor zum Leben erwachte, erschien Janice, stand in einem schicken blauen Mantel direkt neben dem Auto und tippte mit einem Handschuh gegen das Fahrerfenster.

»Was ist denn nun los?«, flüsterte sein Vater und ließ die Scheibe runter.

»Hallo«, sagte sie. »Darf ich mir Ihren Sohn kurz ausleihen?«

Sie winkte Joe, und sein Vater drehte sich mit fragender Miene zu ihm um.

»Wir wollen noch was machen«, sagte Janice. »Eine Kleinigkeit für Bea, nur wir, als Freunde, und sie hätte bestimmt gewollt, dass Joe dabei ist.«

Sein Vater nahm die Hände vom Lenkrad.

»Du bist eine Kimberley, richtig?« Joe spürte förmlich, wie er sie in Gedanken korrekt in ihrer Genealogie verortete.

»Ja. Janice. Die Dritte. Bea war meine beste Freundin.«

»Wie schön, dass du Joe einbeziehst«, sagte sein Vater. Er klang so erleichtert, als hätte er dies seit Langem ersehnt, als hätten seine Besuche immer nur dem Zweck gedient, sich einzugliedern und wieder ein Teil der natürlichen Ordnung zu werden. »Du weißt, wo du ihn absetzen musst?«

»Aber sicher. Ich war jahrelang ständig dort.«

»Na, wunderbar.« Er drehte sich leise lächelnd um. Seit der Todesnachricht hatte er nicht mehr so gelöst gewirkt. »Dann mal raus mit dir.«

Joe stieg aus, und wieder umfing ihn die Kälte. Seine Mutter rief ihm etwas zu. Er spürte ihre Bedenken.

»Komm nicht zu spät zurück, ja?« Sie hatte die Augenbrauen zusammengezogen, musterte zuerst Janice und danach ihn. Ihre Fragen mussten warten. »Mach dich nicht schmutzig«, sagte sie. »Du hast für morgen keine frische Kleidung.«

»Ich passe auf«, erwiderte er. »Bin nicht lange weg.«

Er stand neben Janice, als seine Eltern abfuhren, und fing im Seitenspiegel den forschenden Blick seiner Mutter auf. Janice stand reglos da, bis das Auto außer Sicht war, dann veränderte sich ihre Miene, sie ergriff seine Hand und zog ihn mit sich.

»Komm«, sagte sie. »Wir haben nicht viel Zeit.«

Das Bestattungsinstitut lag am Rand des Dorfes, direkt am Wald. Janice führte ihn um das Gebäude herum, danach einen steilen Hang hinab. Er musste die Füße nach außen stellen, in den Knien federn und sich weit nach hinten lehnen, um nicht auszurutschen.

Es war ein klarer Winterabend, die Sterne hingen am Himmel wie glitzernder Nebel, der Mond war nicht zu sehen. Joe hielt sich eine Hand vors Gesicht und wartete darauf, dass sich seine Augen an die Dunkelheit gewöhnten. Auf dem Land war es nachts so viel dunkler als in der Stadt. Man sah jeden noch so fernen Lichtpunkt im All, auf dem Erdboden aber nicht einmal die Hand vor Augen. Er dachte an Entdecker, die den Ozean in grauer Vorzeit auf Segelbooten überquert hatten, und fragte sich, ob es noch immer Seeleute gab, die sich auf ihren Fahrten an den Gestirnen orientierten. Er verband die Punkte des Großen Wagens miteinander und stellte sich weitere Sternbilder vor, die dort oben zu sehen waren, vorausgesetzt, man wusste, wo sie sich befanden. Manche Leute konnten die Jäger, Tiere und Götter im Streitwagen genau lokalisieren, er selbst aber nicht.

Janice ergriff erneut seine Hand und führte ihn zu einem Dickicht am Ufer eines kleinen Bachs.

»Cory.«

Es klang knapp und ernst. Joes Augen gewöhnten sich allmählich an das Dunkel, und er merkte, wie er die Ohren spitzte. Ihre Stimme schien weit zu tragen.

»Komm raus, Core. Er ist hier. Wir müssen los.«

Ein Rascheln, als würde ein Waschbär oder ein noch größeres Tier in Abfall wühlen. Ein schwaches Licht flackerte, und dann erhob sich jemand und kam hinter einem Busch hervor. Er schien dort geschlafen zu haben, war jedenfalls in eine Decke gehüllt und schien sich nicht ganz aufrichten zu können. Der Mann war groß und kräftig, musste sich, wie Joe dachte, wahrscheinlich bücken, wenn er durch eine Tür oder durch niedrige Kellerräume ging. Er trug eine Baseball-Kappe und einen Hoodie mit dem Logo der New York Giants, schmutzige Jeans und weiße knöchelhohe Laufschuhe. Seine verfilzten schwarzen Haare reichten bis über die Ohren, und in einem Auge war ein Blutgefäß geplatzt, Pupille und Iris waren rot gerändert.

Irgendwas stimmte nicht mit ihm; Joe sah es ihm an. Er war nicht ganz bei sich und mehr als nur betrunken. Drogen oder Tabletten, dachte Joe, oder er ist krank, richtig krank. Der Mann schwankte, er wirkte abwesend, verlagerte sein Gewicht von den Fußballen auf die Hacken und zurück, und seine Daumen schienen ein Eigenleben zu führen. Sie schnellten auf und ab, als wäre er ein hibbeliges Kind bei einem Videospiel.

Der Boden war kalt und nass, und Joe spürte, wie die Feuchtigkeit durch seine dünnen Socken drang. Im Schein der Taschenlampe konnte er hinter den Ästen das Nest des Typen erkennen: einen durchnässten Schlafsack, diverse Takeaway-Schachteln und leere Flaschen. Angesichts dieses Müllbergs, des Zustands der Kleidung und der Tatsache, dass der Mann total durchgefroren war, schätzte Joe, dass er drei Nächte hier verbracht hatte. Ja, zusammen ergab das drei Nächte im späten Nova-Scotia-November.

Der Typ hielt Joe eine Hand mit zitterndem Daumen hin.

Er sagte: »Bitte.«

So hatte Joe das Wort noch nie vernommen, gedehnt und gepresst, als würde der Typ seine letzten Kräfte aktivieren, die letzte Luft in seiner Lunge sammeln, um das »b« hervorbringen zu können.

»Bitte, Mann.«

Die beiden Wörter hingen wie eine Wolke vor seinem Gesicht.

Manchmal kann man jemanden, dem man noch nie begegnet ist, sofort erfassen. In der Kälte schmerzten Joes Zähne, er ballte die Hände zu Fäusten. Zum ersten Mal im Leben hätte er gern jemandem eine reingehauen. Nicht unbedingt diesem Typen, sondern irgendjemandem. Er wandte sich an Janice.

»Das ist also unsere kleine Feier? Für ihre Freunde? Das ist unser ›besonderes‹ Gedenken an Bea?«

»Es war nicht seine Schuld, Joe.«

Janice wich seinem Blick aus.

»Ich war dabei«, sagte sie. »Wir waren direkt hinter ihnen und haben alles gesehen. Niemand hat Schuld.« Sie stieß die Fäuste noch tiefer in ihre Taschen. »Er ist ein guter Typ. Wirklich, das schwöre ich, er ist ein guter Typ. Auch wenn er gerade nicht so rüberkommt. Es ist eine spezielle Situation. Bea war verrückt nach ihm. Das musst du wissen. Sie hat ihn geliebt, und sie wollten bald von hier verschwinden. Was andere dachten, war ihr egal. Sie hatten Ziele, sie hatten Pläne. Du hättest sehen sollen, wie er versucht hat, sie wiederzubeleben. Wir waren im Nirgendwo, mitten in der Nacht, es war die totale Katastrophe. Das Quad war hin, alles war kaputt, es stank nach Diesel, und die Leute schrien, aber er …«

Sie streckte die offene Hand nach Cory aus, schien nach ihm greifen zu wollen, aber er zeigte keine Reaktion, und nach einigen Sekunden schloss sie die Finger und ließ die Hand wieder sacken.

»Er hatte alles im Griff und blieb total ruhig und sorgte dafür, dass niemand sie anrührte. Er hat die Notrufnummer gewählt und einen Rettungswagen geholt, er hat versucht, sie zu retten, aber jeder wusste, es war zu spät. Das war uns allen sofort klar.«

Ihre Worte überschlugen sich fast, und zum Schluss war sie den Tränen nahe, aber weder Cory noch er zeigte eine

Regung. Es war, als schildere Janice etwas, das Fremden widerfahren war. Joe senkte den Blick auf den Bach, das strömende Wasser.

»Warum bin ich hier, Janice? Was willst du von mir?«

»Er darf nicht rein«, sagte sie. »Sie lassen ihn nicht zu ihr. Er durfte weder ins Krankenhaus noch zu ihr nach Hause, und heute durfte er auch nicht dabei sein. Und morgen Mittag liegt Bea schon unter der Erde.«

Sie weinte nicht, war nicht wütend. Sie ging strategisch vor, tat alles in der vorgesehenen Reihenfolge. Bestimmte Dinge mussten getan werden.

»Dein Onkel hat den Verstand verloren, Joe. Er hat erklärt, er bringt Cory um, sobald er ihn sieht. Mit bloßen Händen, sagt er. Er war bei Corys Wohnwagen, bei seiner Mutter, bei der Großmutter, hat sie ausgefragt, um ihn aufzuspüren. Offenbar ist ihm alles egal. Die Polizei weiß Bescheid, glaubt aber, er wird sich beruhigen, und unternimmt nichts. Vielleicht beruhigt er sich ja, aber darauf können wir nicht warten.«

»Ich kapiere immer noch nicht«, sagte Joe. »Wieso ich?«

Sie zeigte auf das Bestattungsinstitut, und sein Blick folgte ihrem Finger. Im Fenster, anderthalb Meter über dem Boden, sah er den Schatten eines Mannes, der von einem Zimmer ins nächste ging.

»Abends wird alles abgeschlossen, dann kann man nur noch von innen aufmachen. Noch eine Minute, dann ist der Mann weg.«

»Nein«, sagte Joe. Er musste nicht lange überlegen, und er wollte nicht mehr hier sein.

»Wir hätten keine Chance. Du aber schon.«

Janice sagte das langsam und tonlos. Joe ahnte, dass sie ihn von Anfang an hatte einspannen wollen, sie hatte alles im Vorfeld geplant.

»Wenn du jetzt hingehst, lässt er dich rein. Du gehörst zur Familie. Ich habe darum gebeten, vergebens. Nur Angehörige erhalten Zutritt.«

Er schüttelte den Kopf. »Nein«, sagte er. »Nein.«

Die Sache geriet allmählich außer Kontrolle, er lief Gefahr, sich einspannen zu lassen.

Er wusste, er musste Ruhe bewahren und rasch verschwinden. Er ballte die Hände zu Fäusten und öffnete sie und spürte ein vertrautes Taubheitsgefühl in Fingern und Zehen, aus seinen Extremitäten wich das Gefühl.

»Ich gehe jetzt«, sagte er. »Ich behalte alles für mich, aber ich muss los. Tut mir leid.«

Er wandte sich ab und griff nach Pflanzen, um sich hochzuziehen. Dazu stieß er die Kappen seiner Schuhe in den vereisten Boden, um besseren Halt zu haben.

»Ach, komm«, rief Janice ihm nach. »Du kannst ihn nicht einfach hängenlassen. Denk mal nach. Ist doch keine große Sache. Denk an Bea. Geh mal in dich. Vielleicht wäre ihr das auch wichtig?«

Er hatte sie als Elfjährige auf der Rutschbahn vor Augen, wie sie den Hang hinuntersauste. Cousins und Cousinen ersten Grades waren Töchter des Bruders des Vaters oder Söhne der Schwester der Mutter und so fort, aber was bedeutete diese Verwandtschaft? Er dachte an die lange Schlange der Kondolenzgäste: Lehrpersonal und Hausmeister, die Kinder, die Bea gehütet hatte, die Volleyballspielerinnen, die Kunden des Ladens. Alle hatten darauf gewartet, ihm die Hand geben zu können. Heute Trauerfeier, morgen Beerdigung, ja, aber auf wessen Seite standen die Toten, was hätten sie gewollt? In vierundzwanzig Stunden war alles abgehakt, dann fuhr er wieder die ganze Nacht durch, beförderte seine Passagiere in die entgegengesetzte Richtung. Er senkte den Blick auf Cory und Janice, die kaum noch zu erkennen waren, Seite an Seite standen sie im flackernden Licht, in der Kälte, am Ufer des Bachs und harrten aus. Waren die beiden irgendwie miteinander verwandt?

Nachdem er den Hang erklommen hatte, blieb er stehen. Vor ihm erstreckte sich der Parkplatz, rissiger Asphalt, erhellt von einer einsamen Straßenlaterne. Ihr Lichtkegel bildete auf dem Boden eine kreisrunde helle Fläche, deutlich vom Dunkel ringsum geschieden. Man konnte im Schatten bleiben und sie umrunden oder mitten hindurchgehen. Er blieb im grellen Licht stehen, hob den Blick und betrachtete die Glühlampe. Vermutlich gab es einen Sensor, der das Licht regulierte. Er biss sich auf die Zunge, zog sie zwischen den Zähnen hin und her. Alles andere lief automatisch ab: das Umdrehen, die Schritte in Richtung Institut, das Schuhe-

Abtreten, das Räuspern. Es war, als hätte er seine Hand, die gegen die Tür klopfte, nicht mehr unter Kontrolle.

Der Mann öffnete. Er trug schon einen Mantel und streifte sich Handschuhe über. »Sie haben Glück«, sagte er lächelnd. »Ich wollte gerade gehen.«

»Ich habe was liegenlassen«, sagte Joe. »Darf ich noch mal kurz rein?«

Der Mann trat zur Seite und bat ihn wie ein Zeremonienmeister mit einer Handbewegung einzutreten. »Für die Familie nimmt man sich gern Zeit«, sagte er. »Ich warte hier draußen. Bitte sehr. Und nur keine Eile.«

Joe ging an den Fotos vorbei und betrat den Raum. Nun war er mit Beatrice allein, blieb aber nicht stehen, blickte nicht einmal in ihre Richtung. Stattdessen ging er auf direktem Weg nach hinten, trat ans Fenster und löste den altmodischen Metallriegel. Dann stellte er sich breitbeinig hin und wuchtete das Fenster hoch. Spröder Lack rieselte auf die Fensterbank, ein Luftzug bauschte die Vorhänge und ließ die Blütenblätter der Gestecke wispern. Joe bildete sich ein, vor dem Fenster Laub rascheln zu hören, einen menschlichen Laut.

Er trat zurück und betrachtete den Fensterspalt, eine Öffnung in der Mauer. Sie war keine zehn Zentimeter hoch, aber das genügte. Alle und jeder konnten jetzt herein.

Er verließ den Raum, zog irgendwelche Schlüssel aus der Tasche, ließ sie klimpern.

Der Mann sah lächelnd zu ihm auf. Er hatte einen kleinen Eimer mit Streusalz, das er auf den Eingangsstufen verteilen wollte.

»Schwierig, immer an alles zu denken, wie?«

»Ja«, sagte Joe. »Mir geht ständig irgendwas verloren.«

Die nächsten paar Sekunden waren kritisch, er musste einfach weitergehen. Wenn er es über den Parkplatz schaffte, war er aus dem Schneider. Wenn er den Lichtkegel hinter sich brachte, bevor der Mann stutzte, konnte er in der Dunkelheit verschwinden, ohne zu verraten, dass er allein war, dass kein Auto darauf wartete, ihn heimzufahren.

Darf ich fragen, was Sie da anstarren?

[Pasadena 1975]

Ich bin nicht wie andere, ich weiß, wahrscheinlich auch nicht wie Sie. Ich bin nicht in Südkalifornien, um Urlaub zu machen, wurde weder von der Wärme noch von den Palmen angelockt, oder der Hoffnung, im Vorbeifahren die Anwesen von Stars zu erblicken. Ich habe den Kontinent weder überquert, um Ende Dezember am Strand zu liegen, noch, um Bodybuilder oder Rollerskater mit Tanktop zu bewundern. Ich bin nicht in Kalifornien, um zu erleben, wie eine Comic-Maus Realität wird oder wie Roboter singen, unter dem Strich sei die Welt nur ein Dorf. Ich bin viel gereist – gut möglich, dass kein Mensch so viel auf Reisen ist wie ich –, kann also mit Fug und Recht sagen: Unsere Welt ist ganz sicher nicht klein. Das müssen Sie mir schlicht glauben.

Mein Schicksal, wissen Sie, mein Problem besteht darin, dass mich kaltlässt, was andere reizt. Würden Sie in meiner Haut stecken, so ein Leben führen wie ich, dann hätten auch Sie das Gefühl, sich permanent im Würgegriff der Werbung zu befinden. Ständig will man mir etwas schmackhaft machen, mich dahin oder dorthin locken, aber nichts davon – kein Molekül, kein einziges Atom – hat mich je interessiert. So war es wahrscheinlich schon immer: Seit es auf dieser

Welt Menschen gibt, gibt es auch Typen wie mich. Typen, die nicht interessiert, was erhältlich ist, die vielmehr das Meisterwerk sehen möchten, das nie öffentlich gezeigt wurde, die eine Reliquie berühren wollen, die man besser nicht anfasst, ein Objekt begehren, das nicht zum Verkauf steht.

Etwa das besondere, ganz besondere Licht zu dieser Jahreszeit an diesem Ort. Anlass meiner Anwesenheit ist dieses Licht. Seine kompakte Klarheit, seine Eigenart, alles auf einmal zu umfassen und gleichzeitig jede Kontur herauszuschälen. Ich meine nicht den Sonnenschein, versteht sich, nicht die erste grelle Attacke am Flughafen, die für ein Stechen im Gehirn sorgt und eine schmerzhaft rasante Pupillenverengung auslöst. Nein. Mir liegt an dem Licht, das um die Wintersonnenwende vom Himmel fällt. Herrlich, wie es mich zur Mittagsstunde einhüllt, wenn die Tage am kürzesten, die abendlichen Schatten am längsten sind. Ich will möglichst viel von diesem Licht tanken, und das in genau jenem Moment, wenn es am rarsten ist. Gäbe es die Möglichkeit, dieses Licht ohne Hitze zu genießen, dann wäre ich sofort dabei, aber sie hat sich nie ergeben, man muss stets Kompromisse eingehen. Ich weiß sehr wohl, wie schwierig es ist, seine tiefsten Sehnsüchte zu stillen, ohne gleichzeitig mit dem konfrontiert zu werden, was man am tiefsten verabscheut. Die Voraussetzungen sind Fleiß und eine ausgefeilte Strategie. Aber ich habe Erfahrung.

Ich folge einer Routine. Beim Verlassen des Flugzeugs, und sei es noch im Terminal, setze ich die Sonnenbrille auf, ein spezielles Wrap-Around-Modell mit verspiegelten Gläsern, damit ich inkognito bleibe und seitlich kein Licht eindringt. Ich liebe diesen Flughafen, LAX, über alles, lasse mir manchmal sogar meine Post hierher nachschicken. Die Adresse lautet 1 World Way, und im Büro sitzt eine Person, die für den Fall einer dringenden Unterschrift die Dokumente bereithält. Der Flughafen ist eine ewige Baustelle, aber das ist mir egal – der Fortschritt hat seinen Preis –, und ich finde mein derzeitiges Lieblingsflugzeug großartig, die neue 747, im Oberdeck gibt es eine Piano Lounge mit orangenen Polsterbänken, wo vom Start bis zur Landung Sängerinnen und Musiker spielen, zu meiner Freude wurde die Maschine hier umstandslos zugelassen.

Sobald sich meine Augen an die Brille gewöhnt haben, gehe ich zum Gepäckkarussell. Das kann dauern, je nach Gate manchmal bis zu zwanzig Minuten. Bei dieser Gelegenheit nutze ich die Fahrsteige, die es neuerdings in den längsten Gängen gibt. Sie transportieren Menschen wie Förderbänder Gepäck. Beim ersten Mal zögere ich. Ich weiß nicht, ob ich mich dieser neuen Transportform nach dem selbstständigen Gehen nahtlos anpassen kann. Anfangs verwirrt es mich, reglos dazustehen, während ich von einer fremden Kraft, vermutlich einem im Boden installierten Motor, zum Ziel befördert werde. Aber ich gewöhne mich rasch daran. Ich muss die Gewissheit haben, am richtigen Ort zu sein und mich in die korrekte Richtung zu bewegen. Die Vorstellung, dass meine Gestalt nur ein winziges Detail innerhalb eines riesigen Netzwerks koordinierter Bewegungsabläufe ist, stört mich nicht. Mir gefällt der Gedanke, dass irgendjemand, ein begnadeter Architekt, für uns alle längst einen Plan erarbeitet hat. Diesen müssen wir nur noch befolgen.

Ich hieve den Koffer vom Gepäckkarussell und gehe – mit frischer Energie und Zielstrebigkeit – zum Auto, wo mich der Fahrer erwartet. Wir fädeln uns in den Verkehr ein, in Lärm und Smog. Wir nehmen Auffahrten und Abfahrten und stehen oft stundenlang im Verkehrsgewirr. Während wir gewissermaßen auf dem Freeway parken, schaue ich durch die getönten Scheiben in die links und rechts und hinter uns stehenden Autos. Die Leute bilden sich ein, in ihrem Fahrzeug wären sie unsichtbar, ein lustiges Phänomen. Ich beobachte gern, wie sie singen oder rauchen oder ihr Gesicht nach kleineren Makeln abtasten. Manchmal streiten sich Paare, manchmal küssen sie sich, manchmal brüllen sie oder langen nach hinten, um ihren Kindern eine zu knallen. Manchmal sitzen alte Menschen im Auto, und ich stelle mir vor, dass sie ihren Arzttermin verpassen. Das Spektakel der Rushhour ist meine Lieblingsshow. Ich könnte sie mir den ganzen Tag anschauen, in der Hand ein Whiskyglas mit Eiswürfeln, die in der Flüssigkeit langsam schmelzen.

Schließlich erreichen wir das Hotel, und ich muss einchecken. Ich beziehe mein übliches Zimmer, schließe die Tür und tue, was ich tue, und die Reaktionen treten ein oder bleiben aus. Man weiß nie.

Dieses Mal ist jedoch alles anders. Ich habe mich zunächst an meine Routine gehalten, aber eine unerwartete Wendung hat mich am Neujahrstag, in aller Herrgottsfrühe, zu Fuß an diesen Ort geführt, mitten ins Getümmel, fern von den gewohnten Bahnen.

Schwer zu sagen, ob es eine neue Chance oder das alte Problem in anderer Gestalt ist, es fühlt sich jedenfalls anders an, und ich ahne, eine Veränderung steht bevor. Sie bedarf nur eines Schrittes. Ich verlagere das Gewicht, bereite mich innerlich darauf vor, beim Ausschreiten ihren Namen zu rufen oder gar zu brüllen, um gehört zu werden – die Oboen, Saxophone und Pikkoloflöten spielen sich bereits ein.

»Tanya, Tanya, Tanya!«, werde ich aus voller Kehle schreien. Und es wird etwas Unerwartetes geschehen. Dann noch etwas Unerwartetes, und ich werde zum ersten Mal seit langer, langer Zeit nicht wissen, was kommt.

Ich ahne schon, es wird nicht leicht zu erklären sein. Die Kräfte, die wirken, sind sowohl übermächtig als auch flüchtig, sie kommen und gehen, Wetter, Geld, Flugzeuge. Beinahe unmöglich, dies anderen verständlich zu machen. Meine Sichtweise: Alles ist miteinander verwoben, in die Bewegungen der Gestirne und die Bahn eingebunden, die unser kleiner, blau-grüner Planet um die Sonne zieht.

Und es ist in den Koffern enthalten: die Muster unserer Reisen, Ausgangspunkt und Ziel und das Unterwegssein. Deshalb brauche ich die Überraschungsgepäckstücke, und zwar in ihrer ganzen Vielfalt, verstehen Sie?

Sie gehören mir nicht, jedenfalls nicht im herkömmlichen Sinn. Ich habe sie nicht gepackt, was sie enthalten, sehe ich also erst, wenn ich in meinem Zimmer den Reißverschluss aufziehe oder die Schlösser knacke. Sie haben mir nie gehört, und sie werden mir nie gehören, ich behalte sie nie länger als nötig. Ich deponiere sie stets in der Nähe des Fundsachenbüros und setze optimistisch voraus, dass sie rasch zurückgelangen, weiß aber, dass ihre Eigentümer, die Aussehen und Inhalt des Gepäckstücks auf Formularen angeben müssen, von Ungewissheit gequält werden.

Ich weiß, dass die Eigentümer, während ich in schönsten Hoffnungen schwelge, in tiefer Verzweiflung versinken – wegen meines Drangs und meines Tuns, das dazu führt, dass sich unsere Leben kurz berühren. Während ich mich möglichst rasch und zielstrebig vom Gepäckkarussell entferne – die Vorfreude verleiht mir Flügel –, ist mir bewusst, dass für sie eine frustrierende Phase beginnt. Stunden des Wartens liegen vor ihnen. Stunden über Stunden, in denen sie ein Loch in die Wand starren und auf etwas warten, das nicht so bald wiederauftauchen wird.

Ich behalte die Gepäckstücke nur vorübergehend und gehe stets respektvoll damit um. Entscheidend ist, was ich darin finde, ob ich etwas damit verbinde, ob es mich mit allem anderen verbindet. Ich weiß es auf Anhieb. Sobald ich eine Tasche öffne, weiß ich, ob ein Funke überspringt oder nicht. Ein gutes Stück ist ein Wunder, vertraut und fremd zugleich; sowohl mein Eigen als auch nicht mein Eigen.

Wenn die Chemie stimmt, kann mir ein Gepäckstück, das ich zu dieser Zeit des Jahres im LAX entwende, den Weg weisen, einen Ausweg aufzeigen.

Es mag paradox klingen, aber was man begehrt, darf man nicht ohne Risiko an sich nehmen. Sicher gibt es legale und ungefährlichere Methoden, etwas zu entwenden, aber glauben Sie mir: Es wäre nicht das Gleiche. Vielleicht haben Sie einen Hauch dessen empfunden, was ich empfinde, wenn Sie bei der Heilsarmee durch die Regalreihen gingen und sich fragten, welche menschlichen Schicksale sich hinter den Dingen verbargen. Oder Sie haben die Hand tief in eine Kiste mit Fundsachen gesteckt, obwohl Sie wussten, ganz genau wussten, dass sie nichts enthielt, was Ihnen gehört. Das ähnelt dem, was ich tue, ist aber nicht von derselben Intensität, bei Weitem nicht. Ich suche keine verlorenen oder weggeworfenen Dinge. Meine bevorzugten Gepäckstücke sind solche, die Existenzielles enthalten, Unverzichtbares, Dinge, in denen die Energie ihrer Eigentümer gespeichert ist. Ich finde das faszinierend, und wenn ich in Aktion trete – aufziehe und knacke, öffne und heraushole, also selbst Energie investiere –, spüre ich, wie die Energie der Dinge in mich hineinströmt, und solange sie anhält, einen Abend, maximal ein Wochenende lang, bemühe ich mich, eine Verbindung zu den Eigentümern aufzubauen, im Hier und Jetzt.

Ich würde Ihnen das so gern verständlich machen.

Zum Beispiel: In einem roten, mittelgroßen Samsonite-Koffer, von einem Vertreter, wie es schien, fand ich Dutzende Toupet-Muster in allen Farben, Stilen und Längen, jeweils in Plastik verpackt. Ich erschrak beim Anblick der Haare, als würde sich der Koffer auf obszöne Art entblößen, und klappte den Deckel wieder zu. Bei einem zweiten, neugierigeren Blick musste ich an Tierpräparate denken. War das vielleicht ein Satz seltener Häute und Pelze? In einer Aufsatztasche fand ich einen Stapel Broschüren, ein Fach darunter enthielt Spiegel, Metallkämme und ultrastarke Klebepads, die man, um das Haar auf der Kopfhaut befestigen zu können, passend zuschneiden musste. Gebrauchshinweise erläuterten, wie die kahlen Stellen an den Schläfen oder auf dem Kopf korrekt zu vermessen seien, wie man mit einem Toupet am besten schläft oder badet oder eine Baseballkappe aufsetzt und wie der Wind einzukalkulieren sei. Erwerbe man eines, so die vierfarbigen Anzeigen, dann seien die Frauen »noch heißer auf Sie«.

Also eine raffinierte Angelegenheit mit bestimmten Strategien und vielen Regeln. Allerdings zog ich selbst kein Toupet in Erwägung, obwohl sich meine Haare lichten. Ich probierte jedes Einzelne aus, verwandelte mich immer wieder in jemand anderen. Einmal setzte ich drei zugleich auf – blondes Seitenteil, rote Locken, stinknormales Braun –, aber der Effekt war nicht sehr lustig. Am Ende schrieb ich meine Standardnotiz (*Bitte den Irrtum zu entschuldigen!*) und tat sie mit fünf Hundertdollarscheinen in einen weißen Umschlag. Nach nur einer Nacht brachte ich den Koffer zum Flughafen.

Eine braune Tasche wiederum, die ihren Inhalt durch nichts verriet, enthielt ausschließlich Kindersachen. Ich stehe nicht darauf. Kinderkram ist mir gleichgültig. Keine Kleider, sondern Plüschtiere, Spielzeuge und dergleichen mehr. Ich stellte mir eine lange Autofahrt vor. Malbücher, Buntstifte und ein Treppenläufer, noch verpackt. Ein Treppenläufer – falls Sie nicht wissen, was das ist (ich wusste es nicht) – ist eine Spirale, die sich von Stufe zu Stufe nach unten bewegt. Im Hotelzimmer gab es natürlich keine Treppen, also probierte ich den entscheidenden Schritt von der Bettkante zum Fußboden aus, aber der Treppenläufer streikte, und so begnügte ich mich damit, ihn von einer Hand auf die andere sinken zu lassen.

Außerdem gab es einen View Master, eine Mischung aus Kamera und Fernglas. Das Gehäuse aus rotem Hartplastik hatte oben einen Schlitz, in den man eine runde Kartonscheibe mit mehreren Bildern oder Dias steckte. Wenn man den View Master ins Licht hält, ob Fenster oder Lampe, das Auge am Guckloch, kann man mit einem Hebel von einem Bild zum nächsten schalten, und während man schaltet, wird es kurz schwarz. Jede Scheibe hat ihr Thema, eine Pappschachtel enthielt Dutzende davon. Stills aus Filmen oder Fernsehshows – *Die Partridge Familie*, *Looney Tunes* oder *Der Sechs-Millionen-Dollar-Mann* –, exotische Tiere, Panoramen, Landschaften aus aller Welt: Salzmarschen, Urwälder, Wasserfälle und Vulkane.

Die Tasche enthielt auch eine Plüschgiraffe, ein Objekt,

so eng mit einer anderen Person verbunden, dass ich mich überwinden musste, es zu berühren. Die Nähte am Hals waren so oft geflickt worden, dass das arme Ding den Kopf kaum noch aufrecht halten konnte, er sackte wiederholt auf meine Hand. Die Glasaugen waren fest angenäht, aber ein Ohr und ein Stummelhorn – das linke – waren verschwunden, vermutlich durch Kauen oder Nuckeln. Stoff auf diese Art zu zersetzen, nur mit Speichel, ohne etwas abzubeißen, kann Jahre dauern. Ich kenne das – das Nuckeln und Zersetzen –, denn als mein jüngerer Bruder noch ganz klein war, lutschte er im Schlaf immer an zwei Fingern der rechten Hand. Irgendwann lösten sich die Fingernägel aus dem Fleisch, die Haut über dem oberen Fingerknöchel war den ganzen Tag faltig und bleich. Er musste über Nacht einen Fausthandschuh tragen, den unsere Eltern mit Klebeband am Handgelenk befestigten, und tagsüber eine Bandage. Sie strichen seine Finger sogar mit scharfer Sauce ein, aber nichts half. Und dann, ich glaube, es war in dem Sommer, als er acht wurde, ging diese Phase ohne erkennbaren Anlass zu Ende, und eine neue begann.

Das verblichene, beige-braune Fell der Giraffe hatte viele Flecken, Senf und Ketchup, nehme ich an, dazu der hartnäckige, krustige, dunkle Dreck, der sich in allem festsetzt, womit sich Menschen eng umgeben. Ich kuschelte mich am späten Nachmittag während eines Nickerchens an die Giraffe, nur dieses eine Mal, die View-Master-Pappscheiben schaute ich mir dagegen dreimal an, bevor ich alles wieder einpackte, die üblichen fünfhundert Dollar auf siebenhundert aufstockte und die Tasche noch am Tag ihrer Entwendung zum Flughafen zurückbrachte. Das Kind – schwer zu sagen, ob Junge oder Mädchen – sei nur ein paar Stunden ohne gewesen, es sei also, redete ich mir ein, halb so schlimm.

Menschen, denen meine Beschäftigung fremd ist, könnten glauben, jedes Gepäckstück würde Dinge wie Treppenläufer, Toupets oder Giraffen enthalten. Sie könnten meinen, es ginge stets um dunkle Rätsel, Idiosynkrasien und Geheimnisse. Sie bilden sich vielleicht ein, keine zwei Koffer wären gleich, der Inhalt so etwas wie die Fingerabdrücke eines jeweils einzigartigen Individuums. *Was hat er nicht alles zu Gesicht bekommen!*, könnten sie denken, immer vorausgesetzt, sie würden je einen Gedanken an mich vergeuden. Jeder Koffer so voll, dass es fast den Reißverschluss sprengt, dass eine explosionsartige Enthüllung bevorsteht.

Ich wünschte, es wäre so. Vielleicht habe ich mich tatsächlich danach gesehnt, jedenfalls zu Beginn. Vielleicht wollte ich genau das. Einen Beweis unserer individuellen Einmaligkeit. Vielleicht habe ich mir damals eingebildet, jeder Mensch würde im Gepäck eine kleine Portion dessen mit sich herumtragen, was ihn von allen anderen unterscheidet, zu einer einzigartigen Person macht, einer ganz eigenen Welt.

Leider sieht die Wahrheit anders aus. Die gründliche Begutachtung meiner Funde hat zu keinem ermutigenden Ergebnis geführt. Die Faktenlage, die sich anhand der Koffer ergibt – und ich habe Hunderte inspiziert –, hat mir die betrübliche Erkenntnis beschert, dass es auf Erden wenig Interessantes gibt. Wir sind im Grunde austauschbar. Wie ein Archäologe, der in tausend Jahren eine Fundstätte unserer Gegenwart ausgräbt, habe ich mich durch alle Schichten gewühlt, alles Überflüssige entfernt und die zentralen Artefakte in Händen gehalten. Ich kann Ihnen also guten Gewissens und ganz objektiv versichern, dass unsere wichtigsten Anliegen über Toilettenartikel und Unterwäsche nicht weit hinausgehen.

All das beschämt mich natürlich, sorgt für Verlegenheit. Und so sollte es wohl auch sein. Ich schäme mich aber nicht nur für mich oder das, was ich tue, sondern für uns alle. Ich würde mich wohl auch für Sie und das schämen, was Sie bei sich tragen, für Ihre Art, die Sachen einzupacken. Sie ahnen nicht, wie entsetzlich es ist, wenn man statt des erwarteten herrlichen Höhepunkts einen tristen Tiefpunkt erlebt. Wenn ich einen Koffer öffne, in dem ich zum x-ten Mal das makellose Quadrat eines weißen Hemds mit blauem Kragen erblicke, die Ärmel auf den Rücken gefaltet, die Brust geplustert, dann geht es mit mir durch. Ich bin nicht gewalttätig, aber beim letzten Mal habe ich weit ausgeholt und mit voller Wucht auf die adrette Knopfleiste geschlagen. Gleiches gilt für die ewigen Sommerkleider und Schlapphüte, den Schmuck und das alberne Schuhwerk – zwei, drei Sandalenpaare für eine Reise. An den Badeanzügen hängt oft noch das Preisschild! Wissen Sie, wie enttäuschend es ist, wenn man sich zumutet, was ich mir zumute? Ich gehe Risiken ein, investiere Geld, Zeit und Hoffnung, packe die Kneifzange ein – kaufe, falls nötig, einen Bolzenschneider –, nur um schlussendlich vor dem Nichts zu stehen, sozusagen vor dem banalen Drehregal eines lokalen Einkaufszentrums.

Die Toilettenartikel sind immer widerwärtig. Ich begreife nicht, was manche Menschen sich antun. Pinzetten, Q-tips, Rasierer und Wattebäusche. Kleine Bürsten, Lotionen und Cremes, entweder zum Schutz vor der Sonne oder zum Bräunen. Manchmal finde ich Zahnseide oder Deodorant und manchmal nicht. Elektroapparate im handlichen Reiseformat zum Glätten oder Kräuseln der Haare. Was ich auswähle, ist im Grunde egal. Ich scheue nicht vor fremden Zahnbürsten zurück, benutze sie sogar oft, das ist das Mindeste. Bevor ich sie exakt so zurücktue, wie ich sie vorgefunden habe, lasse ich die Borsten trocknen. (Manchmal benutze ich dazu den Föhn.)

Ich denke, das ist vertretbar. Ich denke sogar, es tut den Leuten gut, ein wenig zu grübeln und sich nach Auffindung des Gepäckstücks die Frage zu stellen: Wurden Sachen angefasst? Das ist die zentrale Frage, aber hat man im Fall des Standardgepäcks – also des Nichts, das uns allen gemein ist – eine Wahl? Die Zahnbürste ist nach meiner Auffassung das Mindeste. Und doch ist es sterbenslangweilig, das ganze Ritual zu absolvieren, sich mit den Borsten im Mund und dem Plastikgriff in der Hand im Spiegel zu betrachten.

Man kann alle Möglichkeiten ausschöpfen, man kann sie bis zum Anschlag ausreizen, aber wenn man kein Material hat, hat man kein Material. Welchen Nutzen hat ein Hemd, das noch in der läppischen Plastikhülle aus der Reinigung steckt?

Vor dem einschneidenden Erlebnis, bevor mich Tanyas Tasche aus dem Konzept brachte, bildete ich mir ein, dass das, was ich aus tiefstem Herzen begehrte und jahrelang vergebens gesucht hatte, das Gepäckstück eines Heimkehrers sei, der Koffer einer Person, die nach langer Abwesenheit zurückkehrt. Jemand von hier, aus Los Angeles. Ich hatte vor Augen, wie diese Person in Minnesota das Klingeln des Weckers verschläft, danach herumrennt und hektisch alles in den Koffer stopft – Sweater und dreckige Strümpfe, eventuell ein Buch. Die Person würde manches vergessen und manches versehentlich mitnehmen. Oder ich stellte mir ein Paar vor, zwei Menschen, vielleicht Mann und Frau, die unter Hochdruck stehen, dem Zeitplan hinterherhinken und so eng miteinander sind, dass sie alles, seien es ihre Sachen oder seine, zusammenschmeißen, um sie später auseinanderzudividieren. So etwas würde ich gern finden – einen Koffer, in dem sich zwei Leben mischen, ganz einzigartig, ganz individuell und für kurze Zeit ganz mein Eigen. Ich möchte dazugehören, auf meine Art teilhaben, an Kleidungsstücken schnuppern, die noch nach ihren Besitzern riechen. Bisher war mir das nicht vergönnt, aber ich würde es gern erleben.

Tanyas Tasche ist ganz anders. Sie ist außergewöhnlich. Ich habe sie vor zwei Tagen geöffnet und seither immer wieder darin gewühlt. Man sieht das in Filmen über Piraten, den gelungenen Diebstahl der Kronjuwelen oder einen geglückten Bankraub: Alle Kriminellen umringen eine alte Holzkiste oder einen Aktenkoffer aus rostfreiem Stahl, denn was sich darin befindet – mit Rubinen besetzte Trinkbecher oder Rohdiamanten auf schwarzem Samt –, leuchtet buchstäblich, pulsiert mit gelber Energie. So war es, als der Schein der Deckenlampe im Hotelzimmer auf die lila Pailletten von Tanyas Uniform fiel, genau auf Brusthöhe des cremeweißen Trikots. Anfangs wusste ich nicht, was das ist. Weder hatte ich so etwas je gesehen, noch hätte ich gedacht, dass es dergleichen gibt. Inzwischen weiß ich natürlich, dass es nicht nur Einzelpersonen, sondern ganze, gut organisierte Teams gibt, für die das, was sie in diesen Trikots betreiben, ihren Lebensinhalt darstellt.

Ich hakte meine Finger unter die Träger und hob das Trikot aus der Tasche. Es war ein Einteiler – ähnlich wie ein Badeanzug, nur war der Stoff viel stabiler. Extrem schwer, speziell gefertigt und mit geripptem Futter, das wohl die Brüste stützen, in gewisser Weise alles schützen sollte. Ein richtiges Uniformteil, professionell gefertigt, hauteng und geschmückt mit weißen und lila Pailletten, die einzeln aufgenäht waren, vielleicht in Handarbeit. Wer dies trug, durfte kein Gramm Fett zu viel auf den Knochen haben. Wahrscheinlich musste man den Körper der Kleidung anpassen, nicht umgekehrt. Der Name der Besitzerin war mit einem lila Stift auf das Etikett geschrieben worden.

Die ganze Ausstattung war da, alles Erforderliche, jeweils in kleine Beutel verpackt. Zwei beigefarbige Strumpfhosen, dick und schwer, dazu kniehohe, spiegelblanke weiße Stiefel mit hohen Hacken. Weiße, ellbogenlange Handschuhe und eine Box mit Theater-Make-up und Glitzer. Außerdem mehrere Sets künstliche Wimpern samt Kleber. Ein Plastikdiadem und eine Dose Haarklammern. Sogar der auseinandergeschraubte Bâton und die zwei Quasten. Diese vier Objekte befanden sich in einer grünen Plastikbox mit der Aufschrift *Twirl World*. Darunter war der Name der Truppe eingraviert: *The Assumption Purple Raiders*. Diese Gravur hatte bestimmt extra gekostet. Wäre ich der Chef einer entsprechenden Firma, dann würde ich dergleichen extra berechnen.

Diese Ausstattung, all das, was man als Majorette benötigt, war zweifellos nicht billig gewesen, selbst wenn die Truppe bei einer Firma im Mittleren Westen, die auf dergleichen spezialisiert war, eine Sammelbestellung aufgegeben hatte. Ich dachte an den Verkauf von Selbstgebackenem, an Autowaschen und Fundraising-Veranstaltungen. Eine gemeinsame Reise nach Südkalifornien. Ein einmaliges Erlebnis. Ich stellte mir das Training vor, allabendlich nach der Schule, an Wochenenden. Die Wettkämpfe, Platz eins in der Regionalliga, und dies war die verdiente Belohnung. Es musste sowohl der ganzen Truppe als auch ihr persönlich alles bedeuten, sich qualifiziert zu haben, so weit gekommen zu sein. Ich konnte ihr Fiebern nachvollziehen, ihre Aufregung, ahnte, wie schlimm der Verlust der Tasche für sie war, und mir ging zum ersten Mal auf, was ich tat, was problematisch daran war, welche Konsequenzen es hatte.

*

Ich interessiere mich nicht für Sport, es ist mir also nicht peinlich, dass mir das »Rose Bowl«-Stadion oder der berühmte Umzug unbekannt waren. Und obwohl ich jetzt, um sieben Uhr früh, am Sammelplatz stehe, umgeben von Musik und Tänzerinnen und Hunderttausenden Kunstblumen, muss ich gestehen, dass mich dieses gigantische Spektakel nicht berührt, in keiner Weise. Ich versuche, mich darauf einzulassen, verstehe aber nicht, was andere daran finden. Wozu dieser Exzess? Ich glaube, manchmal treiben es die Leute zu weit.

Unterwegs – ich hielt Ausschau nach Tanyas Truppe – habe ich mehr als ein Dutzend Tieflader passiert. Auf einem stand ein mindestens fünfzehn Meter hoher Animatronik-Vogel. Auf Brusthöhe konnte ich durch eine offene Tür beobachten, wie Techniker die Hydraulik inspizierten. Während des Umzugs nickt dieser Vogel mit dem Kopf und pickt stets denselben sieben Meter langen Wurm auf. Dieser ist blau-grün, und ob man es glaubt oder nicht, er lächelt und hält ein Schild mit der Aufschrift: *Der Frühling ist nah!*

Dann kam ich an einer Unterwasserwelt vorbei – Meerjungfrauen, Muscheln und riesige Seepferdchen aus Styropor –, anschließend an einem Hundefängerwagen mit vorgespannten Hunden und uniformierten Menschen im Käfig. Dann sah ich Tarzan, der sich an seiner Liane schwang. Schwäne und Superhelden und zwei miteinander verbundene, haushohe Ballons – Sylvester, die Katze, und Tweety Bird. Zwei Teams, bestehend aus jeweils einem Dutzend Teenager, hatten die Aufgabe, diese Monstrositäten zu ziehen, und sie werden aufpassen müssen, dass sie nicht von Windböen von den Füßen gerissen werden. So ging es weiter auf dem Sammelplatz, eine Absurdität reihte sich an die andere, bereit, die Reise auf der vorgesehenen Route anzutreten. Ich kam an neun Marschkapellen und einer weiteren Truppe von Raiders vorbei, bis ich endlich auf die Mädchen in Lila stieß.

Ich lebe an einem kälteren Ort. Und das dortige Klima mag ich am liebsten. Kalifornier werden das nie begreifen. Sie halten den Winter vermutlich für eine Phase grausamer Isolation, aber all jene, die mit Schnee leben, all jene, die den Wechsel der Jahreszeiten genießen und sich auf die Zeit freuen, wenn der Sommer in den Herbst übergeht, wissen es besser. Die Kälte ist ein angenehmerer Begleiter als die Hitze; sie lässt Raum. Mit der Kälte kann man verhandeln, ein besseres Verhältnis erwirken, und man kann den Deal, falls erwünscht, ergänzen und eine weitere Garnitur Kleider anziehen. Deshalb trage ich stets Handschuhe, wenn ich hier bin, dünne Handschuhe, sogar bei Hitze. Ich mag diese Extramembran. Ich möchte kontrollieren, wie ich die Dinge berühre, wie sie mich berühren.

An wärmeren Orten funktioniert das aber nicht. Man hat weniger Möglichkeiten, etwas wegzulassen oder auszuziehen. Wenn man splitternackt in der Sonne steht, gibt es keinen Spielraum mehr. In den hiesigen Parks liegen die Mädchen oft im Gras, weder auf einem Tuch noch auf einer Decke, sondern direkt auf dem bloßen Bauch, Tausende Halme auf der Haut. Sie lesen ein Buch, nippen an der Cola, hören Radio. Manchmal liegen sie mit geschlossenen Augen da, das geöffnete Bikinioberteil enthüllt den Rücken mit den Winkeln der Schulterblätter und den parallelen Rippenwölbungen. Ich fühle mit ihnen, ohne wirklich zu wissen, was ich fühle. Meist habe ich den Impuls, ihnen eine Decke zu bringen. Die Lufttemperatur beträgt zweiunddreißig Grad, und doch will ich, dass sie es wärmer haben. Wärmer, nicht heißer. Ich nehme an, Sie verstehen den Unterschied.

Kleidung wirkt voller, wenn sich Menschen darin bewegen. Das fällt mir auf, während Tanyas Team seine Dehnübungen macht. Ich habe über jede einzelne Paillette des Trikots gestrichen, habe es in die Arme geschlossen und an mich gedrückt, um das Rippenmuster zu spüren, die komplexe Struktur des Futters. Letzte Nacht habe ich alles mit ins Bett genommen, ich lag zugedeckt auf der linken Seite, rechts von mir das Kostüm samt Handschuhen und Stiefeln,

Diadem und Bâton, alles sorgfältig arrangiert. Während ich zuschaue, wie das vollzählige Team seine Übungen mehrmals wiederholt, wie die Mädchen in die Hocke gehen und sich um die eigene Achse drehen, ja sogar die Beine hochwerfen, gewinnt das Kostüm jedoch ein Eigenleben.

Ich bewundere die Disziplin dieser Frauen, ihre exakt getakteten, präzisen Bewegungen. Trotz der frühen Stunde und obwohl wir uns noch auf dem Sammelplatz befinden – Park, Parkplatz und ein paar gesperrte Straßenzüge –, erlebe ich die komplette Vorstellung. Sie haben sich formiert, jede ihr eigener Mittelpunkt, und werfen die Bâtons genau gleichzeitig in die Luft, drehen sich mit ausgestreckten Armen und laut zählend um die eigene Achse. Am Rand klatscht jemand den Takt – »Drei und vier und fünf!« Bei »fünf« werfen alle das rechte Bein hoch und breiten die Arme aus, Handflächen nach oben, die Bâtons fallen exakt getimt und punktgenau vom Himmel. Die Beine klappen nach unten, und die Mädchen lassen ihren Bâton wirbeln, er saust von einer Hand in die andere, sogar um den Hals. Diese Abfolge – Wurf, Drehung, Beinbewegung, Auffangen, Wirbeln – kann unaufhörlich bis unendlich oft wiederholt werden. Ringsum dröhnen Trommeln und Klarinetten, Posaunisten lassen den Arm vor- und zurückschnellen, aber die Majoretten bleiben hoch konzentriert. Im Gegensatz zu mir lassen sie sich durch die Trompeter mit den Epauletten, die hin und her fliegende Quaste oder das Gebrüll ihrer Trainerin nicht ablenken.

Als ich meine Raider-Truppe entdeckt hatte, pirschte ich mich vorsichtig an. Ich hielt hinter meiner Sonnenbrille Ausschau – nach der Lücke in der Formation, nach einer jungen Frau, der die dringend benötigte Ausrüstung fehlte. Ich hatte angenommen, sie würde niedergeschlagen am Rand stehen, nicht ahnend, dass ich da war, um alles wieder ins Lot zu bringen. Doch ich konnte sie nirgendwo entdecken.

Inmitten dieses Trubels gab es zig Möglichkeiten, in Deckung zu gehen, also lauerte ich auf meine Chance. Als ich den Eindruck hatte, dass niemand hinsah, deponierte ich die Tasche neben dem Baum, an dem sie ihre restliche Ausrüstung abgestellt hatten. So dicht, dass sie dazuzugehören schien, so weit weg, dass sie auffiel. Ich wollte, dass sie ihre Tasche bemerkte, auch wenn sie nichts begriff: wie durch Zauberhand wieder da. Anschließend wich ich auf meine jetzige Position zurück, gut achtzehn Meter entfernt, und behielt die Tasche im Auge.

Das war vor dreizehn Minuten, noch hat sich nichts getan, und ich befürchte, ich war zu spät dran. Meilenweit habe ich die Tasche geschleppt, die ganze Strecke zu Fuß, was ich sonst nie tue. Und das habe ich nur getan, um Augenzeuge zu sein – der Wiedervereinigung, ihrer Erleichterung. Für mich wäre das eine Premiere, das erste Mal, dass ich es miterlebe. Ich weiß, alles ist in schönster Ordnung, perfekt gepackt und einsatzbereit. Und es ist noch reichlich Zeit. Der Umzug beginnt frühestens in einer Stunde, sie wäre innerhalb von fünf Minuten umgezogen und startbereit. Nun muss nur noch jemand die Tasche entdecken. Irgendjemand muss kapieren, was er oder sie da vor Augen hat.

Vielleicht bedarf es eines letzten Anstoßes, um die Sache ins Rollen zu bringen.

Ich treffe meine Entscheidung, verlagere das Gewicht und will einen Schritt nach vorn tun, ihren Namen rufen, als ich eine Hand auf der Schulter spüre. Einen festen Griff.

Ich drehe mich um und erblicke eine ältere Frau, vielleicht in den Sechzigern, aber mit lila Raider-Jacke. Ihre Augen sind klar, und ihre Haltung – aufrecht, die Schultern gestrafft – sagt mir, dass sie Sportlerin war.

»Darf ich fragen, was Sie da anstarren?«, fragt sie mich.

Vielleicht wollen wir alle schlicht etwas Durchblick haben. Und den bekommt man in Kalifornien, hier, am frühen Morgen des ersten Januartags. Mitten in der Wüste kann es winterliches Licht geben, genauso auf einem Berggipfel, vielleicht sogar unter dem Laubdach des Regenwalds. Nur wäre das nicht mit diesem Licht vergleichbar, wäre keines, in dem wir uns alle zugleich aufhalten. Keines, das ungehindert auf eine Millionenstadt fällt.

Normalerweise beobachte ich, wie die Schatten im Laufe des Vormittags zu uns zurückschrumpfen und sich nachmittags wieder von uns entfernen. Ich warte auf die Mittagsstunde, in der alles zu sich selbst findet. Hunde und Bäume, Hydranten, Bänke und Telefonzellen. Wolkenkratzer und Donut-Stände. Die vor mir stehende Frau, der Junge, der sich ein paar Schritte weiter auf seine Tuba stützt. Wenn die Sonne direkt über einem steht, kann man sich kurz einbilden, die Dunkelheit wäre ausgelöscht, keine Kontur wäre mehr verwischt. Man kommt an diesen Ort, um ein solides Objekt zu sein, ein Ding wie alle anderen Dinge auf dieser Welt. Ich jedenfalls komme aus diesem Grund, ich will den Dingen nahe sein, obwohl ich keines von ihnen bin.

»Bitte?«, erwidere ich.

Mitten in der Formation hält eine Majorette mit Üben inne. Sie verlässt die Truppe und kommt auf uns zu, ihre Miene verändert sich, spannt sich an. Unsere Blicke treffen sich, und sie zeigt mit der Spitze ihres Bâtons, mit ihrer Kristallkugel, mitten auf meine Brust.

»Ja«, sagt sie. »Genau der.«

Die Trainerin sieht sie an, dann mich. Ihre Hand liegt nach wie vor auf meiner Schulter. Die Majorette senkt den Bâton, schwenkt ihn über den Bürgersteig bis zu der Tasche, die neben dem Baum steht.

»Er hat die Tasche dorthin gestellt«, sagt sie. »Die hat im letzten Jahr zur Reserve gehört. Wir hatten für den Fall, dass etwas abhandenkommt, drei von diesen blauen Taschen gepackt.«

Ich fahre herum, schüttele die Hand der Frau ab und gehe davon.

»Bitte den Irrtum zu entschuldigen«, rufe ich über die Schulter und beginne zu traben, dann zu laufen, renne in Richtung der Menschenmenge, die hinter der Ecke auf mich wartet. Wenn ich es dorthin schaffe, bin ich in Sicherheit, das weiß ich.

»Halt!«, schreit die Trainerin. »Haltet den Mann!«

Ich denke oft an Konsequenzen. Manchmal träume ich sogar davon. Von einer Ordnungsmacht, die mich zur Rechenschaft zieht. Etwa diese Frau und die von ihr befehligte Marschkapelle. Ich stelle mir vor, wie sie ihre Leute auf mich loslässt, habe die wippenden lila Federn auf den Mützen vor Augen. Habe vor Augen, wie man mich am Ende schnappt und umzingelt, wie mir ein Junge Schläge mit der Lyra androht. Aber die Sache geht anders aus.

Sie geben rasch auf, und ich komme wieder mal ungeschoren davon. Was wohl daran liegt, dass sie an diesem Tag Wichtigeres zu tun haben, dass ich in ihren großen Plänen keine Rolle spiele.

Trotzdem muss ich an meine Tanya denken.

Ist sie denn hier, in Südkalifornien, im »Rose Bowl«-Stadion, nimmt sie am heutigen Umzug teil? Gehört sie noch zum Team? Zu den Assumption Purple Raiders? Oder könnte es sein, dass alles – die Tasche und die Kapelle, Kostüme, Trainerin und Training, das ganze Drumherum – für sie Vergangenheit ist? Ich würde sie gern treffen, sie fragen und mich erklären. Ich glaube, das könnte mir gelingen. Ich glaube, ich könnte ihr begreiflich machen, was in mir vorging, als ich ihre Uniform hielt. Ihr maßgeschneidertes Trikot, ihre Strumpfhosen, Stiefel und Handschuhe, ihr Diadem, ihre Haarklammern und künstlichen

Wimpern. Ich würde Tanya sagen, dass ich nichts davon behalten, sondern alles zurückgegeben habe. Sie soll wissen, dass ich mich bemüht habe, und wenn sie wolle, falls sie nichts Besseres zu tun habe, könnten wir uns nach der Show, nach diesem Chaos, irgendwo treffen. Wir könnten alles tun, was sie wolle, denn auf dieser Welt gibt es keine Kosten, egal, wie hoch, die ich nicht tragen könnte. Ich kann bezahlen, und ich werde bezahlen, für alles.

Was im Dunkel liegt

Hier geht es um mich und meine Schwester, oder heißt es, meine Schwester und *mich,* oder sollte ich sagen: Meine Schwester und *ich*?

1982, wir sind am Strand und stellen uns tot. Wir liegen mit dem Gesicht nach unten im zwei Meter tiefen Wasser, versuchen, uns nicht zu bewegen, spreizen Arme und Beine, starren durch Plastik und holen japsend Luft. In unseren identischen orangenen Schnorcheln röchelt Wasser, vermischt mit Speichel, vermischt mit Luft. Es ist Saisonende, unsere Mom hat Tauchermasken und Schnorchel im Ausverkauf abgestaubt, zwei Sets zum Preis von einem, und wir wollten sie gleich ausprobieren.

Es ist hell, und unter uns pulsiert alles, als wäre es lebendiger als lebendig. Die Maske ist nagelneu, sauber und so durchsichtig, dass alles unwirklich klar ist. Die Konturen sind so scharf, dass ich einzelne Sandkörner in der Strömung erkennen und beobachten kann, wie die Wellen zurückfluten. Aber das spüre ich vielleicht eher. Das Wasser zerrt an mir, alles ist in Bewegung und geht, wie es kommt. Dasselbe Wasser in derselben Menge, nur ruhiger und mit weniger Gischt, wenn es zurückströmt.

Wir sind nicht besonders gut im Schwimmen. Wir rudern mit den Händen und strampeln mit den Füßen, um an Ort und Stelle zu bleiben, spüren aber den Sog, als wäre um unsere Knöchel ein Seil geschlungen, das uns in die bodenlosen Tiefen des Ozeans ziehen will.

Meine Klassenkameradin Melinda hat mal ein Referat zu diesem Thema gehalten. Wir sollten uns mit Energiequellen beschäftigen – Wind oder Sonne oder was auch immer –, und sie hatte sich für die GEZEITENKRAFT entschieden! Sie hatte die Buchstaben des Wortes einzeln ausgeschnitten, abwechselnd in Grün und Blau, und auf den extradicken Karton geklebt, den wir für unsere Referate benutzten. Sie konnte gut zeichnen, ich sehe es noch vor mir: absolut sauber, prima geordnet und leicht zu erfassen.

Das mittlere Bild zeigte das Diagramm einer Unterwasserturbine in der Bay of Fundy, und Melinda hatte mit Punkten und Pfeilen illustriert, wie das Wasser auf der einen Seite hineinstrudelt und Stunden später auf der anderen entströmt. Mit den vielen coolen Zeichen, die einander überschnitten, erinnerte ihre Illustration an Bilder aus dem Zeitungsstrip *Family Circus*. Sie las ihr siebenminütiges Referat von Karteikarten ab und zeigte steif auf ein Detail nach dem anderen. All das, erklärte sie, funktioniere nur wegen des Mondes und des Weltalls.

Das waren ihre Worte.

Ich war die ganze Zeit in Gedanken bei meinem eigenen Referat, ging die Vor- und Nachteile eines Atomreaktors durch, aber als sie zu diesem Punkt kam, horchte ich auf. Melinda schwenkte den Arm über ihrem Karton, über unseren Köpfen, und erläuterte, der Mond bewege das Wasser auf der ganzen Welt.

Eine Karteikarte nach der anderen las sie vor und bombardierte uns mit Fakten. Die unglaubliche Megawattmenge, die wir erzeugen könnten, wenn wir die Technik hätten. Denn der Mond sei absolut zuverlässig, erklärte sie, das Wasser müsse stets rechtzeitig an einem bestimmten Ort sein, es gebe Fachleute, die exakt berechnen könnten, wann und wo. Und das, sagte sie, sei an sich nichts Neues. Menschen, die sich mit dem Meer befassten, hätten es schon immer gewusst. Etwa Fischer. Für die sei der Ozean berechenbarer, als wir vielleicht meinten.

Schließlich kam sie zur letzten Karteikarte. »Zusammenfassend kann man sagen«, begann sie, aber da hatte ich schon genug, und was ich damals dachte, denke ich noch heute.

Du willst mir sagen, der *Mond* bewirkt *das*?

Kaum zu glauben, Melinda. *Sehr* schwer zu glauben.

*

Es ist kein Privatstrand oder so, kein Geheimtipp, sondern schlicht der Uferstreifen neben einem Campingplatz, der von einer Familie betrieben wird. Wir waren jeden Sommer ein- oder zweimal dort. Unserer Mom gefällt es hier. Zu beiden Seiten ragen extrem steile Klippen auf, sodass man sich vorkommt wie in einer anderen Welt, und ein flacher, warmer Bach schlängelt sich über den Strand zum Meer. Als wir kleiner waren, verbrachten wir die ganze Zeit in diesem Bach, der uns bis zu den Knien reichte, oder saßen mit Plastikeimern und Schaufeln am Ufer, bauten Sandburgen und Burggräben und Dämme aus Treibholz. Manchmal buddelten wir uns gegenseitig ein. Eine legte sich auf den Rücken, und die andere schaufelte und kippte und schaufelte eine Million Mal, bis nur noch das Gesicht zu sehen war und der Sand superschwer auf der Brust lag.

Wir durften noch nicht ins große Meer.

»Ich möchte, dass ihr nur hier spielt, nie dort, okay?«, sagte unsere Mom und zeigte erst auf den Bach und dann auf die Brandung.

Das ist mehrere Sommer her. Wir hatten keine Tauchermasken und konnten nicht schwimmen – können es bis jetzt nicht richtig –, also auch nicht erkunden, wie es hier aussieht. Wenn man von oben aufs Meer guckt, ahnt man nicht, was sich unter Wasser befindet.

Vielleicht ist es wie im Film – vielleicht ist alles wie im Film –, nur dass wir nicht bloß *zuschauen*. Stattdessen haben wir das Gefühl, einen Film zu *drehen*, eine richtige Natur-Doku, und wir drehen sie ganz allein und versuchen, die richtigen Details im rechten Moment einzufangen. Und zum Schluss holen wir den Kerl mit dem britischen Akzent, damit er den Text spricht.

»Der Streifenbarsch«, wird er sagen. »Der Hummer. Man sehe und staune!«

Wir können beide Tiere sehen. Der Hummer, tiefbraun, ja beinahe schwarz, kriecht über einen Felsen, reckt die Scheren in die Luft. Gut, natürlich nicht in die Luft. Was ich meine, ist wohl klar. Er reckt die Scheren im Wasser. Und da ist unser angeödeter Fisch, ein Streifenbarsch, er hängt bloß rum. Schließt und öffnet sein Maul. Die Kiemen flattern.

Die Sonne, die ich auf dem Rücken spüre, wird allmählich zu heiß, und ich frage mich, wie lange wir schon im Wasser liegen und beobachten. Einfach beobachten. Genau genommen gibt es wenig zu sehen, nur Sand und Felsen und verbogenes Metall, vielleicht ein Bettgestell oder eine altmodische Federkernmatratze, die schon seit Ewigkeiten hier liegt. Dazu einen herumspazierenden Hummer und einen faulen Barsch. Wir sind ja nicht auf Hawaii, hier gibt es kein knallbuntes Korallenriff mit Geschöpfen, die man sich nicht mal im Traum vorgestellt hätte. Wir sind in Nova Scotia, und was wir sehen, ist das, was es in Ufernähe halt so gibt.

Trotzdem erscheint mir das alles unfassbar alt. Und auch daran muss ich ständig denken. Es kommt mir vor, als hätten sich alle Vorgänge, die wir hier beobachten, die vielen kleinen Begebenheiten unter Wasser, an diesem Ort immer wieder abgespielt, immer auf die gleiche Weise und das seit dem Anbeginn der Welt.

Meine Schwester angelt nach einem Einsiedlerkrebs mit

einer Muschel in Popcorngröße. Sie greift mit Daumen und Zeigefinger danach, und sobald sie ihn berührt, die Muschel zum ersten Mal streift, krümelt sich der Krebs komplett zurück, tut so, als wäre er ein Stein, ein schlichter Kiesel in ihrer Hand, und sitzt die Sache einfach aus. Als sie ihn loslässt, kommt er sofort wieder zum Vorschein – zack! – und versucht hektisch, eine Deckung zu finden, ein Versteck, irgendetwas, das groß genug ist, um Schutz zu bieten, Schutz vor ihr oder vor uns beiden, wer auch immer wir in seinen Augen sind.

Das Mundstück des Schnorchels schmeckt noch nach Plastik, und trotzdem muss man es zwischen die Lippen nehmen, behutsam, darf es mit der Zunge berühren, aber nicht daraufbeißen oder den Kiefer schließen. Locker im Mund behalten. Immer schön atmen. Ruhig bleiben. Und sich konzentrieren. Es gibt eine geheime Technik, die andere beherrschen. Man muss die Luft durch die schmale Röhre ansaugen und auspusten. Immer im Wechsel, langsam und regelmäßig.

Sobald wir im Rhythmus sind, fällt es leichter. Ich zeige meiner Schwester den gereckten Daumen wie ein echter Taucher, und sie nickt. Ich glaube, sie lächelt sogar, ihre Oberlippe stößt gegen das durchsichtige Plastik unter der Nase. Wir scheinen uns prima zu vertragen. Wenn wir an Land sind, können wir uns nicht ausstehen. Sie braucht immer eine Ewigkeit, bis sie so weit ist, und als wir vorhin in die Brandung gerannt sind, sah es furchtbar aus, wie sie lief. Es ist, als wär sie immer in Schieflage, vor allem, wenn sie rennen will. Sie neigt sich zur Seite, als würde sie gleich umkippen.

Ich und meine Schwester. Wir Geschwister. Meine Schwester und ich. Wir hatten nie ein gutes Verhältnis. Nie. Wir sind elf Monate auseinander und haben dieselben Eltern – dieselbe Mom, sie sitzt auf einer Decke am Strand und liest ein Buch, und denselben Dad, wo auch immer er sein mag. Trotzdem gab es von Anfang an diese Kluft. Elf Monate, das ist einerseits zu dicht und andererseits viel zu weit auseinander.

*

In diesem Sommer gab es das Drama mit dem Trampolin, und es ist noch nicht vergessen. Es war nicht unser Trampolin. Es war irgendein Trampolin. Man erinnere sich: Wir schreiben das Jahr 1982, und bevor wir das Ding sahen, hätten wir nie gedacht, dass eine Privatperson ein eigenes Trampolin besitzen könnte. Da hätte man schon beim Zirkus sein oder für die Olympischen Spiele trainieren müssen oder so. Trotzdem stand es überraschend da, ungenutzt, mitten in einem verkrauteten Garten, hinter einem Haus, in dem wir noch nie gewesen waren.

Wir besuchten eine Frau, die unsere Mom von früher kannte. Sie wollte die Freundschaft auffrischen.

»Gina«, wiederholte sie während der Hinfahrt. »Gina,

um Himmels willen. Ihr müsst euch doch an Gina erinnern. Ich erzähle oft von ihr. Gina und ich. Ich und Gina. Wir waren richtig eng. Der letzte Besuch ist noch nicht lange her. Na, kommt. Ihr wart dort. Ehrlich, ihr wart schon mal da. Ihr erinnert euch bloß nicht daran.«

Im Haus mit dem Trampolin wohnten keine Kinder. Oder keine Kinder mehr, jedenfalls zeugte nichts von ihrer Anwesenheit. Nur ein schwarzes Rechteck, das ein Drittel des Gartens einnahm, ein Sprungtuch aus Nylon, umgeben von hohen Gräsern, die bis über die Federn gewuchert waren. Das von Grün eingefasste Schwarz wirkte aus der Entfernung wie ein riesiges Loch, wie eine Baugrube mitten im Garten.

Gina bemerkte, wie wir es durch das Fenster anstarrten.

»Das Ding«, sagte sie kopfschüttelnd. »Keine Ahnung, was ich damit tun soll. Man kann es nicht auseinandernehmen.«

Sie hatte einen Teller mit Supermarktkeksen hingestellt, eine ungekühlte Zweiliterflasche Cola und ein Schälchen aus rostfreiem Stahl mit den billigsten Käsecrackern, die es gibt, jene, die jede Menge Luft enthalten.

Für sich selbst und Mom hatte sie Wein, Vollkornwaffeln und Marken-Cracker besorgt, dazu zwei edle Käsesorten auf einem hölzernen Schneidebrett.

Wir betrachteten ihre Snacks und unsere Snacks, und dann sahen wir wieder aus dem Fenster.

Draußen stand ein Trampolin.

»Na los«, sagte Gina und wies auf die Schiebetür. »Tobt euch aus.«

Dann ließ sie ihre Hand über den Snacks kreisen, als wollte sie sie verzaubern, und in diesem Moment kamen mir die Käsecracker besonders trocken, besonders hohl und besonders orange vor.

»Keine Bange«, sagte sie. »Ist alles noch da, wenn ihr wieder reinkommt.«

Und die zwei Frauen stießen lachend an.

»Na, endlich«, hörte ich meine Mom sagen, als wir rausgingen. »Jetzt kannst du mir alles erzählen, ich bin echt gespannt.«

Als wir die Verandatür aufschoben, drängelte sich meine Schwester vor, stieß mir den Ellbogen in den Bauch und drehte sich so hin, dass sie seitwärts durch den Spalt schlüpfen konnte. Ich sah ihr nach, als sie, zur Seite geneigt, durch den Garten rannte, bei den letzten zwei Schritten ihre Schuhe von den Füßen schüttelte und sich über den Metallrand auf das Sprungtuch schwang.

Meine Schwester und ich sind weder gleich groß, noch haben wir die gleiche Figur. Und ich denke, wir wissen beide, dass das auch so bleibt. Man lernt den Körper eines anderen Menschen kennen, vor allem, wenn dieser Körper ständig in nerviger Nähe ist, wenn man ein Schlafzimmer, ja sogar ein Bett mit ihm teilt, unter demselben Deckbett schläft, und das über viele Jahre. Dieser Körper liegt jeden Abend und jeden Morgen neben dir. Am Ende kann das für beide, für dich und diesen Körper, gemütlich, aber eben auch ungemütlich sein. Die andere Person zieht sich vor deiner Nase bis auf die Haut aus und lässt ihre superekligе Unterwäsche mitten im Zimmer liegen.

Wir sind schlicht total unterschiedlich, meine Schwester und ich, das ist unbestreitbar. Ich denke oft darüber nach. Ihre Haare und meine Haare, einmal lockig, einmal glatt. Oder meine Haut und ihre Haut, wie sie jeweils auf die Sonne reagieren. Oder unsere Arme und Beine, meine Taille und ihre Taille, Länge und Dicke. Wir gehorchen verschiedenen Codes, und ich weiß, tief in unseren Körpern, im Kern unserer Zellen gibt es Schlüsselsequenzen, die wir nicht teilen. Wir niesen nicht auf die gleiche Weise, unsere Augenbrauen ähneln sich nicht, eine kann die Daumen waagerecht umknicken, die andere nicht. Keine irritierenden Ähnlichkeiten. Niemand würde uns für Schwestern halten.

Es mag idiotisch sein, aber manchmal wundert es mich trotzdem, dass wir so unterschiedlich sind. Dann frage ich mich, ob mit uns etwas nicht stimmt, ob es unter anderen Umständen besser wäre. Unter noch mal anderen Umständen als den ohnehin anderen Umständen. Ob sie je von Bedeutung sein oder anderen auffallen werden? Manchmal stelle ich mir vor, wie es sein wird, wenn wir älter sind, wenn andere uns küssen oder andere Sachen mit uns machen wollen. Jungs, von denen wir noch nichts ahnen. Superaussehende Jungs, denen wir noch nicht begegnet sind, die aber mit uns zusammen sein wollen.

Vielleicht hat einer von ihnen bestimmte Vorlieben, bevorzugt eine so und nicht anders gebaute Figur. Darüber denke ich oft nach, sehr oft: über die supertollen Jungs, die mich erwarten. Ich muss unbedingt besser werden, was das angeht. Denn wenn sie in mein Leben treten, will ich, dass sie mich mögen und meine Schwester links liegen lassen.

Vielleicht haben sie in der Schule recht. Vielleicht stimmt alles, was sie uns in Gesundheitskunde sagen oder was in den idiotischen Broschüren steht, die sie verteilen. Vielleicht durchleben wir nur eine schwierige Phase, die irgendwann endet, und trotzdem habe ich das Gefühl, alles auf einmal wahrzunehmen, und bin ständig am Vergleichen. Dieses Mädchen und diesen Jungen finde ich besser als jenes Mädchen und jenen Jungen. Diese Shows und jene Songs. Und unsere Lehrer: Manche tun cool, andere stinken und tragen immer dienstags und donnerstags dieselben Klamotten. Dazu die Eltern und die Frage, wie hoch ihr Einkommen ist. Und woran sich das zeigt. Etwa am echten Polohemd mit dem echten Polospieler, der einen echten Poloschläger hält, im Gegensatz zum gefälschten Polohemd mit dem lila Typen ohne Schläger, der auf einem lila Pferd sitzt. Ich finde Madonna besser als Cyndi Lauper, aber Belinda Carlisle ist schöner als beide. Niemand will es zugeben, aber irgendjemand hat immer die Nase vorn.

Auf dem Trampolin verfliegt dieser Druck vorübergehend. Es hat kein Sicherheitsnetz, ist nur vom blauen Himmel umgeben. Wenn man eine Weile springt, hat man immer wieder das Gefühl, kurz den Körper zu verlassen. Es dauerte eine Weile, bis meine Schwester und ich kapieren, wie es funktioniert. Wenn eine oben ist, muss die andere unten sein, eigentlich kein Problem. Ganz einfach. So macht man das halt. Ein »Boing!« nach dem anderen. Stets im Wechsel, immer abwechselnd.

Das schwarze Sprungtuch war viel straffer als erwartet. Vielleicht wegen der alten, rostigen, straffen Federn. Und wir sprangen viel, viel höher, als ich je gedacht hätte.

Anfangs konzentrierte ich mich auf die Haare meiner Schwester. Ich wartete darauf, dass die einzelnen Strähnen kurz vor dem Sprung auf ihre Schultern fielen und sich, wenn sie den höchsten Punkt erreicht hatte und wieder zu fallen begann, um ihren Kopf bauschten wie die Halos bei Vorführungen im Science Center. Es gibt diesen Augenblick, den Bruchteil einer Sekunde, wenn man, egal, ob unten oder oben, nicht genau weiß, ob man angelangt ist, nicht weiß, ob man sich ganz, ganz oben oder ganz, ganz unten befindet.

Schwer zu sagen, wie es passieren konnte. Wir waren mindestens ein Dutzend Mal gesprungen und hatten die gleichen Tricks und Posen ausprobiert wie alle Anfängerinnen. Knie vor die Brust ziehen. Und das Gegenteil, ein Spagat mit weit gespreizten Beinen und Armen. Einige Male ließen wir uns auf den Hintern fallen und schnellten wieder auf die Beine. Meine Schwester versuchte zweimal halbherzig, einen Salto zu schlagen, sie presste das Kinn auf die

Brust und riss die Arme nach hinten. Ich weiß bis heute nicht, wie das geht.

Und ich weiß bis heute nicht, warum sie plötzlich unten blieb, ohne mich zu warnen, ohne mir ein Zeichen zu geben, als wäre ich nicht vorhanden. Meine Schwester. Sie hatte schlicht keine Lust mehr, glaubte offenbar, es wäre der passende Moment für eine Pause. Sie sauste in die Höhe, und alles war gut, aber beim Landen knickte sie tief, ganz tief in den Knien ein, ging fast in die Hocke. Was die Sprungenergie so stark drosselte, dass sie nicht mehr nach oben federte.

Die Folgen sind wohl klar. Ich war noch in der Luft, als sich der Schwung umkehrte. Die gleichmäßige Welle, die wir durch unsere abwechselnden Sprünge im schwarzen Sprungtuch erzeugt hatten, geriet ins Stocken. Weder bemerkte ich das, noch sah ich es kommen, aber heute weiß ich, wie es abgelaufen ist, kann die Szene vor meinem geistigen Auge so stark verlangsamen, dass ich sozusagen ein Standbild nach dem anderen sehe. Ich fiel noch, als das Sprungtuch durch die Bremslandung meiner Schwester nach oben federte, beim Landen also nicht unter mir nachgab. Es war auf einmal kein Sprungtuch mehr, sondern ein fester Grund, und dieser kam mir entgegen.

Meine Zungenspitze geriet zwischen die Zähne, und durch die Wucht des Aufpralls biss ich sie glatt durch.

So etwas möchte man nicht erleben. In der Zungenspitze befinden sich Milliarden Nervenenden, und ich kappte sie alle auf einen Schlag.

Zuallererst gab es diesen Flash, und wir bemerkten ihn beide. Vor dem Hintergrund des schwarzen Sprungtuchs segelte die Spitze meiner Zunge, vom Körper abgetrennt, durch die Luft wie ein Wurm auf einem Blatt.

Danach war ich erfüllt von blankem Schmerz und blanker Wut. Es platzte aus mir heraus.

»Ich hasse dich!«, kreischte ich.

Meine Zunge schwoll schon an, Blut quoll aus meinem Mund. Fünf Sekunden später hatte meine Zunge die Größe einer geballten Faust, und ich brachte kein Wort mehr heraus. Trotzdem quetschte ich es noch hervor.

»Das war doch Absicht. Ich wünschte, du wärst tot!«

Meine Schwester schaute mich an – ich kann ihre Miene nicht beschreiben, nahm sie nicht richtig wahr – und schüttelte den Kopf, und dann kniete sie sich hin, las das Stückchen Zunge auf und bettete es auf ihre Handfläche.

»O mein Gott«, sagte sie. Und dann: »Komm. Komm schnell mit. Wir müssen rein.«

Sie schob mir eine Hand unter die Achsel und half mir vom Trampolin.

Keine Kekse, keine Cola, keine Käsecracker.

Stattdessen Kleenex und Haushaltspapier und Eiswürfel, in ein weiß-rot kariertes Geschirrtuch gewickelt.

Mom und Gina leerten ihre Gläser, und ich weiß noch, dass Mom ihre Wangen aufblies wie eine Trompeterin. Sie sah Gina an.

»Es hört nie auf«, sagte sie.

»Nein«, erwiderte Gina. »Nie, nie, nie.«

Am Ende lächelte sie und winkte uns hinterher, als wir aus ihrer Einfahrt rollten.

»Vielen Dank, Dee«, sagte sie. »Jedenfalls für den ersten Teil. Wir müssen uns wiedersehen. Und wir warten nicht wieder so lange, okay?«

Ich drückte das schmerzlindernde Geschirrtuch gegen mein Gesicht, während wir schweigend zum Krankenhaus rasten. Dort saßen wir zu dritt sechs Stunden in der Notaufnahme. Und dann wurde mir nicht mal richtig geholfen.

»Weiter mit Eis kühlen und abwarten«, sagte die Ärztin »Feuchtes Gewebe heilt rasch, du wirst sehen. Du kannst auch mit Salzwasser gurgeln. Mehr kann man eigentlich nicht tun. In ein paar Tagen ist alles wieder beim Alten.«

»Und das hier?«, fragte meine Schwester. Sie zeigte der Ärztin die Zungenspitze, die in einem Styroporbecher auf einem Eiswürfel lag. Ich hatte nicht geahnt, dass sie den Becher die ganze Zeit brav gehalten hatte. Mein Fleisch war grau geworden.

»Ah«, sagte die Ärztin. »Das kannst du mir geben. Ich lasse es ordnungsgemäß entsorgen.«

»Sie nähen es nicht wieder an?«

»Nein«, antwortete die Ärztin. »Das tue ich nicht.«

*

Eine Erinnerung führt zur nächsten. Der Geschmack von Salz, das in Wasser aufgelöst ist. Zu Hause musste ich alle drei Stunden gurgeln, und obwohl ich lange umrührte, blieben stets Salzkristalle im Glas zurück. Ich spürte innen an den Wangen, wie sie im Mund wirbelten, bis ich ausspuckte.

Hier draußen ist es ähnlich, nur ist der Salzgeschmack intensiver, obwohl es keine Kristalle gibt. Schon verrückt, sich vorzustellen, wie viel Salz die Meere absorbiert haben, ganze Gebirge davon, alles im Wasser aufgelöst.

Dieser Tag – ein Picknick und ein letzter Strandbesuch – sollte den Abschluss markieren, das Ende des Sommers. Ein letzter freier Nachmittag, bevor ein neues Schuljahr begänne, bevor wir in die Schule zurückkehrten, an die Arbeit, zur Routine. Wärme und Freude, das war der Plan. Nickerchen, Bodysurfing und Getränke aus der Kühlbox, Radiohören, Strandspaziergänge. Wir hatten nicht vorgehabt, so aktiv zu werden, aber die Tauchersets, die mit unverkaufter Campingausrüstung, Wasserpistolen und Insektenspray als Sonderangebote in einem Drahtkorb lagen, waren so günstig, dass wir sie uns nicht entgehen lassen konnten.

Jedes Set befand sich in einem Netzbeutel mit Tunnelzug und Kordelklemme. Wir schlüpften in die Taucherflossen und watschelten damit um unsere Handtücher herum, aber das Gummi der Fußteile war so hart und trocken, dass an Stellen, wo ich nie Haare vermutet hätte, Haare ausgerissen wurden, also zogen wir sie nach zwei Minuten wieder aus. Wir hätten sie vor dem Anziehen ins Wasser tauchen sollen, dann wären sie vielleicht bequemer gewesen. Beim nächsten Mal sind wir klüger, aber so ist das nun mal. Wir waren zu aufgeregt, zu ungeduldig, um uns damit aufzuhalten. Unsere Fußspuren sahen aus, als hätte ein riesiger, prähistorischer Vogel unsere Sachen beschnuppert.

Nun schaue ich wieder zu, wie meine Schwester unter Wasser mit den Händen rudert. Sie spreizt die Finger möglichst weit, damit alles zwischen ihnen hindurchströmt.

Ich senke den Blick auf meine Hände. Ich habe die Finger fest zusammengedrückt, sodass sie Paddel bilden, mit denen ich im Wasser wenden kann.

Man sieht es, man sieht es, man nimmt es täglich wahr – die Schwester macht alles anders als man selbst –, und täglich stellt man sich dieselbe Frage.

Warum bist du so? Was hast du dir dabei gedacht, verdammt?

Wir liegen circa fünf Meter voneinander entfernt im Wasser. Vertieft in das, was wir vor Augen haben, auf unsere jeweilige Realität konzentriert.

Der Barsch spürt es zuerst. Er verschwindet von einer Sekunde auf die andere. Er muss sich bewegt haben – ganz bestimmt hat er sich bewegt –, ist aber abgezischt, ohne dass ich etwas mitbekommen hätte.

Und dann passiert es. Ein neues Geschöpf kommt ins Bild, ein ganz anderes als der Barsch. Es erscheint am Rand des Blickfelds und kommt auf uns zu. Gleitet langsam und träge zwischen mir und meiner Schwester hindurch, als hätte es nichts Besseres zu tun, keine Aufgabe auf diesem Planeten. Ich habe es noch nie in echt gesehen, bilde mir aber ein, es genau zu kennen. Es ist, als hätte sich das Geschöpf stets in meinem Inneren befunden, jedenfalls immer in der Nähe, als wäre es von jeher mit mir verbunden, obwohl unsere Lebensbereiche normalerweise Welten auseinanderliegen.

Ich habe den britischen Sprecher im Ohr, als hätte er an jedem einzelnen Sonntagnachmittag unseres Lebens darüber berichtet. In aller Ruhe nennt er die Fakten, die sich leicht aufzählen lassen, wenn man ein Bild betrachtet. Ältestes Tier auf diesem Planeten, seit den Zeiten der Dinosaurier unverändert. Sie schlafen nie, sind unaufhörlich in Bewegung, können sich nicht rückwärtsbewegen. Ihr Skelett besteht nur aus Knorpeln. Lange Reihen von Reißzähnen, die sich stets erneuern, aus dem Kiefer schrauben wie Spiralen in einem Verkaufsautomaten.

Während ich ihn betrachte, krampft sich mein Magen zusammen, ich spüre, wie die Säure hochschießt.

Er bewegt sich mit stetigen Schwanzflossenschlägen. An die drei Meter lang, ein muskulöser Schlauch. Er umkreist uns, gleitet wieder zwischen uns hindurch. Ich begegne seinem Blick, sein Auge ist kugelrund, es blinzelt nie. Wir berühren uns nicht, aber ich spüre seine Bewegungen durch den zeitweilig höheren Wasserdruck. Er hat eine verheilte

Narbe, einen knappen Meter lang, die sich als Zickzacklinie über seine Flanke zieht. Eine alte Wunde.

Ich schaue zu meiner Schwester und sehe einen panischen Ausdruck über ihre Züge huschen.

Ihr Schnorchel verrät Entsetzen, das höre ich. Sie hat sich verschluckt. Die falsche Mischung von Luft und Wasser.

Ich würde ihr gern einen Gedanken übermitteln, eine telepathische Nachricht: *Nicht bewegen. Nicht. Bewegen. Nicht von der Stelle rühren.*

Das denke ich unter Wasser.

Bitte. Bitte, Becca.

Du musst hören, was ich nicht sagen kann.

Sie haben schlechte Augen. Auch an dieses Detail erinnere ich mich.

Ein bisschen wie Fledermäuse. Sie jagen mit Hilfe eines speziellen Sinnesorgans – es sitzt in der Nase, glaube ich –, es registriert die Druckwelle jeder Zuckung, jeder ruckartigen Muskelbewegung.

Er umkreist uns wieder. Die bläuliche Rückenflosse, genau wie man sie sich vorstellt, weißer Bauch und Kiemenschlitze wie bei einer industriellen Lüftungsanlage. Jeder Teil dieses Tieres ist echt, es existiert, es ist da. Hier bei uns. Die lange Schnauze, die Art, wie Ober- und Unterkiefer aufeinandertreffen. Fast wie ein Grinsen.

Er hat eine Kerbe in der Schwanzflosse, und als er sie schwingt, um scharf zu wenden, trifft sie meine Schwester am Bein.

Ich sehe, wie sie zusammenzuckt, und Sekunden später erblüht auf ihrem Oberschenkel ein rotes Muster, es sieht aus, als hätte sie sich an einer Käsereibe verletzt.

Ich weiß nicht, was tun, aber ich weiß, wir sind in Gefahr. Ein Hauch von Blut würde genügen.

Gleichzeitig gehen mir zig andere Gedanken durch den Kopf. Etwa der, dass dies, objektiv gesehen, nicht angehen kann. Nicht richtig ist. Er dürfte gar nicht hier sein. Nicht so weit nördlich. Im Grunde ein Ding der Unmöglichkeit. *Du gehörst nach Australien*, denke ich. Oder so ähnlich. In die Gewässer vor Tasmanien. Du hättest es nie bis Nova Scotia schaffen dürfen. Irgendeine elementare Kraft, ein grundlegender Instinkt hätte dich längst dazu bringen müssen umzukehren.

Ich sende meiner Schwester eine andere Botschaft. Und spüre auf einmal etwas Neues. Unser Verhältnis ändert sich. Irgendetwas keimt in mir auf, das Gegenteil des Hasses, der mich damals auf dem Trampolin erfüllt hat, wenn auch nicht unbedingt Liebe.

Los, denke ich und zeige zum Ufer. *Komm. Wir müssen zurück. Schön langsam.*

Das dicke Gummiband der Maske schneidet mir in den Hinterkopf. Vor einer halben Stunde kam mir der Gedanke, ich könnte es zu straff gezogen haben. Nun weiß ich, dass es stimmt.

Er beschreibt einen unregelmäßigen Kreis, als hätte er sich verirrt, und schwimmt davon.

Ich greife nach meiner Schwester, und wir machen kehrt und schwimmen zum Ufer.

Unsere Mutter fängt an zu schreien, und ich wünschte, sie würde den Mund halten. Ich wünschte, ich hätte die ganze Szene vor Augen, aber aus einem günstigeren Blickwinkel. Ich wünschte, ich könnte über dem Wasser, über dem Strand, über dem Kopf meiner Mutter schweben, aber nicht zu hoch. So wie auf einer anständigen Trittleiter. Ich will meinem Kopf entkommen. Aus erhöhter Perspektive beobachten, was sich unten tut.

Eine schreiende Frau, zwei Mädchen und eine Rückenflosse, die die Wasseroberfläche durchschneidet.

»Becca?«, ruft die Frau. Sie ist jetzt auf den Beinen, spurtet zum Ufer. »Kate!«

Ihre Stimme bebt, sie ringt um Fassung. Sie hat ihnen diese Namen gegeben.

»Kommt raus, Mädchen. Schnell. Kommt raus. Bitte.«

Ich berühre meine Schwester an der Schulter, und unsere Blicke begegnen sich. Wir weinen beide unter der Maske.

Du und ich, denke ich. *Ich und du. Dich und mich. Was sollte das bloß? Es tut mir leid.* Und: *Ich bin eine Oberidiotin.*

Ich weiß, die nächsten fünf Sekunden sind entscheidend. Wir müssen einfach weiterschwimmen. Fünf Sekunden, dann weitere fünf, dann weitere fünf.

Unsere Füße ertasten den Grund, und wir hasten los und retten uns aus dem Wasser, Sand zwischen den Zehen und

Sand unter den Fingernägeln. Wir spucken die Schnorchel aus, greifen nach hinten und reißen die Tauchermasken ab. Und da stehen wir, zu zweit und in Sicherheit. Wir holen Luft, nun ohne Umweg über den Schnorchel, atmen tief ein. Wieder und wieder.

Ich lege die gespreizten Finger auf das Muster der Wunde an ihrem Bein. Salzwasser verdünnt ihr Blut. Die Wunde sieht schlimmer aus, als sie ist. Eine Brise streift unsere Köpfe, ohne dass ich die Wärme spüre. Unsere Mom schreit, ohne dass ich die einzelnen Worte verstehe. Gleichgültige Wolken. Wir kriechen, schlittern aus dem Meer ans Ufer. Als wären wir die ersten Geschöpfe, die diesen Schritt tun.

The Entertainer

Scott Joplin

Darcy

Das Problem bei diesem Stück ist, dass alle zu wissen glauben, wie es geht.

Ich habe noch nicht losgelegt, weiß aber genau, was kommt. Die ersten drei Takte sind einfach. Es gibt ja die Anweisung, »nicht schnell« zu spielen, also komme ich locker durch, von rechts nach links, abwärts und abwärts und abwärts, bis ich beim Thema bin. Dann wird allen ein Licht aufgehen: *Ach ja*, werden sie denken, »The Entertainer«. Und alle werden ähnliche Erwartungen haben, was dann zu kommen hat, vor allem im Mittelteil, der schnell gespielt werden muss, sauber und genau. Das sind die Stellen, auf die sie sich freuen, die berühmten Wendungen und Sprünge, nur habe ich die nicht mal beim Üben richtig hingekriegt, und wenn kein Wunder geschieht, geht es auch heute in die Hose. Momentan bin ich der Einzige, der weiß, wie übel es aussieht, aber in gut zehn Minuten wird meine Katastrophe über alle hereinbrechen.

Unsere kleine Musikschule veranstaltet dreimal im Jahr ein Vorspiel. Eines an Weihnachten, eines im Frühling und dieses, an Halloween. Nichts wird bewertet, es sind einfach einstündige Minikonzerte im Untergeschoss des Brookfield Retirement Living Complex. Wir treten im »Gemeinschaftsbereich« auf, neben der Bar und dem Billardtisch. Am Rand gibt es eine Bowlingbahn, die nie genutzt zu werden scheint.

Die Bühne ist nur dreißig Zentimeter hoch, und das Klavier ist kein Klavier, sondern ein Keyboard von Casio, angeschlossen an einen knisternden Verstärker aus den 1990ern. Außerdem gibt es ein Mikro und einen Notenständer für die Sänger. Das Programm ist ein fotokopierter Zettel, darauf stehen die Namen der Musizierenden und dazu jeweils das Stück, das sie spielen. Ganz oben heißt es: *Debbies Musikschule – Musik für jedes Alter!*, das S von *Schule* ist ein Violinschlüssel. Meine Klavierlehrerin, Roxy, führt durchs Programm, sie ruft uns der Reihe nach auf die Bühne, und wenn wir fertig sind, sagt sie danke.

In diesem Jahr habe ich mich als David Bowie verkleidet, und na klar, in der Zeit, die ich da reingesteckt habe, hätte ich lieber üben sollen. Meine Schwester hat mir einen zweifarbigen Blitz geschminkt, der wie bei Bowie über ein Auge und dann im Zickzack über die Nase verläuft. Ich trage ein Paillettenhemd und habe meine Haare mit Haarspray rot getönt. Ich finde Halloween von allen Feiertagen am besten und versuche stets, ein spezielles Outfit zu finden, aber meistens wissen die Leute nicht, wer oder was ich bin.

Das Publikum besteht aus Angehörigen – Eltern, Geschwister, Großeltern – und fünfzig bis sechzig Bewohnern. Ich schätze, gut die Hälfte dieser Leute ist noch imstande, dem Konzert zu folgen. Alle anderen, meist im Rollstuhl, starren reglos in die mittlere Entfernung, als gäbe es dort etwas zu sehen, das für alle anderen unsichtbar ist. Die Rüstigen kommen selbstständig runter, einige mit einer Gehhilfe, deren Füße mit Tennisbällen versehen sind; meist sind es Frauen oder Cliquen von Freundinnen, die nebeneinandersitzen und tratschen, außerdem zwei, drei Ehepaare. Alle anderen werden vom Personal im Rollstuhl reingeschoben, hinter manchen Lehnen hängt eine Sauerstoffflasche, von der dünne durchsichtige Schläuche über die Ohren, die Oberlippe und, mit Klemmen befestigt, in die Nasenlöcher führen.

Eine Dame hat ein Plüschtier auf dem Schoß, eine schwarz-weiße Katze, die sie die ganze Zeit streichelt.

»Ganz ruhig, das wird schon«, habe ich sie flüstern hören, als man sie reinschob.

»Als Nächste ist Catherine an der Reihe«, verkündet Roxy. »Sie spielt ihre Interpretation von *Merrily We Roll Along*.«

Catherine ist erst sieben, aber eine Rampensau. Sie trägt eine Strickmütze mit Fühlern aus Pfeifenputzern, dazu einen roten Rollkragenpullover mit weißen Punkten und acht angenähten extralangen, ausgestopften Strümpfen, die durch einen nahezu unsichtbaren Faden miteinander verbunden sind. Bevor sie spielt, verbeugt sie sich, und als sie winkt, winken zugleich vier künstliche Arme. Sie trägt schwarze Handschuhe aus dem Ein-Dollar-Shop, genauso ihre Insektenhände, und alle acht wippen während des Stücks im Takt.

Roxy sagt immer, mit der letzten Verbeugung würde man den Zuhörern Respekt erweisen und ihnen danken, nicht umgekehrt. Eine Verbeugung würdigt die Verbindung zwischen Künstler und Publikum, meint sie. Catherine verbeugt sich formvollendet, ganz natürlich, kurz und ernsthaft. Ein krasser Unterschied zu den Jungs, die vor ihr dran waren: ein superdurchschnittlicher Hulk in einer dieser grünen Mülltüten von Walmart und zwei Ausgaben von Thor, aber ohne Donner und Blitz.

»Gott sei gelobt für diese Kleine in ihrer Verkleidung als Spinne oder Marienkäfer oder was auch immer. Sie ist die Einzige in der Truppe, die was taugt.«

Das sagt eine alte Dame zu einer anderen alten Dame. Beide sitzen hinter meiner Familie, reden aber so laut, dass sie nicht zu überhören sind.

»Ja«, meint die andere. »Ich weiß auch nicht, warum wir hier sind. Der Fettkloß in Blau da drüben? Hast du das gehört? Das reine Grauen.«

Ich lasse meinen Blick über das Programm und die Stühle vor mir gleiten, um zu schauen, wer noch dran ist. Mehrere Katzen, einige undefinierbare Zombies, ein Frankenstein-Monster und ein paar einfallslose Kids, die Hockey spielen und sich als Hockeyspieler »verkleidet« haben.

Die ältesten und besten Schüler und Schülerinnen kommen nicht zuerst auf die Bühne, sondern zuletzt. Ich bin der Vorletzte. Den Abschluss bildet Avery Bainbridge. Er ist zwei Jahre jünger als ich, spielt aber schon immer wie ein Profi. Seine Hose, seine Schuhe und das bis zum Kragen zugeknöpfte Hemd sind weiß, das ist seine übliche Kluft beim Vorspielen, kein Kostüm. Laut Programm spielt er eine Fuge von Bach.

Ich habe keine Ahnung, was eine *Fuge* ist, aber ich weiß, Avery hat sie drauf. Andernfalls wäre er nicht hier.

Während ich ihn anschaue, muss ich daran denken, dass mir auch viele andere musikalische Begriffe ein Rätsel sind. Dann fasse ich einen Entschluss. Ich werde zum letzten Mal als Vorletzter spielen. Nach diesem Auftritt höre ich endgültig auf.

Vielleicht ist das Stück bloß eine schlechte Wahl. Das falsche Stück zum falschen Zeitpunkt. »The Entertainer« braucht den besonderen Ragtime-Schwung, und es gibt bestimmt einen Trick, der es einem ermöglicht, mit der linken Hand das Tempo durchzuhalten, während die Rechte in den höheren Oktaven die Sprünge und kleinen harmonischen Variationen hinlegt. Ich vermassele das jedes Mal.

Am schlimmsten ist, dass Roxy das Stück so toll findet, vor allem die Rhythmusverschiebung, das Gefühl, dass es gleichzeitig bremst und treibt. Sie möchte, dass ich es genauso empfinde, das weiß ich.

»Glaub mir, Darcy, es bietet dir zig Möglichkeiten«, erklärte sie, um es mir schmackhaft zu machen. Dann hielt sie wie bei allen Stücken, die wir auswählen, einen kurzen historischen Vortrag. »Als es damals rauskam, war es ein Riesenhit und wurde sogar auf Walzen angeboten, die die Käufer zu Hause in ihren Phonographen taten, um es abzuspielen.«

Ich denke manchmal, das ist der wahre Grund, warum sich so viele Leute einbilden, »The Entertainer« zu kennen. Als hätten sie eine aufgezogene Spieluhr im Kopf, die nur darauf wartet, das Stück zu dudeln. Vielleicht mögen sie das Gefühl, dass es wie von selbst weiterlaufen könnte, mir dagegen kommt es vor wie eine erbarmungslose Endlosschleife.

Das habe ich Roxy gesagt, aber sie meinte: »Nein, bestimmt nicht«, und zeigte auf einen Abschnitt auf Seite drei. »Hier, sieh mal. Das lässt viel Freiraum, da kannst du dein eigenes Ding machen und ein paar Takte improvisieren.«

Roxy sagt, die Standards seien nicht umsonst Standards, die großen Komponisten wüssten immer genau, was sie tun. Ob Jazz, ob Blues, ob klassische Musik. Sie hat an der Saint Francis Xavier University Musik studiert, kann sein, dass sie sogar ihren Master hat. Und sie singt in einer Band, die überall in der Stadt auftritt: Roxy and the Midnight Soul Machine. Die fotokopierten Schwarz-Weiß-Plakate hängen an Strommasten, in Bars oder am Schwarzen Brett des Lebensmittelladens.

Auf dem Plakat ist Roxy für den Auftritt geschminkt, sogar mit Glitter, ihr Kleid glitzert golden, ihre Haare sind voluminös zurechtgemacht, ihre Augen sind zu, und ihr Mund steht weit offen. Sie sieht aus wie Aretha oder wie Etta James auf den weltbekannten Fotos. Roxy hat die Hand zur Faust geballt und den Kopf in den Nacken geworfen. Hinter ihr stehen die Bläser, der Posaunist hat den Zug weit nach vorn geschoben, der Schlagzeuger reißt beide Sticks hoch. Obwohl das Plakat neben Anzeigen von Hundefriseusen oder Landschaftsgärtnern hängt, merkt man, dass die Band in diesem Moment alles gibt.

Beim Unterricht sieht Roxy anders aus. Dann ist sie stinknormal gekleidet, trägt Sweatshirt und Jeans und wartet in einem der kleinen Unterrichtsräume bei Debbies auf der Klavierbank.

Wir haben das Stück vor einem Monat ausgesucht und sind es Ton für Ton durchgegangen. Wir haben uns auf die schwierigsten Teile und die kompliziertesten Fingersätze konzentriert. Roxy zeigt auf die Seite, danach auf die Tasten.

»Hier wird es echt schwierig«, sagt sie. »Aber keine Sorge, es lässt sich vereinfachen.«

Sie schreibt ihre Hinweise direkt in meine Noten, und wir entscheiden, wie weit ich bis zur nächsten Stunde gekommen sein muss.

»Bis hier«, sagt sie, und unten auf der vierten Seite sehe ich einen Pfeil, ein Ausrufezeichen und ein Sternchen.

Während wir dicht nebeneinander auf der Klavierbank sitzen und alles besprechen, kommt es mir kinderleicht vor, und ich bilde mir jedes Mal ein, ich könnte es in sieben Tagen problemlos schaffen. Aber zu Hause, beim Üben, sieht die Sache anders aus. Wenn ich allein bin, gebe ich mir zwar Mühe, bekomme es aber nie hin; manchmal habe ich den Eindruck, die Noten würden mir die lange Nase zeigen.

Was ist bloß los mit dir?, fragen sie mich.

So war es nicht immer. Früher war ich gut. Bei Kiwanis-Wettbewerben habe ich dreimal den ersten und zweimal den zweiten Platz belegt und Urkunden bekommen. In der Musikschule ist nur Avery besser als ich.

Ich weiß nicht, was los ist. Manchmal glaube ich, mein Talent ist verkümmert. Bestimmte Verbindungen im Gehirn scheinen gestört zu sein, alles, was ich konnte, ist futsch. Ich habe das Gefühl, mich auf nichts mehr konzentrieren zu können. Ich kann kein Buch mehr durchlesen, den Lehrern nicht mehr aufmerksam zuhören, und bin nicht voll dabei, wenn Roxy versucht, mich durch die vielen Kreise und Punkte, Linien und Fähnchen zu führen.

Alles halb so schlimm, höre ich immer wieder. »Nur eine Phase«, wird mir gesagt. »Das geht vorbei.«

Ich hätte gern eine bessere Erklärung, zum Beispiel aus einem Lehrbuch oder Handbuch, ich will, dass ein Experte auf eine Seite tippt und sagt: »Hier steht es schwarz auf weiß, Darcy. So lautet dein Problem, und so können wir dich heilen.« Vielleicht ADHS, daran scheint so gut wie jeder zu leiden. Oder eine Angststörung, eine latente soziale Phobie.

In der Schule gibt es eine ganze Armee von Pädagogik-Expertinnen und Psychologen, die auf Problemfälle achten, aber sie hatten mich nie auf dem Schirm. Ich musste die Termine selbst verabreden, und die machten sich wie verrückt Notizen, während ich auf ihre Fragen antwortete, aber das war's dann auch. Sie waren nett und geduldig und ermutigten mich, aber niemand stellte ein Rezept aus oder riet mir, ein therapeutisches Tagebuch zu führen.

»In ein paar Monaten schauen wir noch mal, Darcy«, meinte eine Ärztin. Wir saßen uns gegenüber, und sie beugte sich dicht zu mir. »Manchmal hat man Zweifel, ich weiß, aber ich bin überzeugt, du wirst das problemlos hinter dich bringen.«

Ich nickte bei ihren Worten, schaffte es vielleicht sogar, mir ein Lächeln abzuringen, aber ich kann nicht beschreiben, wie scheiße ich mich fühlte.

Früher saß ich stundenlang am Klavier, spielte drauflos und erfand eigene Melodien und Patterns. Das Keyboard war das, was heute der Computer ist; ein ganzer Nachmittag, die Nachmittage einer ganzen Woche konnten darüber vergehen. Inzwischen hat mich meine Mom direkt mit dem Backofen-Timer verkabelt.

»Bitte«, sagt sie. »Nur zwanzig Minuten. Komm, tu es für mich.« Die blauen Ziffern ticken rückwärts, aber es gelingt mir nicht, die ganze Zeit dranzubleiben.

Wenn ich dieses Vorspielen überstanden habe, wenn ich aufhöre, werde ich sieben Jahre an der Musikschule gewesen sein, die letzten drei bei Roxy. Sieben Jahre Unterricht, und was habe ich gelernt? Ich kann Noten lesen, und ich kann zählen, aber nicht besonders gut. Außerdem beugen wir uns jede Woche über eine Seite Theorie. Wenn man mir eine Auswahl von Standardstücken vorlegen würde, könnte ich sie irgendwie spielen, aber ich hinke den Kids, die bienenfleißig üben, weit hinterher. Ich bin megaweit von dem entfernt, was ich können müsste.

Meine Eltern und meine Schwester sitzen neben mir im Brookfield-Publikum, und ich weiß, auch für sie ist es eine Qual. Gestern Abend war ich zu lange auf, weil ich auf den letzten Drücker üben wollte, keiner konnte schlafen, und heute Morgen haben sich jede Menge neue Fehler eingeschlichen, selbst in den Passagen, die ich eigentlich beherrsche.

An einer Stelle faltet sich die Melodie sozusagen in sich selbst zurück, um danach mit neuer Stimme loszulegen, und ich kriege es schlicht nicht hin. Die Takte sind durchnummeriert, die Stellen, mit denen ich hadere, drei- oder viermal eingekringelt und unterstrichen. Roxy benutzt jede Woche einen andersfarbigen Stift. Aber die Verbindung zwischen meinem Kopf und meinen Fingern scheint gestört zu sein, ich kann weder im Takt bleiben noch die Tasten in der richtigen Reihenfolge anschlagen.

Hätten Sie die Noten vor sich, dann könnte ich Ihnen die Stelle zeigen. »Genau hier«, würde ich sagen, »Sie hören gleich, was da passiert.«

Vor einer guten Stunde habe ich mich zum hundertsten Mal durch das Stück gequält. Mein Dad hörte schweigend zu, er stand dicht hinter mir. Er lauschte bloß, während ich mich ständig verspielte. Immer dann, wenn die Melodie sozusagen in sich selbst zurückkippt und sich neu entfaltet – für mich eine unüberwindbare Hürde.

»Du weißt, dass wir dafür bezahlen, oder?«, fragte er schließlich. »Der Unterricht ist nicht umsonst. Deine Mutter und ich, wir zahlen und zahlen. Inzwischen frage mich, wofür.«

Meine Eltern sind nicht musikalisch, spielen kein Instrument, träumen auch nicht davon, mich eines Tages im Konzertsaal zu erleben. Sie wollen nur nicht, dass ich mich blamiere. Und sie möchten verhindern, dass ich »eine Chance vertue« oder anderen die Zeit raube.

»Und Avery Bainbridge?«, hat meine Mutter mal gefragt, obwohl sie weiß, wie sehr ich es hasse, mit anderen verglichen zu werden. »Glaubst du, er braucht einen Backofen-Timer zum Üben? Und Roxy? Hast du dich je gefragt, wie Roxy darüber denkt?«

Roxy

Wie du darüber denkst, lautet im Kern, dass es Leuten, die wirklich Ahnung haben, Experten und Expertinnen, gestattet sein sollte, die Wahrheit zu sagen.

Wenigstens ein Mal würdest du gern an der Stelle, wo es hapert, den Finger auf die Note legen und sagen, dass es *so* nicht geht.

»Nein, Krista, das ist objektiv falsch.«

Oder: »Genau hinschauen, Matthew. Die. Noten. Lesen. Du musst sie LESEN, hörst du?«

Oder: »Genau hinhören, Rebecca. Hör dir zu. Glaubst du allen Ernstes, so soll es klingen?«

Zehn Minuten Verspätung sind die Regel. Ein Drittel der dreißig Minuten ist futsch, und du hoffst inständig, dass es keine zwanzig werden, weil das einer Absage gleichkäme. Du schaust ständig aufs Handy, hoffst auf eine SMS oder eine kurze E-Mail, eine Geste des Respekts. Du schaust und schaust, fünfmal pro Minute, dann wartest du wieder, sitzt einsam und allein neben der Sperrholztür am Rand der Bank, vor der Nase ein abgenudeltes Keyboard.

Es sollte verboten sein, ist es wahrscheinlich auch, aber Debbie hat so ihre Methoden. Wenn ein Schüler ausbleibt, die Stunde also nicht bezahlt wird, reicht sie die Einbuße in der Hackordnung nach unten weiter, dann bekommst du halt kein Geld.

Und dann? Was dann? Was kannst du mit einer »freien« halben Stunde zwischen zwei Unterrichtseinheiten anfangen? Der Raum ist ein Kerker. Wenn du im Stehen die Arme ausbreitest, berührst du mit den Fingern Stirn- und Rückwand.

Die meisten kommen doch noch. Um 19:42 erscheint das französischsprachige Mädchen mit iPad und Earbuds, sie trägt Fußballklamotten und Schienbeinschoner. Sie wirft eine Subway-Tüte in den Mülleimer, wischt sich Mayo aus dem Gesicht.

Debbie hat ihr Geschäftsmodell, und sie kennt ihre Pappenheimer: die Gestressten und die Übereifrigen. Eltern und Kinder, die tun, was sich so gehört. Sie haben nichts im Blick, erwarten also auch keine konkreten Fortschritte.

»Tut mir echt leid, Roxy«, sagt dieses Mädchen, Amber, den Blick auf die Laufschuhe gesenkt. »Diese Woche hatte ich null Zeit zum Üben.«

»Macht nichts«, erwiderst du. »Wir schauen einfach, was du spielen kannst.«

Der einzige Schüler, in den du eine leise Hoffnung setzt, ist Darcy. Darcy und vielleicht Catherine. Sie ist noch sehr jung, er dagegen schon eine Spur zu alt. Man kennt das. In diesem Alter, zwischen zwölf und fünfzehn, schmeißen viele hin. Du hast geglaubt, er wäre anders – du *weißt*, Darcy ist anders –, also hast du ihn ein bisschen bearbeitet und zu »The Entertainer« überredet, obwohl offensichtlich war, dass er da nicht ranwollte. Diese Herausforderung, so deine Hoffnung, vor allem der technisch anspruchsvolle, schnelle Mittelteil, würde ihn anspornen und veranlassen, sich doch noch für deine Welt zu entscheiden. Vielleicht ist der Junge bloß unschlüssig, nicht verloren. Noch nicht.

Nun aber erwachen Zweifel. Vielleicht hast du dich verschätzt, vielleicht lässt er dich hängen und wechselt nach dem Vorspielen die Seiten. Dieser Gedanke lässt dich nicht los. Wie es bei dir in seinem Alter war. Dein Übepensum. Um halb sechs aufstehen, vor der Schule anderthalb Stunden üben, danach zwei Stunden. Am Wochenende das doppelte Pensum. Mit zwölf hast du morgens deine Fingerübungen gemacht, in der Schule hattest du einen steifen Rücken, steifen Nacken, steife Schultern. Deine Lehrer und Lehrerinnen, zuerst Mrs. Jeannie Cargill, danach Daniel und dann Ingrid, haben dich so hart rangenommen, dass sogar deinen Eltern angst und bange wurde. Dann die höheren Stufen am Royal Conservatory. Die Prüfungen, meist im Juni, im eisigen Winter die Vorspiele in kahlen Hörsälen. Die vielen Musikmenschen deiner Kindheit mit ihrer dunklen Kleidung, ihren Urteilen. Manche waren super, die meisten nicht.

Nun bist du ins Wanken geraten. Vielleicht war das alles genauso verkehrt wie das, was Debbie macht: Sie knöpft Familien Geld ab, und die bekommen nichts dafür. Unmöglich zu entscheiden, was schlimmer ist; du betrachtest die Sache aus dem entgegengesetzten Blickwinkel, landest aber stets bei demselben Mist. Einmal, du warst in Darcys Alter, hast du auf der Kommode fünfundzwanzig hoch dosierte Schlaftabletten abgezählt und auf deine Handfläche gefegt. Du hattest eine Dose Orangenlimonade, warst drauf und dran, es zu tun. Hast versucht, dir einzubilden, es wären Tic Tacs. In den Mund damit, kauen, trinken, schlucken. Das hätte gereicht, um den Magen auspumpen lassen zu müssen. So der Plan. Lädiert genug zu sein, um die Prüfung nach dem siebten Unterrichtsjahr ausfallen zu lassen. Aber du wusstest, es würde nichts bringen. Hast dich gefragt, was die Leute denken würden. Was sie sagen würden.

Daran denkt Debbie nicht. Die Eltern, gleichgültig und ohne Kontakt untereinander, bringen ihre Kinder zuverlässig vorbei, und dein Job besteht darin, das Fließband am Laufen zu halten, sie weiterzubefördern. Fünfunddreißig Dollar für eine halbe Stunde mit Bastiens Klavierschule Band eins bis drei und der kompletten Christopher-Norton-Collection. Solange alle erscheinen und mitmachen, verdient man diese fünfunddreißig Dollar (acht für die Unterrichtenden) pro halbe Stunde wie im Schlaf.

Debbies Musikschule befindet sich im Erdgeschoss eines Sozialbaus, den sie billig erworben hat. Neu eingezogene Rigips-Wände schaffen acht Unterrichtsräume. Überwiegend Klavier und Gitarre, auch Gesang, zweimal die Woche wird im Cape-Breton-Stil gefiedelt. Für Wartende stehen zwei Kunstledersofas bereit, die Toilette müsste dringend von einem Profi gereinigt werden. Es gibt acht Billigtüren und acht Kabuffe, in denen acht studierte Lehrkräfte sitzen und warten.

Zwecks weiterer Einkünfte vermietet Debbie Apartments im Obergeschoss, aber wer hält es dort schon aus? Kein Schallschutz, die Gesangsschüler trällern allabendlich *Send in the Clowns*, und Celine Dions Herz *goes on and on*.

Mit dem Geld haut es gerade so hin. Klar, es sind sechzehn Dollar pro Stunde, nur sind es nicht genug Stunden. So ist es nun mal im Musikgeschäft, redet man sich ein. Theoretisch gesehen ist man ja im Musikgeschäft. Man spielt und singt und wird dafür bezahlt. Man lebt von seiner Kunst, sie ist die einzige Einkommensquelle.

Wenn die Leute fragen: »Und was machst du so?«, antwortet man: »Ich unterrichte von Montag bis Donnerstag, am Wochenende sind wir dann mit der Machine auf Tour.«

Leider stimmt das nicht ganz. Es ist nicht jedes Wochenende, und ihr tourt auch nicht. Ihr habt zwei feste Gigs vor Ort, an jedem zweiten Freitag in *Bearly's House of Blues*, einmal im Monat im *Company House*. Und was man sonst noch ergattert. Wenn es hochkommt, dreimal im Jahr das *Truro* oder das *Island*. Oder ein lohnendes Engagement an der Uni, in Wolfville oder Antigonish oder Moncton, einmal pro Semester. Alles, um es durch den Winter zu schaffen, bis zum Beginn der Touristensaison, bis zum Reigen der Festivals, bis man mit echten Programmmachern verhandeln kann, die über ein echtes Budget verfügen.

Die Machine spart stets für weitere Studio-Sessions und probt immer dann, wenn alle unter einen Hut zu bekommen sind. Meist im Keller des Trompeters, Lyle. Die Mäntel türmen sich auf dem Wäschetrockner, die Heizung fängt zwischendurch an zu bollern. Die Machine hat sechs richtig gute eigene Nummern, kneipenerprobt und reif, aufgenommen zu werden. Das wären schon zwei Drittel einer Platte.

Why Don't You Come On Over to Me?, ein Song aus deiner Feder, ist bereits ein Klassiker. An manchen Abenden verlangt das Publikum lautstark danach, ihr haltet ihn meist für die Zugaben zurück. Noch drei Songs wie *Come On Over*, und das Album hätte vielleicht eine Chance. Aber du hast seit anderthalb Jahren nichts mehr geschrieben, und wenn etwas passieren soll, dann muss es bald sein, denn Damien, euer Drummer, hat Angebote, und du weißt, er denkt konkreter darüber nach, als euch lieb ist.

»Schau dich doch um, Rox«, sagte er letzte Woche. Er hatte sein Drumset neben Lyles Kühltruhe aufgebaut. »So können wir nicht ewig weitermachen.«

Damien ist der beste Drummer in ganz Nova Scotia; nein, der beste Drummer aller Küstenprovinzen, vielleicht sogar der beste, den du jemals live erlebt hast. Man frage alle, die Ahnung haben. Man erkundige sich nach der Rhythmusgruppe von Midnight Soul Machine. Damien Coolis und Carlos Rodriguez am Bass. Wie sie das durchziehen, wenn es mal eng wird, wie sie kein einziges Mal danebenhauen. Damien hält im Hintergrund die Stellung, und du weißt, wenn er einzählt, geht es richtig ab. Nur ist das den anderen auch klar. The Slickers, Indie-Folkrocker von der Halifax-Hafenseite, die für deinen Geschmack in ihren Texten zu viel labern und jammern, haben vor einigen Monaten einen Vertrag unterschrieben, und der hat sich ausgezahlt. Die haben jetzt eine Tour durchs ganze Land auf dem Zettel, spielen sogar in Québec. An jedem zweiten Tag ein Konzert, alles von anderen für sie gebucht und bezahlt.

Und da ist noch etwas, das du nicht missen möchtest. Die Nächte mit Damien, die sich hin und wieder ergeben, wenn alles passt. Zu später Stunde, wenn der Gig nachhallte, die Energie des Publikums noch spürbar war, gab es diese Gelegenheiten. Ihr habt beide genau gespürt, wann ihr aufbrechen musstet, habt genau gewusst, was danach und wiederum danach und bis zuletzt zu passieren hatte. Manchmal denkst du, dass du zu Damien einen echten Draht hast, der etwas bedeutet, vielleicht, weil ihr zusammen Musik macht, und wenn ihr nach einem Gig zusammenfindet, ist das etwas absolut Einmaliges. Aber du weißt, das geht nur, solange ihr beide zur Machine gehört.

An manchen Abenden stehst du vorn, zwischen der Band und dem Publikum, und spürst, wie der Beat von hinten kommt und von deinem Körper an die Zuhörer weitergegeben wird. Die Bassdrum, gleichmäßig und hart, für Damien scheint es kein Problem zu sein, den Rhythmus zu finden und zu halten. Er sitzt auf seinem Hocker, bearbeitet beide Pedale, die Knie gehen auf und ab, pumpen, als wäre es sein Job, den ganzen Raum mit Luft zu versorgen, alle am Leben zu erhalten. Und seine Handgelenke schweben über allem, was innerhalb einer halben Sekunde geschlagen werden muss. Dann kommt Carlos, *buum*, *buum*, *buum*, danach Lyle an der Trompete, dann vielleicht ein paar Rhythmusakkorde von dir am Keyboard, dann die Gitarre. Und deine Stimme, die nicht alles andere übertönt, sondern gut eingebettet ist, so wie es sein soll. Der Soundcheck ist durch, und was aus den Boxen kommt, ist genau so abgemischt, wie ihr es haben wollt.

Die Machine hat ihr Publikum, treue Fans, die keinen Gig auslassen. Sie unterteilen sich in zwei Gruppen: Die einen tanzen gern, sie hotten von Anfang bis Ende ab und schwitzen mehr als ihr selbst. Die anderen sitzen stets am selben Tisch, hören genau zu und nicken im Takt. Wenn die Machine auf vollen Touren läuft, schwatzt so gut wie keiner. Und das ist beglückend.

Natürlich gibt es einen Plan, eine Setliste, aber sie ist nicht in Stein gemeißelt. Die Machine weiß, ein Publikum zu lesen, kann aufdrehen, aber auch runterdimmen.

Carlos ist derjenige, der das dirigiert. Er beobachtet die Gesichter, die Art, wie sich die Leute bewegen. Wenn ein Song auskleckert, kann es sein, dass er auf der Bühne eine Runde dreht und jedem in die Augen schaut.

»Noch mal von vorn?«, fragt er dann. »Jetzt?«

Und alle nicken, und alle lächeln, weil das, was er vorschlägt, immer funktioniert.

Nach den Proben im Keller zückt meist jemand sein Handy und spielt Stevie Wonders *Songs in the Key of Life,* und dann tanzt ihr zwischen Waschmaschine und Kühltruhe, hört zu oder spielt ein paar Stellen mit. Das Doppelalbum von 1976 und die Bonus-EP, jeden Song, jede Sekunde. Zwei volle Stunden.

Es gibt da einige super Songs, die man gern mit anderen teilen würde – »As«, »Another Star«, »Saturn« –, aber man muss das Publikum mitreißen, also spielt man, was die Leute kennen, und bietet ihnen die Hits.

Die Bläser und Becken in »Sir Duke«.

Ihr habt oft darüber diskutiert. Vielleicht das beste Song-Intro, das Stevie Wonder je geschrieben hat.

Lyle und Damien und Carlos und deine Stimme.

Die schlichte Freude über eine gut gespielte Coverversion. Unglaublich, wie einfach es sein kann. Eine Kneipenband muss sich zurücknehmen und die Gäste zufriedenstellen. Zwei Strophen und ein Refrain, dann reckt man dem Publikum das Mikro hin. Vor dir hundert Leute, die mit den Händen fuchteln und den Hintern schütteln.

»Jetzt alle!«, ruft man, argwöhnt aber, zu durchschaubar zu sein. Vielleicht hören sie das Flehen heraus.

Aber es besteht kein Anlass zur Sorge. Der Mann hat den Song vor fünfzig Jahren geschrieben, und er zündet, als wäre er brandneu. Das spüren die Leute. Sofort und bis zuletzt. Du machst dir zu viele Gedanken – die Mischung aus dir, der Machine, dieser Menge und der Musik, die Stevie Wonder 1976 geschrieben hat: ein absolut einmaliges Gefühl.

Dein einziges Problem: Du magst kein Bier. Vor allem keines vom Fass, und schon gar keines, das als Währung fungiert. Als Entgelt für geleistete Dienste. Natürlich müssen die Wirte genauso rechnen wie ihr, aber mein Gott. Sie erleben, wie ihr vier Stunden vor dem Gig kommt, sehen euch das Equipment anschleppen, wissen, dass es gemietet ist, und sie wissen auch, dass ihr zu siebt seid.

Zweihundertfünfzig Dollar, geteilt durch sieben, jeden

zweiten Freitag, dazu das, was das Publikum spendet. Außerdem drei Krüge eines Biers, das nur hier erhältlich ist. Der Name des Gesöffs steht auf der mit Kreide beschrifteten Tafel ganz am Ende, noch unter Bud Light. Horse Power oder Boot Liquor, so was in der Art. Das ist der Lohn. Drei Krüge Horse Power, geteilt durch sieben. Und man spielt von zehn bis zwei. Und die Gin Tonics bezahlt man aus eigener Tasche.

Gestern hast du dich umgedreht, als Damien die Sticks auf beide Becken niedersausen ließ, und hattest sie vor Augen. Die Zeit nach seinem Ausscheiden aus der Band. Sein gelangweiltes Gesicht auf dem kuratierten Feed der Slickers, ihre geleckte Website mit dem geleckten Merchandising, ihre endlose Liste anstehender Auftritte, ihr könntet ihm nur noch auf Instagram folgen. Eure Platte würde nie Wirklichkeit werden, hätte keinen Titel, würde nie über sechs Songs hinauskommen. Und die übrigen Mitglieder der Machine – du selbst, Carlos und Lyle, dazu ein paar Lückenbüßer, Fremde, die ihren Part mit Ach und Krach lernen –, ihr müsstet auf dem Weg nach Sydney am Fuß des Kelly's Mountain vielleicht noch einen Ersatzmann finden Du hast dich umgedreht und geglaubt, deine Zukunft zu sehen, aber so weit darf es nicht kommen.

Also bist du heute Morgen aufgestanden. Und hast das Programm kopiert. Debbie ist verhindert, ihr Sohn hat ein Hockeyturnier, aber sie bezahlt dir volle sechs Stunden, wenn du hier im Brookfield alles auf- und abbaust und durch das Programm führst. Es ist Halloween, und du hast erwogen, dich wenigstens pro forma zu verkleiden, dein bewährtes Raggedy-Ann-Kostüm wäre zur Hand gewesen, aber am Ende hattest du keine Lust. Deshalb stehst du so auf der Bühne, wie du halt aussiehst.

Neben dir versucht Cindy sich zum x-ten Mal an *Send in the Clowns* und nickt eifrig dazu. Die Blutgefäße deines dehydrierten Gehirns wummern, du hast einen säuerlichen Geschmack im Mund. Das wäre ein richtig schlechter Scherz, denkst du – die Frau, die durch das Programm führt, eine Lehrerin aus Debbies Musikschule, kotzt auf die Schuhe eines Mädchens, das sich auf der Bühne verausgabt –, aber dann verspürst du tatsächlich einen Brechreiz, die Pampe aus Pizza und Gin kommt dir hoch, und du musst dich abwenden und dir eine Hand vor den Mund halten, um den toxischen Klumpen runterzuwürgen.

Du hakst die Namen auf der Liste ab, und als du aufblickst, siehst du ihn, Darcy, er sitzt mit seiner Familie im Publikum. Er ist dran. Fünfzehn Prozent der Kids sind gar nicht erst gekommen, und du fragst dich, wieso Darcy nicht dazugehört, warum er das Vorspielen nicht geschwänzt und bis zur nächsten Gelegenheit vertagt hat. Und du begreifst, dass du diesen Jungen liebst, und sei es nur, weil du weißt, was er gleich durchmachen wird. Er ist seit drei Jahren jede Woche bei dir, war bis vor Kurzem stets überpünktlich und jedes Mal vorbereitet. Er ist der beste Klavierschüler, der dir bei Debbies je untergekommen ist, ein früheres Kiwanis-Ass. Und nun plagt dich das Gefühl, von allen im Stich gelassen zu werden – alle schmeißen hin und ziehen weiter.

»Und nun hören wir Darcy«, sagst du.

Seine Augen sind zu, der Kopf ist gesenkt, aber als er seinen Namen hört, sieht er dich an, und als er träge blinzelt, tanzt der geschminkte Blitz, der über sein Auge verläuft. Dann steht er auf. Er wirkt vollkommen verloren.

»Darcy spielt gut, richtig glänzend.« Das Publikum soll das wissen. »Er wird seine Version von ›The Entertainer‹ präsentieren.«

Er quetscht sich durch die Stuhlreihe, an seiner Familie vorbei, an den Zombies und Power Rangers, und kommt durch den Mittelgang. Du beobachtest, wie sich die Leute nach ihm umdrehen und ihn mustern. *Da naht der leibhaftige David Bowie*, denkst du. Ein fast perfektes Kostüm.

Du siehst ihn auf dich zukommen und merkst, dass niemand ihn erkennt, und es erstaunt dich wieder einmal, wie ahnungslos die Leute sind, sie sind so irre ahnungslos. Eine alte Dame zuckt zusammen, als er vorbeikommt, reißt angewidert den Oberkörper zurück. Sie zieht ein Gesicht, winkt verächtlich ab.

»Kann mir vielleicht mal jemand sagen«, fragt sie zu laut, »warum es auf diesem Planeten keine normalen Kinder mehr gibt?«

Gladys Fergusons Mann

Sie müssen gleich los, es ist Wochenende, und dies ist der einzige Programmpunkt am heutigen Tag. Eine Abwechslung. Wenn es sich ergibt, durchbricht er die Routine gern, tut alles, um sie ihrem Schweigen zu entreißen. Sie hat seit drei Tagen kein Wort mehr gesprochen – eine lange Zeit, wenn auch nicht die längste, die sie erlebt haben –, und vielleicht bringt ein Tapetenwechsel etwas. Er kleidet sie an, schaltet die elektrische Zahnbürste ein und zieht die vibrierenden Borsten über ihre Zähne. Jeden Morgen das Gleiche. Zuerst die Zähne, danach die Haare. Sie liebt es, wenn die Bürste hindurchfährt, Strähne für Strähne, immer ganz bis ans Ende.

Anschließend die Ohrringe. Er wählt täglich ein neues Paar aus. Er drückt die Stifte durch die Ohrlöcher und tritt anschließend hinter sie, um die Verschlüsse draufzustecken.

Sie setzt sich, und beide betrachten sich im Spiegel. Als er einen Lippenstift reckt, schürzt sie die Lippen.

»Braves Mädchen«, sagt er.

Anschließend schlurft sie in den Flur. So soll es sein. Sie muss stehen, sie muss gehen, er wird sie dabei unterstützen, solange er kann. Diese Frau ist Marathon gelaufen, verflucht. Er will nicht, dass sie den Rest ihres Lebens im Rollstuhl vegetiert. Sie fahren im Lift nach unten in den Gemeinschaftsbereich und setzten sich in die erste Reihe. Er begrüßt Bekannte, und sie nickt Pflegerinnen und den Leuten zu, mit denen sie früher Karten gespielt haben, aber das hat nichts weiter zu bedeuten, wie er weiß. Was sie bräuchte, wäre ein Kick, etwas absolut Ungewöhnliches. Im vergangenen Jahr ist ihm aufgefallen, dass ihre Synapsen nur durch drastische Ablenkungen reaktiviert werden, nur dann flackert das Licht wieder auf. Nur dann ist sie vorübergehend sie selbst, kehrt ins Leben zurück, in die Welt. Das zeigt sich vielleicht nur durch ein Zwinkern, durch das Hochziehen einer Augenbraue oder ein Neigen des Kopfes, und doch scheint in diesen Momenten das Energiebündel auf, das sie früher einmal war.

Geräusche sind besonders effektiv. Wenn jemand im Speisesaal ein Glas fallen lässt und es klirrt, reißt sie den Kopf herum. »Was war das?«, fragt sie dann, absolut klar, als hätte der Krach ein Gespräch unterbrochen. Sie haben seit einer Ewigkeit keines mehr geführt.

Er hält seit einem Jahr Monologe.

»Die Kinder treten wieder auf«, sagte er heute Morgen zu ihr. »Wir sollten hingehen. Was meinst du?«

Sie rieb sich den Nacken, zupfte am rechten Ohr.

»Prima«, sagte er. »Das ist doch mal ein guter Plan.«

Früher hat sie manchmal Klavier gespielt. Als Kind,

lange vor ihrer gemeinsamen Zeit, hatte sie eine Weile Unterricht, und es überraschte ihn immer wieder, wie gut sie immer noch spielte. Sie hatten im Esszimmer ein altes, verstimmtes und selten benutztes Heintzman-Klavier, auf dem Pflanzen und Familienfotos standen. Auch Schüsseln mit Kartoffelbrei oder Kohlrabi stellten sie darauf ab, wenn es an Thanksgiving auf dem Esstisch zu eng wurde. Einmal im Jahr, an Weihnachten, klappte sie den Klavierdeckel hoch, holte ihr einziges Notenheft aus der Sitzbank und spielte Weihnachtslieder. Einfache Akkorde und dazu die Melodien, aber es genügte, um jemanden, der »Jolly Old Saint Nicholas«, »I'm Getting Nothing« oder »Ode to Joy« sang, zu begleiten. Das funktionierte sogar bei »Good King Wenceslas«.

Sie haben sich vor fünf Jahren für dieses Seniorenheim entschieden und, die Rollkoffer im Schlepptau, gemeinsam durch die automatischen Türen Einzug gehalten. Sie waren Anfang achtzig, aber noch gut zu Fuß und, wie ihm schien, fitter als alle Bekannten. Obwohl die Erkrankung in ihrem Umfeld keine Seltenheit war – einen ihrer besten Freunde hatte es schon mit knapp sechzig erwischt –, wurden sie davon überrumpelt. Sie las täglich ein Buch – Mystery-Romane, Stories über wahre Verbrechen, schlüpfrige Romanzen –, und diese Bücher füllten Kisten, die sie allmonatlich für Kirchenbasare spendeten.

Ihr erstes Apartment war wunderbar, ganz normal und mit ihren vertrauten Möbeln eingerichtet, nur dass alles auf einer Ebene lag. Es gab eine geräumige, komplett ausgestattete Küche, in der sie kochen konnten; sie hatten die Möglichkeit, Gäste zu sich zu bitten, und einen eigenen Parkplatz direkt neben dem Eingang. Sie durften nach Belieben wegfahren.

Anfangs genossen sie das, und trotzdem beschäftigte ihn der Gedanke, dass sie ihr Haus verkauft hatten, um hier einziehen zu können; dass nun andere, jüngere Menschen ihr Schlafzimmer benutzen, ins Kaminfeuer schauten und sich nicht gründlich genug um Garten und Hecken kümmerten.

Er bemühte sich um ihretwillen, die Sache positiv zu sehen, und versuchte, das Gefühl, dass sie für den Rest ihres Lebens »Besucher« oder »Gäste« oder »Bewohner« sein würden, zu unterdrücken. Ihr fiel es leichter. Sie schaute nach vorn, plante Ausflüge. Als ihre Enkel zum ersten Mal zu Besuch kamen, führte sie sie herum, als wäre das Haus ein Urlaubsresort.

»Ihr werdet große Augen machen!«, sagte sie.

Sie zeigte ihnen das Schwimmbad und den Theatersaal, wo man Plätze reservieren und auf der großen Leinwand jeden gewünschten Film schauen konnte. Den Softeis-Automaten im Speisesaal. All das innerhalb einer Stunde. Sie powerte andere aus, und das mit über achtzig. Schob sogar eine Bowlingkugel. Mit beiden Händen, gewiss, und nicht mehr so schwungvoll, aber die Kugel blieb in der Mitte der Bahn und brachte alle Kegel zu Fall.

Es verschlang natürlich all ihr Geld. Den Erlös des Hauses, ihre Renten und einen Teil des Notgroschens, und ihm war bewusst, dass das Geld ab jetzt nur noch schwinden würde. Während der ersten Wochen rechnete er fast unaufhörlich nach. Wie viel hatten sie noch, und wie lange würde es reichen? Summen, die sie in der Vergangenheit über Jahre angespart hatten, gingen jetzt für wenige Wochen und Monate drauf. Er war überzeugt, dass sie es schaffen konnten, ohne die Kinder bitten zu müssen. Aber dann wurde sie hochgestuft – genau genommen, dachte er, herabgestuft –, und die Sache wurde teurer. Sie mussten mehrmals umziehen.

Zuerst in den C-Flügel, wo das »Gedächtnis-Assistenz-Programm« des Brookfield angesiedelt ist, anschließend in den D-Flügel, wo »Erhöhte Pflegeintensität und Sicherheit« gewährleistet sind. Jede Tür hat einen Summer und magnetische Schlösser, es gibt eine regelmäßige Betreuung durch das Pflegepersonal und Hygiene-Checks, für jede Kleinigkeit muss man sich ein- und austragen. Überall Wachleute und zusätzliche Pfleger. Die Reinigungskräfte haben Schlüssel zu jeder Tür, jeder Schublade. Fremde haben nach Belieben Zutritt und können in ihren Sachen wühlen.

Als sie hier anlangten, im Herzen des D-Flügels, musste er ihrer ältesten Tochter sämtliche Vollmachten erteilen. Ab jetzt, das war ihm bewusst, steuerten alle vier Kinder etwas bei. Er scheute davor zurück, sich nach der Höhe der monatlichen Kosten zu erkundigen, wusste aber, dass es eine Summe war, die sie allein nicht schultern konnten.

Seine Frau durfte den Herd nicht mehr benutzen, nicht einmal den Toaster, das Badezimmer galt als Gefahrenzone. Ihre Ernährung wurde genau kontrolliert, fades Essen zu festen Zeiten, er bekam kaum einmal eine Tasse Kaffee, wenn ihm danach war. Er war kein Pflegefall, ließ sie aber nicht im Stich. Niemals hätte er sich im A-Flügel einquartiert, solange sie hier war, es wäre ohnehin unbezahlbar gewesen. Und er brauchte ihre Nähe. Das war der wahre Grund. Ihr nicht mehr nahe zu sein wäre unerträglich für ihn. Die einzige Alternative wäre, sie in ein Seniorenheim in der Provinz zu geben, nur würde er sich den Ort nicht aussuchen können. Man würde sie dorthin schicken, wo das erste Zimmer frei wäre, egal, wo.

Er kannte in Halifax Frauen, deren Männer in Yarmouth oder Cape Breton waren. Die Eheleute sahen einander höchstens ein Mal im Monat. Oft wurde er von Freundinnen gebeten, sie zu chauffieren. Er könne seine Frau doch sicher mal einen Tag allein lassen und sie nach Yarmouth fahren, hin und zurück jeweils drei Stunden? Und sie wussten sehr wohl, dass er auf dem Highway unsicher war und nicht mehr gern bei Dunkelheit fuhr.

Im Gartencenter hatte es sich zum ersten Mal gezeigt. Sie hatten einen kleinen Schrebergarten in den Dartmouth Commons. Fünf Reihen Tomaten und Gurken, etwas Salat und einige Blumen. Sie hatten das Areal eingezäunt und Trittsteine verlegt, um nichts zu zertrampeln. Kein Vergleich mit ihrem früheren Garten, und doch groß genug, und es gab immer etwas zu tun. Sie hatten stets eine Beschäftigung.

Alles lag im Kofferraum bereit: Pflanzenheber und Eimer, Dünger, Hüte und Arbeitshandschuhe, Insektenspray und Sonnencreme. Sie nahmen Gartenstühle mit, packten oft etwas für ein Picknick ein und saßen an sonnigen Nachmittagen gern mit den Leuten zusammen, die den Pizzaofen der Commons betrieben. Seine Frau fand das herrlich. Über die Geheimnisse von Saucen und Krusten zu plaudern oder schlicht summend Unkraut zu jäten.

Eines Tages – sie waren im Kent Building Supplies im Baker Drive, schauten sich das Angebot an, schlenderten an den Paletten mit Bergen von Mulch, Torfmull und Holzspänen vorbei – nahm er eine Tüte mit Samen vom Gestell und reichte sie über die Schulter nach hinten. Er ging davon aus, dass sie einen halben Schritt hinter ihm stand.

»Was meinst du, nehmen wir die?«, fragte er, doch als er sich umdrehte, war sie nicht da.

Anfangs machte er sich keine Gedanken. Der Laden war riesig, es gab viel Technikkrimskrams und Kuriositäten. Wahrscheinlich hatte irgendetwas ihre Neugier geweckt, sie würde ihn sicher bald einholen. Er wandte sich wieder dem Gestell zu und erwog andere Samen. Auf jeder Tüte zeigte ein Foto, wie sich die Samen bei korrekter Pflege, optimalem Licht, optimaler Wärme und optimalem Boden entfalteten.

Eine Viertelstunde später war sie immer noch verschwunden, und er wurde unruhig. Anfangs schritt er gemächlich aus und versuchte, gelassen zu bleiben, während er dem Mittelgang folgte und links und rechts in die schmalen Gänge schaute, sogar in die mit Elektrogeräten und Klempnerbedarf, obwohl er wusste, dass sie dort nicht sein würde.

Nach einer weiteren halben Stunde vergeblichen Suchens – er hatte sie weder in der Damentoilette, wo er durch den Spalt unter jeder Kabinentür gelugt hatte, noch sonst irgendwo im Baumarkt entdecken können – wurde ihm bewusst, dass dies eine Zäsur war, die ihr Leben von Grund auf verändern würde.

Er bat beim Kundenservice um eine Durchsage, hörte zu, wie diese aus Lautsprechern ertönte, von den Wänden widerhallte. Ihr Name erschien ihm neu und exotisch, und er musste daran denken, dass sie für alle anderen Leute hier eine Fremde war.

»Gladys Ferguson. Gladys Ferguson. Gladys Ferguson wird gebeten, zum Kassenbereich zu kommen. Ihr Mann sucht Sie.«

Danach die Sicherheitsleute, dann wurde der Parkplatz abgesucht, zu guter Letzt erschien die Polizei. Diese war bereits über eine Frau informiert worden, die auf dem Mittelstreifen des Circumferential Highway herumspazierte, während auf beiden Seiten der sechsspurigen Straße der Verkehr mit einhundertzwanzig Sachen an ihr vorbeidonnerte.

Als man sie auflas, hielt sie büschelweise Löwenzahnpflanzen in beiden Händen, hatte sich weitere in die Taschen gestopft. Alle mit den Wurzeln ausgerissen. »Sehen Sie das

Unkraut?«, fragte sie die Polizisten. »Sieht schlimm aus, aber es kann doch noch hübsch werden.«

Von da an hat sie stetig abgebaut. Jeden Monat schien etwas anderes verloren zu gehen. Ein ums andere Wort. Zuerst *Gummistiefel*, dann *Mixer*, dann *Fernseher*.

»He, sag mal, wie heißt das noch gleich?«, fragte sie und schwenkte einen Löffel vor seiner Nase.

Danach die Namen der Kinder, schließlich auch seiner.

Einmal biss sie ihn so heftig, dass er blutete und die Wunde vor dem Pflegepersonal verbergen musste. Bei einer anderen Gelegenheit schlug sie eine Frau gegen die Brust, weil diese im Flur zu dicht neben ihnen gegangen war. Man zitierte sie ins Büro, der Vorfall wurde offiziell aufgenommen, der Bericht ihrer Akte hinzugefügt.

Am selben Tag, sie sahen sich eine Fernsehshow an, drehte sie sich unvermittelt zu ihm um und gab ihm detaillierte Anweisungen für Percy, einen Hund, den sie vor vierzig Jahren gehabt hatten. »Ganz ehrlich, ich weiß nicht, warum wir ihn noch haben, hier kümmert sich ja niemand um ihn. Wer war heute dran? Kann mir das mal jemand sagen?«

*

Vielleicht war es falsch. Er hatte nicht mit einem so großen Publikum gerechnet, war auch nicht auf die Kostüme gefasst gewesen. Die Szenerie war so bizarr, dass sie seiner Frau vermutlich keine Hilfe sein würde. Außerdem machten die Kinder es, objektiv gesehen, lausig. Ausgenommen die Spinne. Die Frau, die durchs Programm führte, schien auch nicht begeistert, besonders bei den Gesangsdarbietungen verdrehte sie die Augen, und er konnte sie verstehen. Die Kinder kniffen beim Singen die Augen zusammen und fuchtelten mit den Händen, als wollten sie die Töne einfangen, die sie nicht trafen. Den Leuten im Publikum war anzusehen, wie sie sich innerlich wanden, und wenn ein Stück zu Ende war, applaudierten sie der Stille, nicht der Darbietung.

Er schaute auf den Programmzettel. Noch zwei. »The Entertainer« und eine Fuge. Was das war, wusste er nicht.

Ein Teenager mit engen Jeans und geschminktem Gesicht betrat die niedrige Bühne, anderthalb Meter vor ihnen. Er verbeugte sich kurz und breitete die Notenblätter aus, legte die Finger auf den Tasten zurecht. Anfangs herrschte Stille, er schien lange zu zögern, dann ließ er die Finger von rechts nach links über die Tasten fliegen, hielt vor dem Beginn des berühmtesten Teils aber inne.

Der Junge nahm die Hände von den Tasten, faltete sie im Schoß, senkte den Blick. Er atmete tief aus und saß reglos da, das Kinn auf die Brust gesenkt. Dann schien er zu schaudern und drehte sich zu der Frau um.

Das dauerte entschieden zu lange. Er dachte: *Entweder, es gehört dazu oder nicht.* Manchmal war nicht klar, ob jemand patzte oder ob ein Patzer Programm war. Er beobachtete die Szene: ein Junge, der reglos vor einem stummen Keyboard saß. Die Situation wurde mit jeder Sekunde bedrückender, die Zeit schien sowohl langsamer als auch schneller zu verstreichen, und er konnte noch immer nicht einordnen, was sich da abspielte.

Darcy

Ich weiß auch nicht, was los ist. Ich spiele die ersten drei Takte, hübsch langsam, dann will ich loslegen, aber da ist nichts, nicht mal die einfachen ersten Teile, die ich genau kenne und eigentlich beherrsche. Alles verlangsamt sich, kommt schließlich zum Stillstand, ich sehe mich mit den Augen des Publikums. Ich ziehe die Finger von den Tasten und betrachte meine Hände, sie scheinen einem Fremden zu gehören, und ich bezweifele, dass sie mir jemals wieder gehorchen werden. Dann schaue ich auf die Noten. *Was ist los mit dir?*, fragen sie wieder. *Das kann doch jedes Kind.*

Schließlich schaue ich über die Schulter zu Roxy.

»Du schaffst das«, flüstert sie mir zu.

Im Publikum sehe ich die Masken und Hockeyspieler, das Frankenstein-Monster und meine Eltern, mein Dad schüttelt den Kopf. Und die kleine Catherine mit ihren aufragenden Fühlern. Sie sieht aus, als würde sie gleich heulen, wahrscheinlich meinetwegen. Ich habe geahnt, was kommt, habe mir alles bis ins letzte Detail ausgemalt, aber die Tatsache, dass ich darauf gefasst war, macht es nur noch schlimmer. Als hätte man eine superlangsame Kugel auf mich abgefeuert, die seit einem Monat auf mich zufliegt, immer näher kommt, alle paar Tage einen halben Schritt, und nun spüre ich die Spitze des Geschosses auf der Nasenwurzel und kann immer noch nicht ausweichen.

Ich bin erledigt, also atme ich noch mal aus und will aufstehen. Das war's dann wohl.

In diesem Moment erhebt sich eine elegant gekleidete ältere Dame von ihrem Stuhl, direkt vor mir, und ich meine damit: vor meiner Nase, so nahe, dass sie mir den Blick auf das restliche Publikum versperrt.

Ihre Haare sind sauber gescheitelt, sie trägt Ohrringe, hat Make-up und Lippenstift aufgelegt.

Ja, sie steht auf, groß und kerzengerade, und hat ihren absolut klaren Blick auf mich, das Keyboard und dieses Stück gerichtet. Zwei Schritte, dann steht sie neben mir.

Der erste Schritt: fort von dem alten Herrn, neben dem sie gesessen hat. Er wirkt sowohl überrascht als auch besorgt, und ich sehe, dass er sie festhalten will, aber es ist zu spät.

Der zweite Schritt: auf die niedrige Bühne, zu mir. Sie legt mir eine Hand auf die Schulter.

»Rutsch zur Seite«, sagt sie und unterstreicht ihre Worte mit einer Kopfbewegung.

Manchmal sieht man etwas mit an, ohne dass man es wirklich begreift. Man weiß nicht, was tun. Du musst mit ansehen, wie Darcy aufgibt, vor versammeltem Publikum das Handtuch wirft. Die Hände im Schoß, das Kinn auf der Brust. Alles im Raum scheint zu stocken, obwohl man eigentlich nur will, dass *er* nicht mehr stockt.

Er schaut auf die Noten, danach über die Schulter, und du merkst, dass er dich mit Blicken sucht.

»Du schaffst das«, flüsterst du ihm zu.

Du hast den Satz noch nicht ganz ausgesprochen, da weißt du schon, wie hohl er ist. Deine Prüferin im siebten Unterrichtsjahr hat das Gleiche gesagt und dich doch durchfallen lassen. Und es tut nichts zur Sache, dass du damals Stücke gespielt hast, die weitaus schwieriger waren als Darcys Ragtime. Du warst etwa in seinem Alter, und du warst auch wie gelähmt. Du hattest dich ein ganzes Jahr auf die Prüfung vorbereitet und konntest alles, aber als es so weit war, als du das Programm vorspielen solltest, bist du nicht einmal bis zu den Etüden und deinem Repertoire gekommen. Stattdessen warst du von Anfang an aufgeschmissen, schon bei den Tonleitern und Arpeggien.

Die Prüferin glaubte, dir eine leichte Aufgabe zu stellen.

»Spielst du bitte eine kleine Kadenz in d-Moll?«

Das war kinderleicht, zugleich aber viel zu schwierig, der ganze Raum schien ins Wanken zu geraten, und du meintest, jeden Moment rückwärts vom Hocker zu kippen. Du hast kein Wort mehr herausgebracht, nur den Kopf geschüttelt und gemerkt, dass die Prüferin ahnte, was los war.

»Du schaffst das«, sagte sie. »Vielleicht eine chromatische Tonleiter von Ges aus?«

Nein, auch das nicht.

Ihr wart zu zweit im Raum, es gab kein Publikum, und trotzdem hattest du das Gefühl, alle Menschen, die du kanntest, wären anwesend. Die Prüferin gab dir noch eine Chance – »Der Dominantseptakkord in F?« –, dann legte sie dir eine Hand auf die Schulter, stand auf und ging leise zur Tür, um deine Eltern hereinzubitten.

»Ich glaube, Roxanne hat heute keinen guten Tag«, sagte sie.

Dein damaliges Erlebnis verbindet sich mit dem Moment jetzt. Der Junge sitzt dicht vor dir, und du führst durchs Programm, solltest alles in der Hand haben. Du weißt, du müsstest handeln, ihm eine Hand auf die Schulter legen. Vor ihn treten, um ihn vor all diesen Menschen zu beschützen.

Bevor du handeln kannst, kommt eine alte Dame auf die Bühne, sie ist keine Verwandte von Darcy, sondern wohnt im Brookfield.

»Rutsch zur Seite«, sagt sie zu ihm.

Du siehst ihm an, wie verblüfft er ist, aber er gehorcht. Sie setzt sich links neben ihn, wo du immer sitzt, nimmt die Hände des Jungen und positioniert sie zwei Oktaven höher.

Du bemerkst den Blick, den Darcy ihr zuwirft, siehst, wie sie ihre Finger auf seine Finger legt, das tust du auch oft. Oben die Finger der Frau, darunter die Finger von Darcy, wiederum darunter die Tasten.

Mit einer Hand zeigt sie auf die Noten. Violinschlüssel und Bassschlüssel.

»Ich spiele dies«, sagt sie, »und du spielst das da.«

Gladys Fergusons Mann

Sie steht auf und geht, bevor er sie aufhalten kann, er weiß nicht, wie ihm geschieht. Es gab lichte Momente – Überraschungen –, aber der letzte ist mindestens ein Jahr her. Einmal, sie sahen die Nachrichten, durchfuhr sie ein Ruck, sie erhob sich vom Sofa, griff nach der Fernbedienung, schaltete den Fernseher aus und warf die Bedienung auf den Boden.

»Mir reicht's«, sagte sie, »ich will zu Bett.«

Er müsste sie zurückholen, wieder auf den Stuhl setzen, aber ein Blick auf den Jungen verrät ihm, dass er nicht eingeschüchtert ist. Gladys, die echte Gladys, war in solchen Situationen nicht zu bremsen, sie hatte ihren Dickschädel. Andere Menschen leiden zu sehen war für sie das Schlimmste überhaupt. Einmal, er erinnert sich gut daran, drängelte sie sich im Lebensmittelladen bis zur Kasse durch. Dort stand eine hagere Frau, die ihre Einkäufe schon in Tüten verstaut hatte, im Buggy quengelte ihr Kind. Die Frau hielt Geld in der Hand, aber nicht genug, und die Kassiererin ging die

Quittung durch und suchte in den Tüten nach Ware, die sie wieder herausnehmen konnte, damit es passte.

Hinter der Frau standen etwa fünf weitere Leute mit Einkaufswagen, die tatenlos zusahen.

»Darf ich *bitte*?«, sagte Gladys, während sie sich mit Brieftasche und Kreditkarte in der Hand nach vorn drängelte. »Ich muss hier durch.«

Die Art, wie sie die Hände des Jungen hält, wie sie auf die Noten zeigt. Er ist sicher, sie wird nicht gewalttätig. Hofft es jedenfalls. Es kann rasch kippen, wie er weiß.

Die durchs Programm führende Lehrerin steht direkt dahinter. Und er spürt, dass sie sich auch darauf vorbereitet einzugreifen. Beide spannen sie für den Notfall die Muskeln an, er vor der Bühne, sie auf der Bühne. Der Notfall scheint auszubleiben. Sie warten ab, wollen schauen, wie sich die Sache entwickelt. Mal sehen, was geschieht.

»Ich spiele dies, und du spielst das da«, sagt Gladys absolut klar und deutlich. »Ich auf dieser Seite, du auf der anderen.«

Der Junge mit dem geschminkten Blitz im Gesicht nickt, und der Mann von Gladys Ferguson senkt den Blick noch einmal auf das Programm.

Darcy McIntyre – »The Entertainer«

Er kennt den Jungen nicht, merkt aber, dass dieser begreift.

Keine Ahnung, wer die Frau ist, aber ich weiß sofort, was sie will. Manchmal macht es einfach klick. Jemand anderer erscheint, und er oder sie gibt mir etwas auf eine andere Art zu verstehen – und zack! –, man kapiert. Ich weiß, wie's geht. Der Ragtime-Rhythmus, Ruf und Antwort. In der Begleitung werden Töne verdoppelt, Halftime-Gefühl. Ich schaue auf die Noten, überfliege alle fünf Seiten und sehe die Wechsel. Wir sind uns noch nie begegnet, ich weiß nicht mal, wie sie heißt, aber wir wissen, was wir spielen müssen, es wird laufen wie geschmiert.

Ich nicke, und wir legen los. Die ersten Takte bleiben die ersten Takte, ich spiele sie auf meiner Seite so, dass die Frau punktgenau einsetzen kann. Dieses Mal komme ich nicht ins Stocken. Ich habe das korrekte Tempo und spiele die hohen Töne, während sie die Sprünge in der Basslinie übernimmt und aus der tiefen Lage auf meine Töne antwortet. Ich fasse das Stück zum ersten Mal auf, wie Scott Joplin es aufgefasst haben muss, besser gesagt: Ich höre es so, wie er es vor über hundert Jahren gehört haben muss, bevor er auch nur eine einzige Note hingeschrieben hat; als »The Entertainer« noch eine Abfolge stummer Klänge war, die durch seinen Kopf wirbelten.

Das leuchtet mir ein und allen anderen wohl auch. Die elegante Frau aus dem Publikum hatte die richtige Idee. Das könnte klappen, ja, bei Darcy könnte es klappen, du hast es auch oft so gemacht. Es ist besser, viel besser, auf der Bühne, auf dem Präsentierteller, nicht allein zu sein.

Du erinnerst dich an deinen Blackout im Beisein der Prüferin in jenem schallisolierten Raum, an das Gefühl, alles wäre aus und vorbei, ein Gefühl, das dich noch Tage später quälte. Aber du erinnerst dich auch an die Auftritte mit deiner Highschool-Band, Tempus Fugit. Und an den Abend in der Kneipe, als du zum ersten Mal Damien Coolis an den Drums gehört hast, an das Gefühl, von seinem Spiel wachgerüttelt zu werden. Und an die erste Probe von Midnight Soul Machine, abends in Lyles Keller. Und daran, wie du zum ersten Mal so intensiv gesungen hast, dass du glaubtest, deine Rippen würden brechen.

Dir schwirrt noch der Kopf vom gestrigen Abend im *Company House*, als Horse Power durch das Publikum floss und Fremde mitsangen. *Why don't you come on over to me?*

Das wird schon.

Einerseits fragst du dich oft, wozu das alles gut ist, warum du es dir noch antust. Andererseits gibt es immer wieder Augenblicke, da stellen sich diese Fragen nicht.

Gladys Fergusons Mann

Als er sich wieder auf den Stuhl in der ersten Reihe sinken lässt, lässt der Druck auf seiner Brust nach drei Jahren zum ersten Mal etwas nach, er atmet tief ein und wieder aus. Unnötig, ihr Gesicht zu beobachten. Ihre Haltung genügt. Kerzengerade. Schultern und Hüften in einer Linie. Sie tappt mit den Zehen, streckt die Arme aus. Sie lächelt und schaut den Jungen an. Er weiß noch, wie sie den Kindern Schwimmen beibrachte. Ihr jüngster Sohn klebte förmlich an der Beckenwand. »Nun komm schon, Mr. Klette«, sagte sie scherzhaft. »Fangen wir an. Du weißt, ich habe nicht den ganzen Tag Zeit.«

Er schaut sich um. Die vielen Menschen. Sie nehmen es doch auch wahr, oder? Er versucht, sich selbst zu relativieren. *Ich sitze mitten zwischen ihnen*, denkt er, *wir sind das Publikum, und da, dort oben, spielt die Musik*. Er fragt sich, ob er für seine Frau noch existiert, ob sie manchmal an ihn denkt. Wahrscheinlich nicht. Er ist abgemeldet, sie bewegt sich in anderen Welten.

Die Brookfield-Fuge (Stretto)

Ich schaue sie an, und du schaust ihn an, und er schaut uns an.

Und ich spiele das Stück, und sie spielt es auch, man spürt, wir werden es problemlos zu Ende bringen.

Jeder weiß, wie's geht.

Da … da … da-da … da-da … da-da.

Sie bleibt auf der linken Seite dran, bei den tiefen Tönen, und du siehst aus den Augenwinkeln, wie sie die Grundlage schafft. Und ich bin hier, auf der rechten Seite, und spiele die Variationen.

Da … da … da-da … da-da … da-da.

Wir sind im Takt, und yeah!, das ist »The Entertainer«.

Die Melodie bricht aus und kehrt zurück, Hoch spricht mit Tief, es wird Variante auf Variante auf Variante getürmt. Und wenn man glaubt, die ganze Komposition würde auseinanderfallen, verbinden sich die Stränge wieder, finden Melodie und Rhythmus zueinander und streben dem Ende entgegen.

»Ja!«, schreit Catherine, springt auf ihren Stuhl und applaudiert mit allen zehn Händen zugleich.

Die anderen folgen ihrem Beispiel. Das Stück ist noch nicht zu Ende, nicht ganz, aber was jetzt passiert, das nennt man stehende Ovationen. Alle sind auf den Beinen. Kinder und Eltern, Tiere und Insekten, Helden und Monster, Fremde und Menschen, die einander ihr Leben lang kennen.

Ich biege in die Zielgerade ein, wir haben die letzte Notenzeile vor Augen und wissen, gleich ist es geschafft.

Da höre ich jemanden – den alten Herrn in der ersten Reihe, kurz vor Schluss beginnt er zu rufen.

Du schaust in seine Richtung, er übertönt alles, obwohl er nicht brüllt. Alle können ihn hören.

»Bitte noch einmal«, sagt der Mann. »Von Anfang an.« Und dann wiederholt er immer wieder ein Wort. »Noch mal«, sagt er. Und: »Noch mal.«

Gemarkung Nummer neun

Als mein Oberarm durchbohrt wurde, spielte ich auf der Farm der Familie Klassen auf einem leeren Anhänger für Tabakpflanzen. Ich weiß bis heute nicht, was derart glatt, rasant und chirurgisch präzise durch meinen Arm fuhr. Zunächst spürte ich nichts. Ich nehme an, es war ein Steckbolzen, vielleicht auch ein Nagel oder ein spitzes Stück Blech, auf einer Farm gibt es viele Gefahrenquellen. Damals lag jede Menge Krempel, an dem man sich übel verletzen konnte, einfach so in der Gegend herum.

Allan und ich, damals noch Kinder, benutzten die Anhänger als gigantische Wippen, die uns auf und ab warfen, als wären wir federleicht oder gar nicht vorhanden. Wir standen jeder an einem Ende, gut sieben Meter voneinander entfernt, gingen abwechselnd tief in die Hocke, schnellten hoch und brachten so den Hänger zum Wippen. Der Steckbolzen – oder was immer es war – muss mich mitten im Sprung erwischt haben, just in dem Moment, als es wieder abwärtsging. Aber das ist eine Vermutung. Ich weiß nur, dass sich etwas Spitzes durch meinen Arm bohrte, von einer Seite zur anderen, ohne dass ich etwas gespürt hätte.

Allan sah es zuerst.

Ich bemerkte, dass sein Blick etwas zu lange auf meinem Arm verweilte. Dann sah er mir in die Augen.

»Ist dir klar, dass du blutest wie ein Schwein?«, sagte er.

Das Blut sammelte sich auf Ellbogenhöhe im Ärmel meiner Nylon-Windjacke. Ich griff unter die Jacke, und als ich die Hand wieder hervorzog, war sie rot.

Das war im Spätherbst. Mais und Tabak waren abgeerntet, der bittere Frost war gekommen und gegangen. Alles ringsumher, die endlosen kahlen, flachen Felder, ja sogar der Himmel, war grau, wirkte wie ausgehöhlt und verdorrt. Das Rot, das mir feucht und lebendig entströmte, schien einer anderen Jahreszeit anzugehören.

Wir starrten beide meine Finger an, und ich weiß noch, dass Allan keine Miene verzog. Ich hätte genauso gut einen Stein oder einen Dreckklumpen in der Hand halten können, irgendwas vollkommen Banales.

»Das solltest du anschauen lassen«, meinte er.

Also kehrten wir jeder nach Hause zurück.

Ich musste allerdings noch ins Krankenhaus, wo ich gegen Tetanus geimpft und mit zwölf Stichen genäht wurde. Sieben auf der einen Seite des Arms, fünf auf der anderen.

Solange wir warten mussten, hatte man mich angewiesen, sollte ich stillsitzen und Druck auf die Wunde ausüben, aber ich konnte dem Wunsch, einen Blick darauf zu werfen, nicht widerstehen. Alle fünf Minuten zog ich den verkrusteten Rand der Mullbinde zurück und äugte in das Loch. Irgendetwas Spitzes hatte mich glatt durchbohrt, es war ein perfektes Rund, und ich konnte alles erkennen. Mitten darin sogar das Weiß eines Knochens.

»Du weißt, dass du ein Glückspilz bist, oder?«, meinte der Arzt, als er nach dem Nähen den Faden kappte. »Wenn etwas Wichtiges verletzt worden wäre, sähe es anders aus.« Er strich über die Nähte, bewunderte sein Werk. »Du bist noch mal davongekommen.« An der Tür zerzauste er meine Haare. »Das ist in null Komma nichts verheilt.«

*

Allan und ich waren etwa zehn, als ich mir die Verletzung zuzog. Und obwohl es noch zwei, drei Jahre dauern sollte, bis er fortging, scheint es im Rückblick, als markiere dieser Vorfall den Anfang vom Ende unserer langjährigen Freundschaft. Mit Vorfall meine ich weder den Unfall selbst noch das Nähen der Wunde, sondern den Moment, als mir auffiel, dass er mich sowohl ansah als auch nicht ansah.

Unsere Freundschaft lässt sich schwer beschreiben, und ich weiß bis heute nicht, ob es tatsächlich eine war. Nachbarschaft träfe es wohl besser. Wir wohnten nicht weit voneinander entfernt und gingen so nachbarschaftlich miteinander um, wie es zwei Menschen, die in einer Gemarkung von Essex County aufwachsen, halt möglich ist.

Man hat die Gegend selbst dann vor Augen, wenn man sie nicht kennt, nie dort war. Man stelle sich vor, jemand hätte einen Bogen Millimeterpapier mit einem akkurat eingezeichneten, horizontal und vertikal verlaufenden Straßennetz auf das flachste, fruchtbarste Farmland Kanadas gelegt. Es gab Kreuzungen, die sich nicht vermeiden ließen, und Parallelen, die man nie streifte. Einerseits wie New York City, andererseits ganz und gar nicht wie New York City.

Das County ist genau genommen nur eine heiße, feuchte flache Platte, angereichert mit wundersamen Nährstoffen, die Gletscher vor einer Million Jahren im hiesigen Boden hinterlassen haben. Was bedeutet, dass hier alles gedeiht. Tomaten und Erdbeeren, Mais und Tabak. Äpfel und Wein. Wenn man einen Pfirsichkern auf den Boden spuckt, heißt es, findet man im Jahr darauf einen Baum vor.

Allans Wohnhaus stand eine Straße weiter. Nach der Maisernte konnte ich es ein halbes Jahr lang von meinem Fenster aus sehen, manchmal sogar die Gestalten, die sich dort hinter den Vorhängen bewegten. Im Frühjahr aber, wenn die Pflanzen zu sprießen begannen, die Arbeiter zurückkehrten und alles von vorn losging, füllte sich der zwischen uns liegende Raum. Anfang Juli waren das Haus, der Pool mit dem Sichtschutz und die Wirtschaftsgebäude, ja sogar die drei großen Scheunen hinter einer undurchdringlichen grünen Barriere verschwunden.

Allan und ich kamen gut miteinander aus, vor allem in der Schule, wir hielten meist zusammen. Wenn wir Arbeitsgruppen bilden mussten, besiegelten wir unser Teamwork durch ein Nicken, noch bevor die Lehrerin ausgeredet hatte.

Andererseits wetteiferten wir offen, teils verbissen miteinander. Wer schaffte die meisten Klimmzüge? Wer lief in zwölf Minuten am weitesten oder schaffte die komplette Anzahl der für den Canada Fitness Test erforderlichen Situps und Liegestütze? Unsere Nation brauchte unseren Einsatz. Normale Teilnehmer und Teilnehmerinnen erhielten ein braunes Abzeichen, die besten ein rotes.

Unsere wahre Rivalität galt jedoch einzelnen Zensuren und dem Zeugnisdurchschnitt. Bei Klassenarbeiten nutzte ich die gesamte Zeit, die mir zur Verfügung stand. Die Lehrer mussten mir die Zettel buchstäblich aus der panisch kritzelnden Hand reißen. Allan dagegen schlenderte meist als Erster nach vorn, um seine Arbeit abzugeben.

Er saß für gewöhnlich direkt vor mir, und ich konnte sehen, wie er nickend einen Multiple-Choice-Test erledigte, einem Aufsatz, in dem etwas zu vergleichen und zu erörtern war, den letzten Schliff gab oder eine hoch komplizierte, drei- bis vierstufige Mathe-Aufgabe löste. Er benutzte blaues Dippity-Do-Gel, um seine Haare zu stylen, wuschelte sie hoch und zur Seite, aber mit akkuratem Scheitel. Sie wirkten knallhart und wie betoniert, und ich fand es jedes Mal irre, dass er die Mathe-Aufgabe so rasch bewältigte und danach trotzdem so tiefenentspannt wirkte. Bei den Abschlussnoten lagen wir meist ein, zwei Punkte auseinander, mal hatte der eine die Nase vorn, mal der andere, aber ich hatte stets den Eindruck, mich viel mehr anstrengen zu müssen.

Im Sommer nach dem Unfall auf dem Anhänger wurde ich von Mr. und Mrs. Klassen eingeladen, mit Allan zwei Wochen in Camp Calvary zu verbringen. Das war eine Wendung in meinem Leben, eine Tür schien sich aufzutun, und ich hoffte, unser Miteinander würde sich weiter vertiefen, sehnte mich nach der Verbundenheit und dem Vertrauen, die es nur zwischen besten Freunden gibt.

Ich wollte unbedingt mitfahren, aber meinen Eltern lagen die Kosten des Abenteuers im Magen, der Preis, den *sie* würden berappen müssen. Wie es um meine Seele bestellt war oder dass ich Gefahr lief, religiös erweckt zu werden, schienen sie nicht zu bedenken. Als die Klassens erklärten, alles sei bezahlt, gaben meine Eltern, die für nichts aufkommen mussten, grünes Licht und ließen mich fahren.

Vielleicht war ich spirituell noch zu unreif oder hatte nur mit halbem Ohr zugehört, jedenfalls hatte ich stets »Cavalry« statt »Calvary« verstanden, erwartete also etwas mit Pferden und Ausritten, eine Cowboy-Sache. Ein Irrtum, wie ich bald merken sollte. Die täglichen Lagerfeuer waren okay, und einige Songs sind bis heute Ohrwürmer für mich – »He's Got The Whole World in His Hands« –, aber nach dem Musizieren trat meist beklommenes Schweigen ein.

Den »Kreis der Teilhabe« fand ich öde und hohl, und während des allabendlichen »Augenblicks der Offenbarung« wurde nie auch nur das Geringste offenbart. Es gab eine »Andachtszeit«, in der wir ermutigt wurden, unsere tiefsten Geheimnisse auszuloten und den fremden Kindern ebenso preiszugeben wie noch fremderen Erwachsenen, die im Hinblick auf das, was »im tiefsten Inneren« rumorte, als Berater galten.

Ich sehe noch vor mir, wie ein Ratgeber, ein jüngerer Typ mit punkiger Stachelfrisur und einem Holzkreuz, das er an einer Lederschnur um den Hals trug, wiederholt an seine Brust griff, an das »tiefste Innere«, und dann die ums Feuer gescharte Gruppe aufforderte, ihrerseits von diesem inneren Ort zu berichten.

Allan und ich wechselten in Camp Calvary kaum ein Wort. Als er den Bus verließ, erwartete ihn schon eine Truppe eingeschworener Freunde, denen er sich sofort anschloss. Während der ganzen zwei Wochen waren wir kein einziges Mal Partner bei irgendwas, schliefen nicht mal in derselben Hütte. Ich hatte manchmal den Eindruck, er hätte vergessen, dass wir gemeinsam gekommen waren oder, im echten Leben, am selben Ort wohnten.

Ich kannte niemanden, der so reich war wie er. Und die Familie Klassen war für mich die erste, die ganz anders tickte als meine. Mr. Klassen war der größte Tabakfarmer weit und breit, und damals, als noch alle und jeder rauchten, war sein Produkt gefragt, der Preis hoch; ich glaube, sie verkauften in alle Welt. Als sie ihren Swimmingpool bauen ließen, ein nierenförmiges Bassin, das auf einer Seite tiefer wurde, meinte meine Mutter zu meinem Vater: »Tja, wenigstens wissen wir jetzt, dass die Klassens keinen Grund zur Klage haben.«

Allans Dad war zwar Farmer und oft auf dem Feld, für mich war er aber zugleich der erste Mann, der meist zu Hause im Büro arbeitete, einem umfunktionierten Schlafzimmer mit einem echten Computer, einem Aktenschrank, einem Matrixdrucker und einer privaten Telefonleitung. Er hielt sich oft dort auf, und wenn ich zu Besuch war, schien er stets in schwierigen, unglaublich wichtigen Verhandlungen zu stecken.

Bei einer Gelegenheit, ich war auf dem Weg zum Bad, sah er vom Schreibtisch auf. Er hatte das Telefon zwischen Wange und Schulter geklemmt, seine Finger lagen auf der Tastatur. Er winkte mir, als ich vorbeiging, und lächelte, aber im selben Moment schien sein Gesprächspartner etwas zu sagen, denn er nahm den Hörer plötzlich fest in die Hand. Ein Muskel in seinem Gesicht zuckte, was den Wangenknochen betonte.

»Ich sagte doch: nein. Schluss damit«, sagte er. »Ich habe letzte Woche nein gesagt, ich sage es jetzt und werde es immer sagen, egal, wie oft Sie die Sache aufs Tapet bringen.«

Er knallte den Hörer auf und schnaubte laut. Dann nahm er mich wieder wahr.

»Leute!«, sagte er kopfschüttelnd.

*

Mrs. Klassen hatte ein Faible für Mobiliar im französischen Landhausstil. Alle Stücke hatten geschwungene Formen und muschelartige Verzierungen und waren in einem pseudoantiken Weiß lackiert, das einen dezenten Kontrast zu den goldenen Verzierungen und metallenen Kommodengriffen bilden sollte. Die Wände waren cremeweiß, der Wohnzimmerteppich bestand aus extralangen, extradicken und in dreierlei Blautönen schillernden synthetischen Fasern. Er bedurfte eines Extrareinigungsgeräts, der sogenannten Teppichharke, die Mrs. Klassen in einem Besenschrank aufbewahrte; wenn sie ihren synthetischen Acker jätete, was täglich geschah, ging sie systematisch vor und richtete jede einzelne Faser zur vollen Höhe auf. Außerdem gab es einen in die Wand integrierten Ofen, man aß von blau glasierten, irdenen Tellern und trank aus langstieligen, blau getönten Gläsern.

Die Familie war mir ein Rätsel. Was ich hier schildere, geschah in der entscheidenden Phase meines Lebens, zwischen neun und dreizehn, als ich mit Feuereifer versuchte, alles einzuordnen. Ich wollte jeden einordnen und in die passende Schublade stecken, aber: Mich selbst konnte ich nie einordnen, wenn ich bei Allan Klassen war. Wenn ich ihn besuchte, wusste ich nicht mal mehr, wer ich war. Natürlich spielte Neid mit hinein, blanker Neid, aber wie ich heute weiß, kam noch etwas hinzu, ein innerer Prozess, denn ich haderte mit einer tiefsitzenden Unsicherheit.

Einmal kam es zu einer bizarren Situation, sie hatte mit dem Sears-Katalog zu tun. Es muss Anfang November gewesen sein, also zu Beginn der Weihnachtssaison, wenn das

Wish Book in jedem Wohnzimmer landete wie ein durchs Fenster geschleuderter Wackerstein. Allan und ich blätterten den ganzen Katalog durch, alle fünfhundert Hochglanzseiten, und das Spiel wollte es, dass wir auf jeder Seite etwas fanden, das wir kaufen wollten. Überblättern galt nicht, nichts war zu langweilig oder zu entlegen. Wir mussten uns profunden Fragen stellen und Dinge gegeneinander abwägen, an die wir andernfalls nicht mal im Traum gedacht hätten. Welche Brennschere bevorzugte man, welchen Schongarer, welchen Luftentfeuchter?

Dann die zig Seiten mit Schmuck. Unfassbar, wie sehr man den Modeschmuck ausufern ließ. Wir mussten uns dennoch entscheiden. Für ein Produkt jeder Art. Oder zwei: zuerst seines, danach meines. Wenn wir uns nicht entscheiden konnten, wählten wir schlicht das teuerste aus.

»Zugreifen, man kann's ja wieder verkaufen.« So lautete unsere Devise.

Die Seiten mit Dessous und Unterwäsche waren eine andere Nummer. Die Abbildungen zeigten stets dieselben zwei Frauen und zwei Männer, einmal blond, einmal brünett, vier Models, die das ganze Sortiment präsentieren mussten. Die Männer, braun gebrannt und muskulös – aber nicht zu muskulös, man konnte sich gerade noch mit ihnen identifizieren –, trugen Unterhosen oder Boxershorts. Zwei Männer, der eine blond, der andere brünett, auf einem Foto vereint. Auf manchen Abbildungen hatte einer den Fuß auf einen Stuhl gesetzt, hielt eine Kaffeetasse oder Zeitung in der Hand. Bei den Frauen war es das Gleiche in Grün, sie trugen meist praktische, strapazierfähige Wäsche in Beige oder Weiß. Spitzen sah man nicht.

Dessous und Accessoires hatte man auf einer Extraseite gebündelt. Strümpfe und Hüfthalter in Rot und Schwarz, sogar ein einteiliges Korsett namens »Merry Widow«. Es ging auf Weihnachten, und Sears sorgte dafür, dass derlei delikate Teile landesweit in jedem Wohnzimmer zu bestaunen waren.

»Wie findest du das?«, fragte Allan, zeigte auf die Nummer 0001–226532–0036 und tippte auf den Unterleib des Models. Unter der Abbildung gab es ein, zwei beschreibende Sätze. In allen Größen erhältlich, hieß es dort.

»Weiß nicht«, sagte ich. »Was meinst du?«

»Ist nicht so mein Ding«, antwortete er, aufrichtig, wie ich glaube. »Aber wenn du es nicht willst, nehme ich es halt.«

Ich nickte, und wir blätterten um und setzten unser Spiel fort.

*

Allans Zimmer sorgte bei mir für einen tiefen und bleibenden Eindruck. Er hatte ein Doppelbett ganz für sich allein, darauf eine Tagesdecke, die er stets straff zog und glättete. Drei nebeneinanderstehende Regale präsentierten seine Actionfiguren, als wäre seine Bude ein kuratiertes Spielzeugmuseum.

Han und Luke, Batman und Robin und Dutzende Wrestling-Stars im Gummi-Kleinformat: der Hulkster, Mr. Wonderful und, klar, Randy Savage. Außerdem differenziertere Typen, jene Wrestler, die ich am besten fand: Jimmy »Superfly« Snuka und Ricky »the Dragon« Steamboat. Ich habe drei Brüder, und bei uns hatte jeder eine Figur, das war's. Wir schlugen als Team Schlachten gegen Berge feuchter Handtücher – eine Lawine! –, gegen außerirdische Tintenfische, für die Spanngurte herhalten mussten, kämpften gegen den brummenden Staubsauger oder den Strudel in der Kloschüssel um das liebe Leben. So ging unser Chewbacca flöten, wir spülten ihn, kackbraun wie er war, aus Versehen im Klo runter. Ich weiß noch, wie mein jüngster Bruder, vor Verzweiflung heulend, einen Arm tief ins Klo steckte, um sein Lieblingsspielzeug zu retten. Und danach fragten wir uns, wieso wir mit dieser Kostbarkeit so nachlässig umgegangen waren: Wie blöd konnte man sein?

In Allans Zimmer musste man keine vagen Bedrohungen erfinden. Seine Sammlung umfasste auch die Bösen, egal, welcher Schurke gebraucht wurde, er war zur Hand und konnte in jede eben ausgedachte Story eingebaut werden. Darth Vader und die rot gewandete Imperiale Ehrengarde, die komplette Legion of Doom und Nikolai Volkoff, George »the Animal«, Steele und Big John Studd. Es gab überwältigend viele Optionen. Allein die zig Kombinationsmöglichkeiten! Zum Beispiel Green Arrow gegen King Kong Bundy.

Wenn man die beiden zusammenkrachen ließ, kollidierten Universen.

In unserem schlichten Bungalow eine Parallelstraße weiter sah das Leben anders aus, alles, was wir taten, schmeckte irgendwie nach Kompromiss. Mein Vater unterrichtete als Lehrer vierte Klassen, meine Mutter fuhr einen Schulbus, und ich teilte mir das Zimmer mit meinem nächstälteren Bruder. Auf der anderen Seite des Flurs waren unsere zwei Brüder in der gleichen Situation. Und im Wohnzimmer, weiter hinten am Flur, gleich neben dem Bad, stritten unsere Eltern oft über Zeit und Geld.

Freitags bekamen wir immer fünfzig Cent Taschengeld, und mein zweitjüngerer Bruder ging geradewegs zum Laden, warf die zwei Vierteldollar auf den Tresen und fragte: »Was kriege ich dafür? Zeigen Sie mal.«

Ich nehme an, darin bestand die wahre Kluft zwischen Allan und mir, sie schien sich aufzutun, sobald ich die Schwelle seines klimatisierten Hauses überschritt. Dort mangelte es an nichts, nichts war so und so, weil es »halt nicht anders geht«. Stattdessen entsprach das ganze Haus Allans Zimmer, war, anders gesagt, eine Kollektion erlesener Objekte. Die Klassens mussten nur auswählen, etwa im Katalog. Sie mussten bloß überlegen, was sie wollten, mit den Fingern schnippen und schwuppdiwupp war das jeweilige Produkt in ihrem Besitz.

*

Mrs. Klassen kümmerte sich auch um ein niedriges Gebäude, das ein gutes Stück hinter dem Wohnhaus stand, gleich neben den Trocknungsscheunen. Während der Saison beherbergte es die Wanderarbeiter, stets dieselben fünf, sechs spanischsprachigen Männer, vermutlich aus Mexiko, obwohl natürlich auch andere Länder in Frage kamen.

Zwischen den Klassens und den Arbeitern gab es eine Verbindung, die ich zunächst nicht durchschaute. Ich glaube, die Kirche hatte sie zusammengeführt. Möglicherweise war die Arbeitsmigration aus humanitären Gründen von der Kirche angekurbelt, anfangs sogar gemanagt, vielleicht auch finanziell unterstützt worden, bis sich die kanadische Politik der Saisonarbeit annahm und sie gesetzlich regelte. Die Arbeiter kamen und gingen seit Jahren, vielleicht seit Generationen, aber unsere Familie hatte mit ihnen nichts zu tun, wir schenkten ihnen also nur Beachtung, wenn sich unser Alltag mit dem ihren überschnitt.

Bei uns hatte der Glaube nie eine Rolle gespielt. Meine Brüder und ich sahen sonntagvormittags immer *The Great Space Coaster*, und es wollte uns nicht in den Kopf, dass die Wanderarbeiter an ihrem einzigen freien Tag mit den Klassens, die während der Woche kaum mit ihnen sprachen, zu einem mehrstündigen Gottesdienst aufbrachen.

»Anscheinend ist Gott für sie eine echte Größe«, meinte mein Dad in dem Bemühen, dies zu respektieren.

Mrs. Klassen genoss es, die Arbeiterunterkunft vorzubereiten, machte sich geübt und stolz an die Arbeit.

»Dort, wo die Männer herkommen, gibt es nichts«, pflegte sie zu sagen. »Sie sollen sich also wohlfühlen, solange sie hier sind. Wir wollen ihnen das Gefühl geben, zum Beginn der Saison in ein Zuhause zurückzukehren.«

Die Unterkunft war ein Minimotel, das die Klassens am Rand ihres Anwesens erbaut hatten. Die Fußböden waren aus Furnierholz, das Dach aus Blech, und jedes Zimmer verfügte über eine Tür direkt nach draußen. Die Matratzen hatten eine Gummibeschichtung, die Vorhänge waren von Mrs. Klassen genäht worden, das Bettzeug wurde getrennt in Müllsäcken verwahrt. Im Winter lagerten diese, etikettiert mit einem Streifen Malerkrepp, auf dem *Arbeiter* stand, auf einer Palette im unfertigen Keller.

Zu Beginn des Frühlings schafften Allan und ich die Säcke nach oben, damit das Bettzeug auf dem Hinterhof lüften konnte. Mrs. Klassen steckte die Nase in einen Sack, schnupperte probehalber und sagte dann etwas wie: »Na, geht ja noch.« Sie bügelte jedes einzelne Stück. Danach halfen wir ihr, die Betten zu beziehen, die Vorhänge auf weiße Stangen zu fädeln und diese auf die Nägel zu legen, die auf beiden Seiten der Fenster eingeschlagen worden waren.

Wir fegten und wischten die Unterkunft. Wir putzten Bad und Küche, die von den Arbeitern gemeinsam genutzt wurden, stöpselten den Kühlschrank ein, testeten Wasserkocher, Tischbackofen und Doppelkochplatte. Es gab ein Transistorradio und einen Schwarz-Weiß-Fernseher, deren verbogene Antennen immerhin CBC und die großen amerikanischen Sender empfangen konnten. Am Tag vor der Ankunft der Männer stellte Mrs. Klassen eine Vase mit frischen Blumen auf den Küchentisch und bestückte die Regale mit Suppenkonserven, Crackern, einer Dose Kaffee und Snacks, damit die Arbeiter für den Anfang versorgt waren. Weil sie im Flugzeug anreisten, also kein Auto hatten, möbelten wir zwei, drei gebrauchte Fahrräder auf. Ich spendete sogar ein altes Supercycle, einen purpurroten rostigen Drahtesel mit zehn Gängen, bei dem nur noch die Vorderbremse funktionierte. Wir ölten die Ketten und pumpten die Reifen auf. Auf diesen Rädern konnten die Männer zum Einkaufen in die Stadt fahren.

Die Arbeiterunterkunft war eine runde Sache, fand ich. Als alles fertig war, übertraf sie die Hütten in Calvary, und ich weiß noch, dass ich mir wünschte, auch dort zu wohnen, einen ähnlichen Ort zu haben, mit eigenem Zimmer und einer Kochecke, wo ich essen konnte, wann ich wollte.

Ich wollte die Männer kennenlernen, soweit dies möglich war, nur gab es fundamentale, fast unüberwindbare Unterschiede, vor allem, was Alter und Sprache anging. Wir bemühten uns trotzdem, und ich versuchte immer wieder, einen Draht zu ihnen zu bekommen. Einige waren neugierig, weil sie sich fragten, welche Rolle ich bei den Klassens spielte. Wer war ich, und wieso hing ich so oft hier ab?

»Ich bin nur zu Gast«, antwortete ich stets.

Die älteren Arbeiter sprachen kaum Englisch, und wenn ich über die fast unmögliche Kommunikation nachgrübelte, hatte ich stets einen großen exotischen Vogel vor Augen, den ich nur angackern konnte. Die Komplexität und das Ausmaß unseres gegenseitigen Nichtverstehens waren verblüffend, teils auch komisch, etwa dann, wenn ein Gespräch nach den ersten holperigen Sätzen durch ihr wirres, verknapptes Kauderwelsch doch noch in Gang kam. Wir verpassten den Bus nicht, sondern »verloren« ihn, und es kam stets zu kleineren Fehlern im Hinblick auf das, was man »haben« oder »sein« oder »machen« oder »tun« musste. Die feinen Unterschiede zwischen den Dingen, die einander am meisten ähnelten, ließen sich am schwierigsten überbrücken.

Ich weiß noch, dass Mr. Klassen seine Anweisungen wohlgeordnet und mit knappen Worten erteilte.

»Blume«, sagte er langsam und deutlich, eine Blüte hochhaltend. Dann fuhr er fort: »Blatt«, und zeigte auch dieses. Anschließend wies er auf seine Felder. Das war während der wichtigen Phase, in der die Blüten jeder einzelnen Pflanze – und es schien Millionen zu geben – gekappt werden mussten, damit die Wachstumskraft in die Blätter ging.

»Haben wir das alle verstanden?«, fragte er, ließ die Blüte fallen, trat darauf und reckte das Blatt über seinen Kopf. »Gut und schlecht? Richtig und falsch?«

Alle nickten lächelnd.

Anfangs argwöhnte ich, es wäre ein gewiefter Trick der Männer, so zu tun, als würden sie Mr. Klassens Anweisungen nicht verstehen, zumal wenn diese wichtig waren. Aber dann dachte ich über mich selbst nach – das tat ich ständig – und begriff, wie ernüchternd, ja peinlich es war, dass jemand wie ich, der in Französisch stets eine Eins plus hatte, außer *hola* oder *gracias* kein Wort Spanisch konnte. Und wie einsam und hilflos ich gewesen wäre, hätte man *mich* in der Fremde auf irgendeinem Feldweg oder mitten auf einem Feld abgeladen.

Einmal sprach ich mit einem meiner Brüder darüber.

»Im Fernsehen müssten sie doch was aufschnappen«, sagte ich. »Wenigstens ein paar Grundlagen. Aber nein.«

Er lachte mir ins Gesicht. »Bist du wirklich so blöd?«

Dann setzte er es mir auseinander. »Wenn diese Typen zu Hause sind, schauen sie ihre eigenen Programme. Ihre Shows sind auf Spanisch, im Radio werden spanische Songs gespielt. Sie haben alles. Und die halbe Welt spricht Spanisch, du Idiot.«

Das fand ich immer ätzend – wenn einer meiner Brüder recht hatte, vor allem, wenn es etwas Wichtiges betraf.

Er lag auf seinem Bett, anderthalb Meter von mir entfernt, und blickte hinauf zur Decke.

»Kapierst du nicht? Wahrscheinlich hast du zu viel Zeit mit deinem Kumpel Allan verbracht. Für die Arbeiter ist das nur ein Job. Sie kommen, werden bezahlt, kehren heim. Damit hat es sich.«

Meine Kontakte zu den Männern waren bis zum Schluss meist netter Art. Wir winkten und lächelten einander zu oder sahen zum Himmel auf und meckerten über das Wetter. Wenn sie im Frühling wiederkamen, bemerkte ich, wie sie sich verändert hatten, dass einige etwas fetter oder langsamer oder grauer geworden waren. Ich nehme an, ihnen ging es umgekehrt genauso.

Ich erinnere mich an den Sommer, als ich dreizehn wurde. Damals hatte ich einen Wachstumsschub hinter mir, und Edgar, der Jüngste und Netteste der Truppe, griff oben an seine Baseballkappe und hob die Hand immer höher, um zu verdeutlichen, dass er sah, wie groß ich geworden war. Danach spannte er den Bizeps an. Er sprach das beste Englisch von allen und diente oft als Dolmetscher.

»Junge«, sagte er zu mir. Ich glaube, meinen Namen hatte er sich nie eingeprägt. »Fast ich erkenne dich nicht mehr.«

Er zeigte auf die Felder hinter dem Haus, wo die Tabakpflanzen zu sprießen begannen. Die Saison hatte noch nicht richtig angefangen, und es gab kaum etwas zu sehen, aber in einigen Monaten würden uns die Pflanzen über den Kopf wachsen.

»Aufpassen, Junge.« Er schüttelte den Kopf. »Du wächst zu schnell, und dann, bum!, müssen wir dich abschneiden.«

Edgar schwang den Arm nach unten und drehte sein Handgelenk, als würde er einen Schlag führen. Ich wusste genau, woran er dabei dachte. An ein Beil, ähnlich wie ein Tomahawk, aber mit extralangem Griff, das wichtigste Erntewerkzeug.

Wenn der Tabak weit genug war, nahmen alle Männer ein solches Beil, traten zwischen die Pflanzenspaliere und begannen zu hacken. Immer von oben rechts, immer im gleichen Winkel. Sie kappten die Stängel tief unten und stapelten die Pflanzen auf. Zu diesem Zweck trieben sie mit jeweils ein paar Schritten Abstand Hunderte Latten in den Boden, dünn und etwa einen Meter zwanzig hoch. Es gab einen Aufsatz, der einer Speerspitze glich, den stülpten sie jeweils oben auf die Latte, und mit Hilfe dieser Spitze wurden die Pflanzen durchbohrt und auf die Latten gezogen wie Kebab auf Spieße, immer sechs oder sieben Stück, insgesamt an die fünfundzwanzig Kilo. Diese Packen wurden auf den Anhänger geladen und in die Scheune gebracht, wo sie unter den Sparren zum Trocknen aufgehängt wurden.

Die Männer leisteten Unfassbares. Sie rammten jede Latte einzeln in den Boden, schwangen das Beil, wuchteten die Pflanzen hoch, spießten sie auf, transportierten sie ab. Wenn das geschah, neigte sich die Saison dem Ende zu, und sie wussten, es war fast geschafft, also beschleunigte sich alles. Das Tempo, das sie stundenlang und ohne Pause durchhielten, war schier unglaublich. Sie mussten nur ihren Rhythmus finden, und ab ging's. Ausholen, schwingen, abhacken. Ausholen, schwingen, abhacken. Sie arbeiteten gleichmäßig verteilt und wie choreografiert, ohne jede unzweckmäßige Bewegung. So konnte man ganze Felder mit minimalen Blattverlusten abernten. Es war, als seien die Männer Teil der Natur, die letzte Stufe in einem natürlichen Prozess.

*

Auch meine Familie arbeitete auf den Feldern, allerdings im Mais, nicht im Tabak. Dieser setzte viel Erfahrung im Umgang mit den Werkzeugen voraus, dazu Können und Kraft, und war deshalb den Arbeitern vorbehalten. Alles andere stand uns offen. Kinder unter sechzehn erhielten einen Lohn, der unterhalb der Mindestgrenze lag. Als wir einmal längere Zeit knapp bei Kasse waren, organisierte meine Mutter eine Truppe von etwa dreißig Kindern, die die Blütenstände von den Maisstauden entfernten; meine Brüder und ich waren dabei sowie Mitschülerinnen und Mitschüler. Meine Mutter machte einen Deal mit der Schulbusfirma und lieh den Bus gegen ein geringes Entgelt für den ganzen Sommer aus. Er stand von Juli bis August auf unserer Zufahrt.

Die Felder, auf denen wir arbeiteten, waren überwiegend an Saatgutfirmen verpachtet, und wenn meine Mutter um sechs Uhr früh mit dem Bus am Feldrain hielt, war der Mais noch taunass. Während der ersten Stunden hüllten wir uns in Müllsäcke mit Löchern für Kopf und Arme, manchmal wie ein Kleid auf Taillenhöhe mit einem Band zusammengezurrt, damit uns die scharfkantigen, nassen Maisblätter beim Zurückschnellen nicht verletzten. Gewisse Blessuren waren dennoch unvermeidlich: Wir trugen Ausschläge, Pestizid-Verätzungen und Sonnenstiche davon, dazu die Dehydrierung und die ekelhaften blutigen, wunden Stellen, die entstanden, wenn der Schweiß zu viel Salz in Schritt oder Achselhöhlen hinterließ.

Maishybriden pflanzt man in Dreierreihen. Eine Reihe »männlicher« Pflanzen wird links und rechts von jeweils einer Reihe »weiblicher« Pflanzen flankiert. Unser Job bestand darin, die Spitzen der Blütenstände Tausender weiblicher Pflanzen zu entfernen, damit diese von den männlichen Pflanzen bestäubt werden konnten. Eine monotone Arbeit, aber der Mais wuchs unregelmäßig, und jeder Blütenstand saß an einer etwas anderen Stelle, sodass es wie im Falle des Tabaks keine Maschine gab, die effektiver gearbeitet hätte als Menschen.

Zwischen sieben und zehn Uhr morgens kamen wir am schnellsten voran, aber am späten Vormittag änderte sich die Situation innerhalb kurzer Zeit. Es wurde bis zu fünfunddreißig Grad heiß, der Tau verdampfte, wir mussten uns die Müllsäcke vom Leib reißen und normale Klamotten anziehen. Sonnenbrille und Baseballkappe, unter die wir manchmal ein T-Shirt klemmten, um den Nacken zu schützen. Sonnencreme benutzten wir nie – das fiel uns nicht mal im Traum ein –, und während der ersten Wochen hatten wir teils üble Sonnenbrände, bei denen die Haut Blasen warf. Eine weitere harte Prüfung war die tödliche Langeweile, ich sang oft leise vor mich hin oder zählte, um die schlimmsten Stunden der Nachmittagsschicht zu überstehen, immer wieder bis tausend.

Allan nahm nie am Entfernen der Blütenstände teil, aber ich traf ihn fast jeden Nachmittag an seinem Pool. Wenn meine Mom nach der Schicht alle zu Hause absetzte, ließ sie mich vor der Zufahrt der Klassens aussteigen. Meine Badesachen vom Vortag hingen dort noch über einem Stuhl, und manchmal war mir so heiß, dass ich mir die Klamotten direkt neben dem Pool vom Leib riss und ein Handtuch um meine Hüften schlang, um die Unterhose gegen die Badehose einzutauschen. Wenn ich die Gewissheit hatte, dass niemand zusah, verzichtete ich manchmal sogar auf das Handtuch.

Es tat unglaublich gut, ins Wasser einzutauchen und zu spüren, wie der Tag von mir abfiel, wie sich Füße und Hände entspannten, wie im kühlen Nass die Hitze wich.

Allan hörte dann das Platschen und steckte den Kopf aus dem Fenster. »Warte kurz«, sagte er. »Bin gleich unten.«

Einmal, ich hatte gerade die Badehose angezogen und Allan war noch nicht da, trat Edgar auf die Terrasse. Er schleppte eine große Topfpflanze. Ich stand in Badehose da, mein bleicher Oberkörper und meine bleichen Oberarme sahen aus wie ein weißes T-Shirt. Edgar trug trotz der Hitze ein langärmeliges Hemd und Jeans, Stiefel und Sonnenbrille.

Beim Anblick meiner teils sonnenverbrannten, teils kreidebleichen Haut schüttelte er den Kopf. »Was bist du, ein Verrückter?« Er wies auf meinen Oberkörper, auf Gesicht und Nasenrücken, wo sich die Haut ablöste. Dann fischte er eine Tube Blistex aus der Hemdtasche, warf sie mir zu und gestikulierte, als würde er sich die Mundpartie eincremen. »Das drauftun«, sagte er. »Und pass auf, was du machst, Junge.«

Er zeigte zum Himmel. »Er meint es ernst da oben.«

Als ich ihm das Blistex zurückgeben wollte, winkte er ab.

Im nächsten Moment stürmte Allan durch die Tür und direkt an uns vorbei. Er sprang mit Schmackes in den Pool, eine Arschbombe, dass es nur so spritzte.

Als er wieder auftauchte, schien er sich diebisch zu freuen, bis er Edgar erblickte. »Oh – hey, Mann«, sagte er. »Entschuldige, ich hab dich nicht bemerkt.«

»Señor Klassen«, sagte Edgar grüßend und tippte gegen den Schirm seiner Kappe. Dann entfernte er sich mit vier langen Schritten, als wollte er die Terrasse nicht mit seinen Stiefeln beschmutzen.

*

Meine Mutter leitete die Mais-Aktion. Und sie war an vielen Tagen selbst mit auf dem Feld, um die Blütenstände zu kappen. Heute frage ich mich, woran sie währenddessen dachte. Vielleicht an die Erlaubnis, den Bus zu benutzen, und die damit verbundenen Risiken: Sie sammelte die Kinder vor Anbruch der Dämmerung ein, also noch bei Dunkelheit, und setzte sie nach achtzehn Uhr wieder zu Hause ab, sechs Tage in der Woche, falls nötig, sogar sieben. Die Versicherungskosten und die Verträge, das Kassieren des Geldes und die Auszahlung der Löhne, dazu die Inspektion der Felder, auf denen wir gearbeitet hatten. Sie rechnete ständig alles durch und traf Entscheidungen. Ich weiß noch, dass manche ihrer Praktiken bei anderen Eltern nicht auf Zustimmung stießen. So zog sie die fünfzehnminütigen Pausen, die wir vormittags und nachmittags machten, von der Arbeitszeit ab, genauso die Mittagspause. Die Fahrtzeiten zur Arbeit und zurück wurden auch nicht angerechnet, im Gegenteil, sie zog sogar »Transportkosten« von unserem Lohn ab, um Bus, Treibstoff und Versicherung bezahlen zu können.

Andererseits war sie super mit den Kindern, alle liebten sie. Für uns war es auch toll. Wir arbeiteten für Geld, und es kam einiges zusammen. In unserem Alter gab uns niemand einen Job, und es war ein prima Gefühl, Geld zu haben und es nach eigenem Gutdünken ausgeben zu können.

»Ein bisschen Schufterei hat noch niemandem geschadet«, pflegte sie zu sagen.

Ein anderes Bonmot, das sie gern von sich gab, lautete: »Es gibt Leute, die zupacken können, es gibt Leute, die nie mit anpacken, und es gibt Leute, die gleich einpacken können.«

*

Beim letzten Besuch, den ich den Klassens abstattete, war die Ernte fast vollständig eingefahren, alle Pflanzen waren abgehackt, aufgespießt, auf die Anhänger gewuchtet und dann wieder abgeladen worden. Nun hingen sie an den Stangen der Sparren, ihre Blätter zeigten zum Boden.

Ein letzter Anhänger musste noch entladen werden, er stand neben der größten Scheune. Er war so schwer beladen, dass die Räder in den Boden einsanken, nicht mehr lange, und man würde ihn nicht mehr von der Stelle bewegen können, aber in der Scheune war kein Platz mehr, und die Zeit drängte. Wahrscheinlich hing Mr. Klassen die ganze Zeit am Telefon, um eine Scheune zu finden, die noch Platz für seine Pflanzen bot.

Die Männer hatten sechs Wochen mit Volldampf gearbeitet, und es kam mir vor, als würden ihre Körper schwinden, als würden sie sich allmählich aus dem Leben verabschieden. Ihre Wangen waren eingefallen, der Extravorrat an Fett, den sie bei ihrer Ankunft auf den Rippen gehabt hatten, war verbraucht. Jeans und T-Shirts schlackerten, und Edgars Baseballkappe hatte mehrere übereinanderliegende Schweißränder.

Freitagabend, die Ernte war rekordverdächtig ausgefallen, und die Klassens ließen vor der Scheune wie üblich eine Party steigen, an der sie selbst, die Arbeiter und einige Nachbarn teilnahmen. Meine Eltern und Brüder waren auch eingeladen, aber sie wollten nicht; sie mieden die Klassens.

Allan und ich streiften umher und lauschten der Musik, aber ihn schien all das kaltzulassen. Rückblickend begreife ich, was los war. In jenem Sommer entfremdeten wir uns voneinander. Meine Mutter und ich und viele andere hatten während dieser Jahreszeit am meisten zu tun. Für Allan dagegen war der Sommer Freizeit pur, für ihn bestand die Herausforderung in der Leere, die sich Tag für Tag vor ihm ausbreitete. Eine Leere, die sich über Monate ausdehnte, eine Leere, die unzählige Stunden hatte, Stunden, die er nicht zu füllen vermochte.

Die Klassens hatten für Musik und Lampions gesorgt, Sie ließen Schweinekoteletts, Burger und Hotdogs grillen. Es gab Chips und Dip und Karottensticks, drei verschiedene Salate und Kühler voller Eis am Stiel. Das Essen stand auf langen Tischen vor dem Tor der großen Scheune, und man hatte Picknicktische aufgestellt, an denen man essen konnte.

Damit nicht genug. Vor dem Beginn der Feier sahen Allan und ich, wie Mr. Klassen alle Arbeiter um die Ecke führte, am Anhänger vorbei und bis zur Rückseite der Scheune, wo auf einem Klapptisch eine Bar aufgebaut war. Dort standen weitere Kühler, diese voller Bierflaschen, dazu mehrere Flaschen mit Spirituosen und übereinandergestülpte Pappbecher, außerdem Mülleimer.

Mr. Klassen versammelte die Arbeiter im Kreis um sich. »Heute Abend«, sagte er, »kriegen alle, was sie wollen. Und so viel sie wollen.«

Er schwenkte die Hand über Tisch und Kühler, und ich sah, wie Edgar lächelnd ein halbes Dutzend Pappbecher hinstellte und jedem einen ordentlichen Schuss Tequila einschenkte.

»Señor Klassen!«, sagte er, und alle hoben den Becher und leerten ihn in einem Zug. Die Männer verzogen das Gesicht und ächzten, aber kurz darauf lachten sie und kehrten zur Party zurück.

Diese hatte ein halboffizielles Schema. Alle fünfzehn bis zwanzig Minuten verschwanden ein paar Männer, manchmal in Begleitung von Mr. Klassen, minutenlang hinter der Scheune. Nach einigen dieser Ausflüge machten sich gewisse Defizite bemerkbar, manche Männer torkelten, wenn sie um die Scheunenecke bogen, oder wippten im Stehen von den Fußballen auf die Hacken und zurück.

Einmal, alle hielten sich vorn auf, schlichen Allan und ich nach hinten zur Bar. Wir schenkten uns beängstigend viel ein. Ich Rum, Allan Wodka, glaube ich. »Señor Klassen«, sagten wir scherzhaft und schütteten uns das Zeug in die Kehle, aber es brannte so entsetzlich, dass wir fast gekotzt hätten, also fischten wir schnellstens Eiswürfel aus den Kühlern, die wir lutschten, um den Geschmack loszuwerden.

Allan griff nach einer fast leeren Flasche Tequila und schüttelte den Kopf. »Morgen wird's hier nicht gerade hübsch aussehen«, sagte er.

Als wir wieder zur Party stießen, standen oder saßen alle mit ihren Papptellern da und starrten in die offene Scheune. Die Fülle darin schien unermesslich. Das Scheuneninnere, zuvor hoch und leer, war nun so voll, dass man befürchtete, das Gebäude würde einstürzen. Die waagerechten Balken bogen sich unter dem Gewicht der frischen Tabakpflanzen, sogar die Wände schienen sich auszubeulen, als wollte uns die Scheune warnen, sie habe ihre liebe Not.

Das Grillfeuer knisterte, tropfendes Fett zischte, und irgendjemand entfachte Citronella-Fackeln gegen die Insekten. Sobald es dunkel genug war, gingen automatisch Lampen an: eine vor dem Wohnhaus, eine vor der Scheune, eine vor der Arbeiterunterkunft. Sie warfen sich überschneidende Kreise auf den Boden, und Allan und ich huschten hin und her und lauschten den Gesprächen, die in einer Mischung aus Spanisch und Englisch geführt wurden; wir verstanden manches und anderes nicht.

Gegen Mitternacht war klar, dass die Party auskleckerte.

»Mir reicht's«, sagte Allan gähnend. »Ich bin total fertig.«

»Ich auch«, sagte ich. »Gute Nacht.«

Er ging auf sein Haus zu, ich auf meines.

Dann blieb er stehen. »Ist für morgen was geplant?«, fragte er. »Wir haben nichts vor, oder?«

Ich verneinte, und er sagte: »Alles klar. Wir sehen uns ja, wenn es sich ergibt.«

Er winkte mir, als hätten die Worte nichts weiter zu bedeuten, und ich fand sie damals auch normal. Wie sich herausstellte, waren es die letzten, die wir jemals wechselten.

Alle anderen gingen auch. Ich half Mrs. Klassen halbherzig, Teller und Becher einzusammeln, aber schließlich hatte sogar sie die Nase voll.

»Lass nur«, sagte sie. »Das läuft uns nicht weg.«

Die Arbeiter gingen einer nach dem anderen zur Unterkunft, und am Ende war ich mit Edgar allein. Er schwankte leicht, und ich bildete mir ein, er würde mich eindringlicher mustern als sonst. Eine Sekunde spürte ich ihn, den problemlosen Kontakt, den ich mir erhofft hatte, eine direkte Verbindung, die ein klares Signal übermittelte, allen Interferenzen und Hürden zum Trotz. Ich wartete, denn vielleicht brauchte oder wollte er ja etwas von mir, aber dann, eine Minute später, wankte er wie alle andern ins Dunkel davon.

Ich ging zur Rückseite der Scheune, um meinen Teller und meinen Becher in den Müll zu tun. Dort saß Mr. Klassen auf einem Gartenstuhl, sein Kopf lehnte an der Scheunenwand. Er sah zum Himmel auf, in eine sternenlose Schwärze, und hatte die Beine gespreizt, sodass sein Körper wie ein auf dem Kopf stehendes Y aussah. Neben seinem Stuhl stand ein Kühler, vor ihm lag eine umgekippte Flasche.

So hatte ich ihn noch nie erlebt, so still und untätig. Er sah aus, als würde er schlafen, und ich versuchte, Teller und Becher möglichst leise in den Mülleimer zu tun. Danach machte ich mich auf den Heimweg.

Nach etwa zehn Schritten rief Mr. Klassen meinen Namen. Ich hörte seine Schuhe auf dem Kies knirschen. Zuerst langsam, dann schneller.

Er holte mich ein, ging rechts an mir vorbei und verstellte mir den Weg, in der Hand zwei ungeöffnete Bierdosen.

Er riss eine auf, reichte sie mir, öffnete die zweite und trank drei große Schlucke. Dann ahmte er die Trinkbewegung nach und sagte: »Na, komm. Koste mal. Ist immerhin eine Party. Irgendwann muss jeder mal loslassen. Verstehst du?«

Ich nickte und nippte. Seine Art, mit mir zu reden, war so ungewohnt wie der erdige, bittere Geschmack des Biers.

»Du bist hier stets willkommen«, sagte er. »Das weißt du, oder?«

»Ja«, sagte ich. »Vielen Dank für alles. Vor allem für heute Abend.«

»Und du kannst den Pool jederzeit nutzen. Auch wenn Allan keine Lust hat. Bade einfach. Ich sehe dich manchmal, wenn ich im Büro bin. Ich kann über den Sichtschutz blicken. Ich freue mich, wenn du dich amüsierst.«

Ich dachte an die Perspektive, daran, dass das Fenster seines Büros genau zur Terrasse ging. Und mir fiel ein, dass ich beim Umziehen manchmal auf das Handtuch verzichtet hatte.

»Ich würde dir gern was zeigen«, sagte er.

Und er schwang sich mit einer vollkommen unvorhergesehenen Bewegung an meine Seite und legte mir den linken Arm um die Schultern. Er hatte das Bier noch in der Hand, und die Dose stieß im Gehen wiederholt gegen meine Brust.

Zwischen Anhänger und Scheune blieben wir stehen, vor uns die Reihen des zum Trocknen aufgehängten Tabaks. Der Geruch, sowohl süßlich als auch herb und pflanzlich, war so intensiv, dass mir Tränen in die Augen traten.

»Hast du eine Vorstellung«, fragte er, »welchen Preis Tabak zurzeit erzielt?«

Aus dieser Nähe hatte ich das Gefühl, den Tabak zum

ersten Mal zu sehen. Abgehackt, aufgespießt, gestapelt und schließlich zu zylinderförmigen Ballen gepresst hatte er kaum noch etwas von einer Pflanze. Trotz Dunkelheit konnte ich die Adern der Blätter erkennen.

»Nein«, sagte ich. »Zu einem sehr hohen?«

Er wollte eine Hand in die Pflanzen stoßen, die auf dem Hänger lagen, doch vergebens, sie waren so dicht gepackt, dass seine Hand kaum eindrang. Er schüttelte den Kopf, als sei ihm dies unbegreiflich.

Dann trank er einen Schluck Bier aus der Dose in seiner linken Hand, ohne den Arm von meinen Schultern zu lösen, nahm mich also fast in den Schwitzkasten.

Als er die Dose senkte, lief Schaum über sein Kinn.

»Komm«, sagte er, »nun trink schon. Wir wollen doch feiern.«

Ich trank zwei kleine Schlucke, die ich aber kaum hinunterbrachte. Wir waren schon viel zu lange hier draußen.

»Allan kann wirklich von Glück reden, dass er dich hat«, sagte er. »Was sollte er ohne dich anfangen? Er würde die ganze Zeit allein in seiner Bude hocken.«

Er schien tatsächlich darüber nachgedacht zu haben.

»Manchmal glaube ich, er weiß dich gar nicht zu würdigen.«

Genau das hatte ich in Gesellschaft Allans immer empfunden, jede Minute. Es verstörte mich, dass Mr. Klassen es bemerkt hatte. Man kann sich in Menschen täuschen.

»Tja, ich denke, jeder braucht Freunde.«

»Ja«, sagte ich. »Das glaube ich auch.«

»Und wir zwei?«, fragte er. »Du und ich. Was meinst du? Könnten wir Freunde sein?«

»Weiß nicht«, sagte ich. »Aber vielen Dank für alles.«

Ich wollte mich entwinden, doch er verstärkte seinen Griff.

»Komm schon«, sagte er. »Das willst du doch. Wir wissen es beide. Das merke ich. Lass einfach los. Ich helfe dir auch.«

Dann ging alles Schlag auf Schlag.

Er ließ die Bierdose fallen, legte mir die gespreizten Finger auf den Hinterkopf und drückte mein Gesicht in den Tabak, presste mich mit Ellbogen und Knie gegen den Anhänger. Er handelte so rasant und zielstrebig, dass er die Sache geplant haben musste, es konnte nicht anders sein, so angespannt und fokussiert, wie er war – und wohl schon gewesen war, während wir plaudernd zum Anhänger gegangen waren. Ich war nicht darauf gefasst, dass er eine solche Kraft entfalten würde.

Sein Mund hing neben meiner Wange, und obwohl er rasiert war, spürte ich die Bartstoppeln, sein Bieratem vermischte sich mit dem Tabakgeruch. Bis heute durchzuckt mich, sobald ich auch nur einen Hauch Pfeifenrauch oder Zigarrenqualm wittere, der Impuls, die Flucht zu ergreifen. Er griff mit der Linken nach unten, um seine Gürtelschnalle zu lösen, während er mit der Rechten meine Hose nach unten riss. Ich wollte sie verzweifelt wieder hochzerren, aber er hatte mich gegen den Tabak genagelt, nun mit der Schulter, ich kam nicht gegen ihn an.

Im nächsten Moment ertönte ein Pfeifen, und ich hörte langsame, aber stetige Schritte näher kommen.

Wieder der Pfiff, zwei Töne, die wie ein Kuckucksruf klangen, der erste hoch, der zweite tiefer, und dann bog Edgar um die Ecke.

Mr. Klassen ließ mich los und wich hastig zurück. Wir standen auf einem gut fünf Meter breiten Streifen zwischen Anhänger und Scheune, und er trat er an die Scheunenwand und tat so, als hätte er gepinkelt.

Edgar kam noch ein paar Schritte auf uns zu, dann blieb er stehen.

»Oh, hallo, Boss«, sagte er. »Hab Sie gar nicht gesehen.«

Wir bildeten ein perfektes Dreieck, jeder war gleich weit von den anderen entfernt.

Edgar schüttelte lächelnd den Kopf. »Zu viel, ›Señor Klassen‹!«, sagte er. Dann ahmte er das Zuprosten nach. »Uff«, ergänzte er, lachte leise, schlug sich mit der Faust gegen die Schläfe und zog ein Gesicht, als hätte er schon jetzt einen Kater.

Er stand leicht seitlich zu mir, und als ich einen Blick auf ihn warf, sah ich die scharfe Klinge des Tabakbeils aufblitzen. Er hielt das Beil fest gepackt, drückte es gegen sein Bein, die Oberkante der Klinge hing auf Höhe des Knöchels.

Als sich unsere Blicke trafen, schüttelte er wieder den Kopf.

»Junge?«, sagte er in dem scherzhaft rügenden Ton, den er in meinem Fall immer anschlug. »Was bist du, ein Verrückter? So spät! Nimm mein Fahrrad, fahr nach Hause.«

»Edgar«, sagte ich, brachte den Namen aber kaum hervor.

»Nach Hause«, wiederholte er. »*Vamos.*«

Ich rannte um die Ecke. Mein Fahrrad, unser Fahrrad, das rostige purpurrote Supercycle, stand direkt vor der Scheune, er hatte den Ständer runtergeklappt und es so hingestellt, dass Vorderrad und Lenkstange zur Straße zeigten.

Als ich aufs Fahrrad sprang, sah ich, dass im Obergeschoss des Wohnhauses noch Licht brannte. Dort stand Allan, gerahmt von seinem Schlafzimmerfenster. Er blickte nicht nach unten, sondern über die Szenerie hinweg, sein geeltes Haar war noch perfekt gescheitelt, hinter ihm war alles erleuchtet. Man weiß, wie es bei dieser Art von Licht sein kann. Wenn man hinausschaut, kann man draußen nichts erkennen, wer hineinschaut, sieht dagegen alles.

Ich zitterte so heftig, dass meine Füße die Pedale verfehlten. Dann fand ich mein Gleichgewicht und raste davon.

Ich verschwieg diesen Vorfall sowohl meinen Eltern als auch meinen Brüdern. Ich erwog, zur Polizei zu gehen, bezweifelte aber, dass es etwas brächte. Ich glaube nicht, dass mir bewusst war, was sich zugetragen oder was ich getan hatte oder wie schwierig es für mich sein würde, die Sache zu verarbeiten. Meine größte Sorge galt der Frage, was die Leute von mir denken würden, wenn es publik würde. Außerdem war ich tief verängstigt und schämte mich in Grund und Boden.

Nach einer schlaflosen Nacht beschloss ich, Edgar zu besuchen. Vielleicht, dachte ich, brauchte er mich ja.

Mein Bruder schlief noch, drei Meter von mir entfernt. Ich sah zu, wie sich seine Brust hob und senkte. Vielleicht hatte er von Anfang an recht gehabt. Es war das Geld. Edgar war nur wegen des Geldes hier.

Ich suchte mein ganzes Bargeld zusammen. Drei braune Hunderter aus dem Umschlag mit dem Lohn für die Feldarbeit und vier grüne Zwanziger aus Geburtstagskarten.

Ich wartete bis Mittag. Dann, als die Sonne am höchsten stand, bat ich meine Mutter, mich zu Allan zu fahren.

»Wieso denn das? Bist du fußlahm? Oder warum soll ich dich kutschieren?«

Ich behauptete, mir am gestrigen Abend den Fuß verdreht zu haben, und erklärte, ich wolle auch nur kurz bleiben. Es gehe ruck, zuck. Ob sie mich hinfahren und auf der Zufahrt warten könne?

Sie willigte ein, und ich ging direkt zur Arbeiterunterkunft, doch Edgars Zimmer war leer, alles roch nach Bleichmittel. Zwei andere Männer lehnten in ihrer jeweiligen Tür. Sie betrachteten mich und senkten dann den Blick.

»Edgar?«, fragte ich. »Wo ist Edgar?«

Sie schüttelten den Kopf, einer knallte die Tür zu. Der andere kam auf mich zu. Er war noch nicht lange dabei – es war seine zweite oder dritte Saison –, und ich wusste nicht, wie er hieß.

Seine Augen funkelten zornig, er dachte bestimmt, all das wäre nie passiert, wenn ich nicht derjenige wäre, der ich war, und nicht zum falschen Zeitpunkt am falschen Ort gewesen wäre.

»Kein Edgar«, sagte er. »*Desaparecido*. Nicht mehr da.«

Ich wusste nicht, was tun. Es war gegen Mittag, und doch schien sich der Tag dem Ende zuzuneigen. Mir kam es vor, als wäre alles aus und vorbei. Ich wich sicherheitshalber einige Schritte zurück, ging in die Hocke und breitete die Geldscheine auf dem Boden aus wie die Karten einer Patience. Grün, Braun, Grün, Braun, Grün, Braun, Grün.

Ich kannte den Wechselkurs nicht, bildete mir jedoch ein, hoffte vielmehr, diese bunten Scheine könnten etwas bewirken, wenn ich nur dafür sorgte, dass sie dorthin gelangten, wo sie dringend gebraucht wurden, Tausende Meilen entfernt.

»Sehen Sie ihn?«, wollte ich wissen. »Ist Edgar da, wenn Sie nach Hause kommen? Können Sie ihm das Geld geben?«

»Weiß nicht«, sagte der Mann, kam aber näher. Er schob die Scheine zusammen, ordnete sozusagen das Blatt, faltete sie sauber in der Mitte und steckte sie in die Hemdtasche.

In diesem Moment ertönte hinter der Unterkunft ein Knall, und Mrs. Klassen bog schnaufend um die Ecke. Mit der einen Hand zog sie einen Gartenschlauch hinter sich her, in der anderen hielt sie einen roten Wischeimer. Sie hatte die Haare mit einem Gummiband nach hinten gebunden. In einer solchen Kleidung hatte ich sie noch nie gesehen: ausgeleierte Jogginghose und ein T-Shirt mit dunklen Flecken unter den Achseln.

Wir musterten einander eine gefühlte Ewigkeit. Dann ließ sie Wasser in den Eimer schießen, schwenkte diesen im Kreis und schüttete den nassen Dreck schwungvoll von der Unterkunft fort. Eine Geste, die ihre Entschlossenheit unterstrich.

»Er ist weg«, sagte sie, und die Gewissheit, die aus diesen Worten sprach, hat sich mir tief eingeprägt. »Und du bist hier auch nicht mehr erwünscht.«

*

In den folgenden Tagen rief Allan nicht an, und ich griff auch nicht zum Telefon.

Dann, im September, die Schule hatte wieder begonnen, wurde uns mitgeteilt, dass er nicht mehr in unserer Klasse war. »Allan Klassen hat gewechselt«, erklärte der Lehrer.

Auf ein privates Internat in Toronto. Keiner von uns hatte je davon gehört.

*

All das ist lange her. Ich lebe nicht mehr in Essex County, muss auch nicht dorthin zurückkehren, es sei denn aus freien Stücken. Unsere Gemarkung hat sich ohnehin stark verändert, ich erkenne sie kaum wieder. Wenn ich dort bin, muss ich das Straßennetz mehrmals abfahren, bis ich mich wieder zurechtfinde.

Viele Felder sind heute von Gewächshäusern bedeckt. Beile und spitze Stangen sind computerkontrollierten, pH-neutralen Hydrokulturen für Obst und Gemüse gewichen. Alles gedeiht auf genauestens kalibrierten Schwämmen, die allermeisten Pflanzen brauchen unseren fruchtbaren Boden nicht mehr. Als ich die riesigen neuen Gewächshäuser rund um Leamington zum ersten Mal in der Sonne gleißen sah – meilenweit nichts als weiße reflektierende Wände –, hielt ich sie für den gigantischen Set eines Science-Fiction-Films. Im Dunkeln ist es am eindrucksvollsten, dann glühen fast alle Gebäude in einem rosigen Orange, das man schon aus weiter Ferne sieht, es hängt am Himmel wie eine unauflösbare toxische Wolke. Unter dem gewaltigsten Brennglas der Welt reifen eine Milliarde Paprikas heran, bis sie in Größe, Form und Farbe den kanadischen Maßgaben für Gemüse erster Wahl entsprechen.

Ich habe weder ein solches Gewächshaus noch die benachbarten Anlagen mit mobilen Häusern je betreten, aber wie es heißt, wohnen dort über zehntausend Saisonkräfte. Das sind die heutigen Maßstäbe.

Zehntausend Leute pro Saison, allein in Essex County. Heute sind auch Frauen darunter, sie kommen von überallher, und manchmal stelle ich mir vor, Edgar wäre noch unter ihnen, wenn auch in anderer Funktion, vielleicht pflanzt, erntet und verpackt er die frische Ernte heimischer Gurken.

Auf Allans Anwesen sieht es anders aus. Dort gibt es heute weder Gewächshäuser noch Arbeiter. Nicht einmal Feldfrüchte.

Letzteres ist kaum zu glauben, ich weiß, aber es stimmt, in der Gemarkung Nummer neun können das alle bestätigen. Allan war noch nicht lange fort, als man im Rahmen einer geologischen Routineuntersuchung auf dem Anwesen der Klassens ein ergiebiges Ölfeld entdeckte. Innerhalb eines Jahres wurde der Tabakanbau eingestellt, die Gerätschaften und Maschinen, auch Traktoren und Anhänger, wurden versteigert. Die hohen Scheunen wurden abgerissen, genauso die Arbeiterunterkunft und das Wohnhaus der Klassens mit den flauschigen Teppichen. Der Swimmingpool wurde mit Erde aufgefüllt, doch vorher musste man den Boden herausbrechen.

Anschließend installierte man fünf Tiefpumpen, gleichmäßig auf den ehemaligen Feldern verteilt. Diese Pumpen, fand ich, sahen auch wie Wippen aus.

Bei meinem letzten Abstecher in die alte Heimat fuhr ich die längs und quer verlaufenden Straßen ab, bis ich den Standort der großen Scheune wiedergefunden zu haben glaubte. Spätsommer, ich saß allein im hohen Gras und schaute der Tiefpumpe bei der Arbeit zu. Die Pleuelstange rotierte stetig, und der Balancier nickte mit dem Pferdekopf, um den dunklen Rohstoff nach oben zu pumpen. Den

Rhythmus dieser Bewegungen, gepaart mit einigen Geräuschen, hatte ich bald raus. Ein hohles Pochen, ein schrilles Kreischen, danach wieder das hohle Pochen. Dieser Rhythmus hatte eine hypnotisierende Wirkung. Ich legte mich auf den Rücken, schloss die Augen und versuchte, mir vorzustellen, was unter der Erdoberfläche vor sich ging.

Ich stellte mir einen schwarzen See vor, sah mich darin treiben. Öl ist eine organische Flüssigkeit, Pflanzen und Tieren entstammend, alle durch Hitze, Zeit und das immense Gewicht unserer Welt miteinander vermengt. Ich atmete lange und tief aus, spürte, wie sich der Boden auftat, wie sich mein Körper zu zersetzen begann. Flüssigkeit sickerte aus meinem Gewebe, Arme und Beine lösten sich aus den Gelenken, mein Gehirn zersetzte und vermischte sich mit den Überresten eines prähistorischen Meeresgrunds. Ich war nun ein Rohstoff, der bis zu den Pumpenventilen in der Tiefe des Bohrschachts floss. Ich wurde nach oben gepumpt und ins endlose Pipeline-System eingespeist. Es beförderte mich über Kontinente, über Ozeane hinweg, bis ich exakt benennen konnte, was ich war und welchen Wert das, was ich war, tatsächlich besaß.

Um drei Ecken

Sie hatte keine Lust, die alte Dame zu besuchen.

Amy betrachtete den Kinderwagen, dann ihre Taschen, dann ihren Lebensgefährten und das Baby. Sie schaute auf ihr Handy: 11:26. Sie mussten los. Zweiunddreißig Grad, die Luftfeuchtigkeit lag bei neunzig Prozent, laut Google dauerten Hin- und Rückfahrt jeweils eine Stunde. Eine Karte mit Farbmarkierungen zeigte, wie sie fahren, wann umsteigen mussten. Jeder Abschnitt hatte, wie bei Olympischen Spielen, sein eigenes Symbol, die Fahrtzeiten waren einzeln aufgelistet und wurden zum Schluss addiert. Fußweg 10 Min., Bahn 26 Min., Bus 15 Min., Fußweg 9 Min.

Es wäre eine absolut sinnlose Quälerei, zumal an diesem heißen Sonntagnachmittag.

»Mission abbrechen«, sagte sie. »Abbrechen! Ruf sie an und sag ihr, es tut uns leid, dem Baby geht's nicht gut, wir müssen passen.«

Sie hielt Matt ihr Handy hin. »Siehst du, wie heiß es dort ist? Wie in einem Backofen.«

Matt hatte Ella auf eine Schulter gebettet und versuchte, sie früher als gewöhnlich in den Schlaf zu summen und zu wiegen. Cremiger Sabber lief über seinen Rücken, ihre Augen waren zu, ihr Atem ging langsamer. Fast geschafft.

Er starrte auf das Handy, sah dann Amy an.

»Zu spät«, sagte er. »Gestern hätten wir absagen können, auch noch am späteren Abend, aber du weißt genau, dass sie seit sechs Uhr morgens mit Backen beschäftigt ist.«

Er schnallte das Baby im Kinderwagen an, hängte sich den Rucksack mit den Windeln um und hielt Amy den zweiten hin.

»Na, komm. Du weißt doch, wie es ist. Sie hat alles vorbereitet, und nun sitzt sie da und schaut auf die Uhr und wartet darauf, dass wir kommen.«

*

Amy erinnerte sich an den Anruf in der vergangenen Woche. Sie hätte nicht rangehen dürfen. Wer sonst rief auf dem Festnetz an?

»Ich dachte mir, ihr kommt am nächsten Sonntag um eins, ja?«

Ohne jede Einleitung. Noch vor einer Begrüßung.

»Greet?«, hatte Amy gefragt. Dann übernahm ihr Höflichkeits-Autopilot. »Am nächsten Sonntag? Um eins? Ja, ich denke, das klappt. Vielen Dank. Wir freuen uns.«

»Prima, Liebes, prima. Aber verspätet euch nicht, ja? Punkt eins. Klingelt einfach, ich drücke den Summer.«

Danach ein Klicken, danach ein Piepen. Und Amy stand da, den Hörer in der Hand.

»Könnte es sein, dass Greet Walker nicht weiß, wer ich bin?«

Sie fragte dies ins Blaue hinein.

»Nein«, antwortete Matt. »Bestimmt nicht.« Er klang kategorisch, und sie fühlte sich gleich besser. »Unmöglich. Greet Walker weiß genau, ganz genau, wer du bist. Es wäre allerdings möglich, sogar gut möglich, dass ihr egal ist, wer du bist. Nimm das nicht persönlich. Ich kenne das auch.«

Amy legte den Hörer auf und starrte auf das Telefon. Sie hatte gerade ein kurzes, aber intensives Gespräch mit ihrer Schwipp-Großtante geführt. Der ältesten Schwester der Mutter des Vaters ihres Freundes. *Im Ernst?* Immer diese hoch komplizierten Verwandtschaftsverhältnisse. Matt hatte mal einem entfernten Cousin Geld geliehen, ohne ihr davon zu erzählen. Einem entfernten Cousin zweiten Grades.

Sie hatte das nachschlagen müssen. Im Netz fand sie eine Seite mit Erklärungen zur genealogischen Terminologie. In der Mitte stand in großen Blockbuchstaben das Wort SELBST, alles andere gruppierte sich in Reihen, Verästelungen und Punktlinien darum herum. Nahe Verwandtschaften waren problemlos nachvollziehbar, Eltern, Großeltern und Urgroßeltern oder Cousins und Cousinen ersten Grades, ob mütterlicher- oder väterlicherseits. Alles andere war extrem verwirrend. Wie sich zeigte, konnten Cousins und Cousinen zweiten Grades eine ganze Generation älter oder jünger sein als man selbst. Man konnte sogar Verwandte dritten Grades haben. Das Alter spielte dabei keine Rolle.

»So wie du und deine ›Tante‹ Lucille. Oder du und der ›kleine Mike‹«, erklärte Matt. Diese war steinalt, jener ein Kind.

Sie fand es kurios, dass er ihre Verwandtschaftsverhältnisse besser durchschaute als sie selbst. Andererseits war die Gegend, wo er herkam, Inverness County in Nova Scotia, sehr speziell, alles war dort anders. Weder schlechter noch besser, schlicht anders.

Amy war in Southern Ontario geboren und aufgewachsen. Sie hatten sich in Toronto auf der Schule kennengelernt und waren seit zwölf Jahren zusammen. Sie empfand die Beziehung, nun mit Kind, als stabil und beugte sich bis zu einem gewissen Grad den Gepflogenheiten seiner Familie. Die jährlichen Besuche gehörten inzwischen dazu, sie fand seine Eltern sehr nett, mochte den Holzherd in der Küche und wusste, wie schön es im Sommer und über Weihnachten in der Gegend war. Das Meer, die verschneiten Hügel, die viele Musik. Ihr war klar, dass Matt davon träumte, dorthin zurückzukehren, auf den Klippen ein Haus mit Meerblick zu erbauen und ihre Kinder aufwachsen zu lassen, wie er selbst aufgewachsen war, aber sie hatte ihm frühzeitig klargemacht, dass sie dort auf Dauer nicht würde leben können.

»Das ist nicht mein Ding«, hatte sie erklärt.

Die Familien waren zu groß und unübersichtlich. Matt hatte fünf Brüder und Schwestern, einige waren vor Ort verheiratet, eine zweite Kinderschwemme hatte längst begonnen, und Amy wusste beim besten Willen nicht, wo ein Haushalt endete und der nächste anfing. Alle schienen miteinander versippt zu sein. Die Leute waren im Grunde ganz in Ordnung, nur hockten sie für ihren Geschmack zu eng aufeinander. Und als Quereinsteigerin bekam sie schlicht keinen Fuß an Deck.

Etwa die Leute im örtlichen Lebensmittelladen, die sie mit Fragen löcherten. Nicht die Angestellten, sondern die Kunden, wildfremde Menschen.

»Wer bist du noch gleich, meine Liebe?«, fragten sie, als hätte sie gerade erst begonnen, sie selbst zu sein. »Ich sehe dich oft, kann dich aber nicht einordnen …«

Dann ein längeres Schweigen, dann die unvermeidliche Frage: »Meinst du, ich kenne deine Mutter?«

Oder: »Wie heißt dein Vater?«

Oder: »Vielleicht kannst du mir auf die Sprünge helfen. In welchem Verwandtschaftsverhältnis stehen wir denn nun?«

So etwas, fand sie, fragte man andere Menschen nicht, wenn man in einem Gang vor acht Sorten Paniermehl stand. Wenn sie im Ultramar in der Avenue du Parc tankte, mitten in einer Stadt, in der jeder eine andere Sprache sprach, bekam sie derlei Fragen nie zu hören.

»Ich finde das nicht charmant. Sondern schlicht unhöflich.« Das sagte sie zu Matt, nachdem man sich erkundigt hatte, mit wem sie verheiratet sein »könnte«. Sie war nicht verheiratet. »Wenn ich in den Laden gehe, dann nur, um wie alle anderen eine Sechserpackung überteuerter Zimtschnecken zu kaufen. Ist das zu viel verlangt? Ich finde, die Leute sollten sich verhalten, als käme jeder, der den Laden betritt, direkt aus dem Nirgendwo. Das macht alles viel einfacher.«

Was die Leute in ihren Stammbäumen suchten oder zu finden hofften, war ihr schleierhaft. Ihre Mutter kam aus einer rein franko-kanadischen Familie, ihre Oma war die Älteste von insgesamt neunzehn Geschwistern, und Amy malte sich das rechnerische Potenzial aus – eine regelrechte Flutwelle von Nachkommen. Wahrscheinlich war halb Montreal mit ihr verwandt. Aber gut. Besser nicht übertreiben. Ihre eigene Kleinfamilie kam ihr zurzeit vor wie früher die WGs, wo man die Stromrechnung praktischerweise untereinander aufteilen konnte.

Als Matt und sie ihre Jobs gefunden hatten und endgültig nach Montreal gezogen waren, schienen sie sich abgenabelt zu haben. Sie waren zu zweit und traten ein schickes, beinahe europäisch anmutendes Abenteuer an. Vor der Geburt ihrer Tochter aßen sie jede Woche in einem anderen Restaurant, fuhren sonntags mit der Metro einfach drauflos und stiegen irgendwo aus, um unbekannte Stadtviertel zu erkunden.

Nach acht Monaten kam der erste Anruf, die Glocken des Wandtelefons schrillten so laut, dass sie erschrak. So kam es zur Entdeckung der alten Dame, für Matt eine Wiederentdeckung. Greet Walker, wohnhaft in einem Apartmentgebäude für Senioren in Notre-Dame-de-Grâce. Ihre einzige Verwandte in einer Vier-Millionen-Stadt, genauer: *seine* einzige Verwandte.

»Ganz genau weiß ich's auch nicht«, erzählte Matt nach dem ersten Besuch. »Irgendein Skandal in den Fünfzigern oder Sechzigern oder so, sie lebt jedenfalls seit Ewigkeiten hier. Wir haben sie manchmal auf der Durchreise besucht, alle zehn Jahre, vielleicht ein-, zweimal. Sie hat sich kaum verändert. Sieht noch aus wie damals, als ich acht war. Als könnte ihr die Zeit nichts anhaben. Die Frau ist eine Naturgewalt.«

Greet Walker. Die älteste Schwester der Mutter des Vaters ihres Freundes. Amy konnte sie inzwischen einordnen, aber in mancher Hinsicht blieb sie ein Rätsel. So meinte Amy während der Besuche einen leisen Flüsterton wahrzunehmen, der die alte Frau gleichsam einhüllte. Und einige grundlegende Dinge waren ihr bis heute nicht klar.

Etwa ihr richtiger Name. Niemand schien ihn zu kennen, jedenfalls nicht mit Gewissheit.

War »Greet« eine Abkürzung für *Marguerite*? Eine Verballhornung von *Margaret*? Ein Spitzname für *Gertrude*?

Sie fragte sich: Von wo musste man herkommen, um am Ende eine »Greet« zu sein?

*

Ihre Wohnung in Le Plateau befand sich im dritten Stock und war nur von außen erreichbar, über eine extrem schmale Metallwendeltreppe, eine Geländer-Doppelhelix, aber sie hatten Tricks und Schliche entwickelt. Ihr Kinderwagen war ein geländegängiges, zum Joggen gedachtes Gefährt mit drei knubbeligen Rädern, aber wenn man ihn nach unten trug, musste man sowohl Vorderrad als auch Griffstange halten und ihn seitlich übers Geländer hängen. Anfangs trugen sie erst den Wagen nach unten, danach ging einer rauf, um das Baby zu holen, aber mit der Zeit bekamen sie Übung. Nun wurde alles gleich oben eingepackt. Wenn sie den Weg nach unten antraten, hing das Kind mitsamt Babyzubehör drei Etagen über dem Boden.

Der Fußmarsch war nicht so schlimm wie erwartet. Es wehte ein leichter Wind, und es tat gut, zu dritt draußen zu sein, in der Hitze durch die Menschenmengen zu schlendern. Bei den Drehkreuzen der Metro wiederholten sie den Griff-und-Vorderrad-Trick, und auf der langen Rolltreppe hielt sie den Kinderwagen fest, kippte ihn leicht nach hinten. Alles ging wortlos und wie geschmiert über die Bühne, und das gefiel ihr. Stießen sie auf ein Hindernis, traten sie sofort in Aktion, nahmen automatisch ihre Positionen ein und hievten den Kinderwagen darüber. Das erforderte eine Person, auf die Verlass war. Einen echten Partner.

Als sie einander gegenübersaßen, schaute sie zu, wie er die Räder arretierte, den Vorhang lüpfte und nach ihrer Tochter schaute, ein paar Sachen ordnete.

»Bitte entschuldige«, sagte sie. »Ich war zu Hause komisch drauf. Irgendwie neben der Spur. Wahrscheinlich die Hitze.«

»Vergiss es«, erwiderte er – aufrichtig, wie sie wusste.

Er tippte auf die Kinderwagenabdeckung und lächelte. »Das Schwierigste haben wir hinter uns. Ab jetzt ist es einfacher.«

Manchmal bewunderte sie ihn dafür, dass er alles so locker sah. Manchmal hasste sie ihn dafür.

Die Bahn fuhr wie üblich ruckelnd und piepend an. Anfangs überlegte Amy, wo sie sich befanden, sowohl im Hinblick auf die Stadtlandschaft als auch im Großen und Ganzen. Matt hatte sich mit geschlossenen Augen ans Fenster gelehnt, sein Kopf schwankte hin und her. Sie betrachtete den Kinderwagen, dann Matt, dann ihr Spiegelbild in der Scheibe. Zwei Menschen, die eine lange Fahrt angetreten hatten, um einer alten Verwandten ihr Baby zu präsentieren.

Am Ziel würde es zu essen und zu trinken geben, wahrscheinlich würde man Fotos machen – die alte Dame mit Baby im Arm. Wie viele andere Menschen machten das so oder so ähnlich? Sie malte sich alle Babys und alle alten Damen des Stammbaums aus, von den Ursprüngen bis zum heutigen Tag.

Vielleicht genügte das ja. Man tat, was getan werden musste. Die Befriedigung, die sie bei der Erledigung simpler Aufgaben empfand, etwa wenn sie eine Rechnung beglich, am Arbeitsplatz ihren Tisch aufräumte, pünktlich oder gar überpünktlich zu einer Verabredung erschien, war ihr manchmal fast peinlich.

Andererseits gab es Momente, da hätte sie am liebsten den Küchentisch mitsamt Frühstück umgekippt, sämtliche E-Mails gelöscht und alles in Schutt und Asche gelegt. Die ewige Hektik, und wozu? Für wen? Nur, um andere zufriedenzustellen? Und ihre eigenen Bedürfnisse? Sie konnte sie weder genau benennen, noch wusste sie, wie sie sich in den Kontext einfügen ließen. Wenn sie nicht aufpasste, konnte es passieren, dass sie bis zum Anschlag von einem sehr speziellen Groll erfüllt wurde. Dann schmeckte sie eine metallische Schärfe im Mund, als würde sie an einer Neun-Volt-Batterie lecken.

An manchen Tagen fiel es ihr schwer, weiterzumachen und die ganze Chose zusammenzuhalten. Ihr Selbstbild war das einer Frau, die ständig tätig war, alle Hände voll zu tun und nie genug Zeit hatte. Das konnte auch ins Gegenteil umschlagen, dann hatte sie das Gefühl, von Leere umgeben zu sein, nur noch sinnlose und unerfüllte Jahre vor sich zu haben. Beide Gefühle konnten einander unvermittelt ablösen, und manchmal wurde sie von beiden zugleich geplagt. Erst zu viel, *danach* nichts. Oder zu viel *und* nichts.

Die Bahn hielt, fuhr wieder an. Matt war eingeschlafen, sein Kopf wackelte hin und her. Nach weiteren zehn Minuten stieß sie ihn mit dem Fuß an. Er riss entsetzt die Augen auf, starrte sie an.

»Das war ich«, sagte sie. »Wir müssen gleich aussteigen.«

Der Bus, in den sie wechselten, war leer, und am Ende waren sie so früh dran, dass sie zwanzig Minuten totschlagen mussten.

»Hier?«, fragte er. »Was meinst du?« Er zeigte auf eine Bank in einem kleinen Park.

»Ja, das könnte funktionieren«, sagte sie.

Er stellte den tragbaren Wickeltisch auf die von Graffiti bedeckten Steinplatten und legte Ella darauf, befreite ihren Unterleib aus dem Strampelanzug und holte die Tücher heraus. Sie hatten zwei Fläschchen mit abgepumpter Milch, wollten diese aber für später aufsparen. Amy knöpfte ihre Bluse auf, sah wieder auf die Uhr. Stillen, danach ein Bäuerchen, eine neue Windel. Anschließend frische Kleidung.

Sie klingelten um Punkt eins, und sofort knisterte Greets Stimme in der Sprechanlage.

»Ich kann euch über die Kamera sehen«, sagte sie. »Geht zur Tür, und wenn ihr das Summen hört, zieht am Knauf. Und wenn ihr drin seid, müsst ihr sie richtig fest schließen.«

»Ja, Greet«, sagte Amy. »Wir wissen, wie's geht.«

Im Gebäude galten besondere Regeln, der Aufzug ließ sich nur mit einer Karte aktivieren. Man wartete in der Lobby, bis Gastgeber oder Gastgeberin nach unten kamen. Sie begleiteten einen dann bis zum Apartment. Es war ihr dritter Besuch, und Greet erklärte zum dritten Mal alles mit denselben Worten.

Hier unten war der Gemeinschaftsbereich, man konnte ihn für größere Feiern mieten. Dennoch war dies keine herkömmliche Seniorenresidenz, wo man Miete zahlte, und schon gar keine Einrichtung für Langzeitpflege oder eines jener Altenheime, die Schlagzeilen machten.

»In ein solches Drecksloch würde ich nicht mal dann einen Fuß setzen, wenn ich tot wäre«, hatte Greet gesagt. »Dies sind anständige *Ei-gen-tums-woh-nun-gen*. Wie in Downtown. Wir gehören nicht zu den verkalkten Leuten.«

Während ihrer letzten beiden Besuche hatte sie auf die Qualität der rosa Teppichböden und die Neonröhren hingewiesen, die Fußmatten mit der Aufschrift »Willkommen« und die Plastikblumen, die viele Leute oberhalb des Spions an ihrer Tür befestigt hatten.

»Hier sind alle fit«, erklärte sie. »Wir können planen, wir können unser Vermögen selbst verwalten, wir kümmern uns um alles, was ansteht. Wir sind Eigentümer der Wohnungen. Alles gehört uns. Wir treffen sämtliche Entscheidungen selbst.«

Die Fahrstuhltüren glitten auf, aber sie betraten die Kabine nicht gleich, und Greet kam nicht heraus, um sie zu begrüßen. Sie war auch nicht allein. Neben ihr stand eine fremde Frau, noch älter, kleiner und krumm. Sie stützte sich auf einen Rollator. Während die zwei alten Damen, im Fahrstuhl verharrend, die im Foyer verharrende Familie musterten, herrschte verlegenes Schweigen.

»Das ist er, der da«, sagte Greet.

»Gut«, sagte die andere Frau und nickte. »Gut.«

Amy wusste nicht, wer die andere alte Dame war oder

was die beiden meinten, aber ihr Unbehagen verflog, sobald Greet alle einander vorstellte.

»Das ist meine Nachbarin, Regina«, sagte sie.

»Einfach Reggie«, sagte die Frau. »Oder Reg.«

»Und das ist mein Neffe Matthew. Gut, genau genommen ist er nicht mein Neffe, aber wir sind trotzdem irgendwie verwandt, das ist Amy, und das ist ihre Tochter, Adele. Wenn ich richtig rechne, ist die Kleine vier Monate alt, stimmt's?«

»Stimmt genau«, sagt Matt übertrieben fröhlich. »Vier Monate.« Bei derlei Gelegenheiten verfiel er in einen ebenso aufgesetzten wie schauderhaften Cape-Breton-Dialekt.

Amy fuhr zu ihm herum und versuchte, ihm eine gedankliche Botschaft zu schicken: *Hör auf, so zu reden.*

»Freut mich, Sie kennenzulernen«, sagte Reggie. »Treten Sie ein, treten Sie ein.«

Sie winkte ihnen, ohne sich vom Fleck zu rühren.

Kurz kam die Fahrstuhlkabine Amy vor wie eine Höhle, die mitten im Gebäude an einem Kabel über einem Abgrund hing. Als sie einen Schritt über den schmalen Spalt tat, bemerkte sie das von unten kommende Licht. *Wir hängen in der Leere*, dachte sie.

Als sie sich mit dem Kinderwagen hineingequetscht hatten und die Türen zuglitten, drückte Greet rasch auf die Sieben, dann auf die Neun.

»Reg und ich wohnen in unterschiedlichen Etagen, aber wir sind trotzdem Freundinnen«, erläuterte sie.

»Ist doch schön«, sagte Amy.

In der siebten hielt Greet den Türöffner gedrückt, und Matt und Amy schoben den Kinderwagen hinaus, damit Reg die Kabine mit ihrem Rollator verlassen konnte.

»Wir sehen uns also später?«, fragte sie.

»Aber ja.«

Als sich die Türen wieder schlossen, wandte sich Greet an die beiden. »Ihr müsst ihr nach dem Essen einen Gefallen tun. Ist nur eine Kleinigkeit.«

»Kein Problem«, sagte Matt, doch als sich Greet wieder zu den Knöpfen umdrehte, schaute er Amy an und zuckte die Schultern.

Greets Apartment war unverändert. Der beigefarbige Teppich ließ nur einen kleinen Fleck des Parkettfußbodens frei, eine Stelle direkt hinter der Tür, wo man die Schuhe auszog. Sie hatte einen ganzen Flechtkorb voller handgestrickter Puschen. Dutzende Paare, alle im gleichen Stil und mit der gleichen Troddel auf dem Spann, aber in unterschiedlichen Farben und Größen, unterschiedlich gemustert und unterschiedlich stark ausgelatscht.

»Ihr solltet auch welche anziehen«, sagte sie, während sie selbst in ein Paar schlüpfte. »Wenn die Klimaanlage anspringt, wird es hier kalt wie in einer Krypta.«

Amy betrachtete den Korb. Wie viele Füße waren schon in diesen Puschen herumgeschlurft?

Sie suchten sich trotzdem ein Paar aus. Amy entschied sich für Grün-Orange, Matt für Rosa.

»Die sind fantastisch«, meinte Matt und wackelte mit den Zehen. »Solche Puschen machst wirklich nur du.«

Greet bedachte ihn mit einem ernsten, forschenden Blick. »Was redest du da? Jeder macht solche Puschen. Was auch sonst?«

Matt hatte recht gehabt. Sie schien seit Tagesanbruch mit Vorbereitungen beschäftigt gewesen zu sein. Der Tisch war mit den kostbaren weiß-blauen Tellern und den langstieligen Wassergläsern gedeckt. Amy betrachtete den Geschirrschrank. Ein wirklich schräges Möbelstück. Hinter den Glastüren waren alle Stellen zu sehen, an denen etwas entnommen worden war, die Haken für die Tassen und die Leisten, auf denen Teller ausgestellt waren, die auf ihre Benutzung warteten.

Wann waren wir zuletzt hier?, fragte sie sich. *Vor über einem Jahr? Stellt sie diese Teller nur für uns hin?* Das Geschirr musste mit der Hand gespült werden. In diesen Wohnungen gab es keine Geschirrspülmaschine, und das Porzellan wäre wohl ohnehin zu empfindlich gewesen.

Was in der Mitte des Tisches stand, bestätigte ihre morgendliche Ahnung: ein Truthahnbraten, und das an einem über dreißig Grad heißen Julitag. Der in der Luft liegende Duft verriet, dass Greet alles richtig und obendrein pünktlich zubereitet hatte. Sonntag um eins. Punkt eins. Darauf hatte sie gepocht.

Amys Blick schweifte durch die winzige Küche. Wie hatte die alte Dame das bewerkstelligt?

Sie wusste, die Füllung musste Kartoffeln beinhalten, ein Essen ohne Kartoffeln war für Matt undenkbar. Ohne Knoblauch oder Käse, nicht mal mit einem Klacks Sauerrahm. Möhren mussten vor dem Kochen quer geschnitten werden, nicht längs. Brokkoli, kein Spargel. Alles exakt so, wie es in Matts Familie Usus war.

Greet führte sie von der Tür direkt zum Tisch.

»Ich dachte, ich sitze hier und du dort, Matthew, Amy hier und das Baby da.«

Auf dem Tisch standen vier Gedecke, eines auf jeder Seite des Quadrats.

»Vielen Dank für alles, Greet«, sagte Matt. »Für deine Mühe. Das wäre wirklich nicht nötig gewesen. Wir wollten dich einfach nur wiedersehen. Und dir Ella vorstellen. Wir können sie während des Essens auf den Schoß nehmen, sie kann aber auch im Kinderwagen bleiben.«

Er zeigte darauf. Das sperrige Gefährt aus schwarzem Metall und Plastik, das vor der Wohnungstür stand, wirkte neben dem Flechtkorb voller Puschen wie ein futuristisches Objekt.

»O nein, sie sitzt mit uns am Tisch.«

Die Vehemenz dieser Ansage überraschte Amy.

»Schaut mal«, sagte Greet. »Ich habe Bücher auf den Stuhl getan und ein schönes, weiches Kissen daraufgelegt. Wenn wir sie festbinden, können wir in aller Ruhe essen.«

Amy sah zum Küchentresen. Dort lagen drei Halstücher und Kopftücher für Damen. Und ein blau-weißes, auffälliges Tau, das von einem Fischerboot zu stammen schien. Sie ahnte, was das bedeutete, konnte es aber nicht fassen.

»Verzeihung«, sagte Matt, »aber könntest du das bitte wiederholen? Ich fürchte, ich komme nicht ganz mit.«

»Sie kann hier sitzen und mit uns essen.«

»Wo?«

»Auf dem Stuhl. Auf ihrem Platz.«

»*Festgebunden?*«, fragte Amy.

»Nur während des Essens.«

Manchmal fühlt man sich wie im falschen Film. Amy erwartete, dass Matt umgehend etwas entgegnete, eine höfliche Version von: *Bist du irre? Spinnst du total? Ein Bücherstapel und ein Tau? Kommt nicht in Frage.* Während des Schweigens, das eintrat, sandte sie ihm eine weitere gedankliche Nachricht. *Wenn du jetzt nicht das Gebotene sagst, dann tue ich es. Aber sie ist deine Großtante. Die Sowieso-etc.-pp. deines Vaters. Sie ist deine Verwandte, richtig? Also ist es dein Job.*

Doch er sagte nichts. Das Weichei. Ein beklommenes Schweigen hing zwischen ihnen, über dem Tisch, dem Truthahn. Amy hatte das Gefühl, dass ihr die Verdrossenheit entströmte wie Dampf, der über einer Badewanne wölkt. Matt sah sie zerknirscht an – *Sei nicht so feige*, dachte sie –, dann wandte er sich ab und sagte: »Na, schön, Greet. Wir probieren es aus und schauen, ob es funktioniert. Wäre mal was Neues.« Er klang wieder absurd fröhlich, benutzte wieder den schauderhaften Dialekt.

»Sie wird sich pudelwohl fühlen.« Greet überging alle möglichen Einwände. Sie hielt das Tau schon in der Hand. »Wir wollen doch, dass sie mit uns am Tisch sitzt. Und das hier hält sie schön an ihrem Platz.«

Matt setzte Ella auf den Bücherstapel und hielt sie fest, während Greet zur Tat schritt. Durch die Nase atmend, schlang sie das Tau auf Brusthöhe um den Oberkörper des Kindes und befestigte es mit einem gekonnten Knoten. Weder zu locker noch zu fest, etwa so straff wie ein Sicherheitsgurt.

»Matt«, sagte Amy.

Greet reagierte sofort und sah sie kopfschüttelnd an. »Das tut ihr doch nichts. Mein Gott. Wenn es ihr nicht gefällt, wenn sie quakt, dann probieren wir halt etwas anderes«, sagte sie. »Aber so ist sie bei uns, so sitzen wir während des Essens alle beisammen.«

Sie faltete ein grünes Tuch mit Paisley-Muster, um das Tau zu verhüllen, aber es war nicht lang genug. »Wartet mal«, sagte sie. »Kannst du das kurz halten?«

Greet ging in ihr Schrankzimmer, das sich links vom Flur hinter einer Schiebetür verbarg, und klapperte mit den Bügeln. Schließlich kam sie mit einem schwarzen, prallvollen Anzugschoner mit dem Tip-Top-Tailors-Logo zum Vorschein. Sie legte ihn auf den Boden und öffnete den Reißverschluss. Er enthielt fünf oder sechs Herren-Blazer, Hemden, zerknitterte Hosen und etwa zehn Krawatten aus diversen Epochen.

Greet holte ein paar Krawatten heraus und kehrte an den

Tisch zurück. Blumenmuster aus den Siebzigern und schmalere Modelle. Sie schlang zwei davon um Ella, eine auf Hüfthöhe, die andere auf Höhe der Achselhöhlen, zog sie durch die Streben der Rückenlehne und band zwei Schleifen.

»So, jetzt bleibt sie hübsch am Platz«, erklärte sie lächelnd.

Ella, die Verräterin, fand das herrlich. Das Nickerchen in der Bahn, das Stillen, die frische Windel. Sie war in einer Stimmung, die sie höchstens ein Mal pro Woche erlebten. Sie gurrte und strahlte Greet an, während diese weiterplapperte.

Und dies war, wie sich herausstellte, die Gelegenheit, bei der Ella Beaudoin-MacPherson lernte, ihren Kopf selbstständig zu halten. Die Muskeln des Halses, der Schultern und des Rückens strafften sich an den korrekten Stellen, sie saß aufrecht da und sah ihrer Mutter über den Tisch hinweg in die Augen. Schaute sich sogar neugierig um. Laut der entsprechenden Fachliteratur hätte das längst passiert sein müssen. Es war ein Entwicklungsschritt, eine Zäsur, auf die ihre Eltern seit geraumer Zeit gewartet hatten. Nun war es so weit, sie hatte es geschafft.

»Isst sie Kartoffeln?«, fragte Greet und ließ, ohne die Antwort abzuwarten, einen Löffel voll auf den Teller der Kleinen plumpsen.

»Nein«, sagte Amy. »Keine feste Nahrung, sie ist noch nicht so weit.«

»Ach komm. Jeder kann Kartoffeln essen«, erwiderte Greet. »Mehr braucht man eigentlich nicht. Wir hatten nie etwas anderes. Nur die gottverdammten Kartoffeln. Als ich damals wegmusste, habe ich mir geschworen, nie wieder welche zu essen. Tja, und so sieht's aus.«

Dann nahm Greet ihre Gabel zur Hand – eine Gabel, keinen Silikon-Löffel. Eine herkömmliche Gabel mit stählernen Zinken –, angelte eine Kartoffel vom Teller und hielt sie Ella vor die Nase. »Na, wie wär's mit einem Häppchen?«, fragte sie.

»Ähm …«, setzte Matt an.

Ella beugte sich nach vorn und zog die Kartoffel mit dem Mund von der Gabel. Sie mampfte, als hätte sie das schon immer getan, sabberte nicht, strahlte weiter.

»Gut gemacht!«, sagte Greet. »Wie eine Scheunendrescherin. Sie futtert wie eine Scheunendrescherin. Diese Kleinen sind manchmal furchtbar wählerisch.«

Wer bist du?, dachte Amy. *Und woher willst du wissen, wie »sie« sind?*

Sie starrte Greet an, Matt und Ella. Alle lächelten, und sie dachte wieder: *Wer seid ihr bloß alle?*

Dann gab sie auf und begann zu essen. Truthahn war auch bei passenden Gelegenheiten, ja selbst an Weihnachten nicht gerade ihr Lieblingsessen. Sie spürte das Völlegefühl schon jetzt. Anschließend Kuchen, abschließend Tee. Nie konnte man diese Damen dazu bewegen, keine Milch hineinzutun. Schlichter, schwarzer Tee existierte nicht für sie.

Das Essen dauerte ungefähr vierzig Minuten. Danach stand Greet auf und begann, Ella loszubinden.

»Ich glaube, jetzt dürfen wir dich befreien, Kleines. Du hast das prima gemacht.«

Sie zog an den Schleifen, und die Krawatten fielen ab. Ella sank nach vorn, aber Greet legte ihr die gespreizten Finger auf die Brust und fing sie auf. Dann eilte Matt zu ihr und hielt sie, während Greet das Tau löste.

»Ich hätte nie gedacht, dass das funktioniert«, sagte er.

»Nun ja. Jeder isst gern, nicht wahr?«

»Ja, aber – sie ist noch so klein.«

»Und? Sie ist doch wie wir alle, oder?«

*

Sie tranken den Tee auf dem Sofa und schauten aus dem Fenster, als Greet sagte: »Vielleicht können wir jetzt zu Reggie gehen, was meint ihr?«

Amy hatte die Wanduhr im Auge behalten, und deshalb fiel ihr auf, dass Greets Frage genau getimt war. Während die Worte den Mund der alten Dame verließen, übersprang der Sekundenzeiger die zwölf. Es war vierzehn Uhr. Pünktlich auf die Minute.

Da fiel es Amy wie Schuppen von den Augen: *Unser Besuch dreht sich gar nicht um uns*. Ella lag in Matts Armen, und Amy wusste, sie fühlte sich wohl. *Und auch nicht um dich, meine Kleine.*

Sie war ein wenig verwirrt. Sie waren Teil des Plans einer anderen Person, aber man hatte ihnen wichtige Details vorenthalten, und sie wusste nicht, was als Nächstes geschehen würde.

Sie sah wieder zu Matt, der offenbar immer noch nicht kapierte, was sich abspielte.

»Na gut«, sagte er.

Greet erhob sich und wischte ihre Handflächen vorn auf dem Kleid ab. Dann ging sie in ein Nebenzimmer und schloss die Tür hinter sich. Als sie wieder zum Vorschein kam, hatte sie einen gelben Werkzeugkasten mit schwarzem Griff und dem Aufdruck *Stanley FatMax* bei sich. Amy war fassungslos. Nicht nur, weil Greet mit dem Werkzeugkasten startbereit vor der Tür stand, sondern auch wegen des Logos, der Marke. Welches Genie, fragte sie sich, hatte sich eingebildet, die Worte Stanley FatMax könnten jemanden verlocken, etwas zu kaufen?

»Lasst uns gehen«, sagte Greet.

»Soll ich den Kasten tragen?«, fragte Matt. »Muss etwas repariert werden?«

»Ja, so ungefähr«, antwortete Greet. »Ist aber Pillepalle. Wir brauchen schlicht eine dritte Person. Und die muss größer sein als wir.«

Er bot wieder an, den Werkzeugkasten zu tragen, aber sie zog ihn an sich.

»Nein, nein«, sagte sie. »Ich mache das schon. Wir sollten aber alle zusammen gehen. Reggie will bestimmt das Baby sehen.«

Also brachen sie gemeinsam auf, wenn auch ohne Kinderwagen. Amy trug das Kind und Greet den Kasten, und Matt versuchte, sich zwischen beiden zu positionieren. Sie fuhren in die siebte Etage und klopften an eine Tür ohne Deko. Reggie öffnete umgehend.

»Entschuldige die kleine Verspätung«, sagte Greet.

»Ach was«, sagte Reggie. »Kommt rein. Es ist gleich hier.«

Die Wohnung entsprach der von Greet, nur war sie spiegelverkehrt – der Flur links, die Küche rechts –, aber auch hier gab es das große Fenster, das Nebenzimmer und den Sofabereich. Der Hauptunterschied bestand darin, dass das Fenster zur anderen Seite hinausging. Und dass die Wohnung so gut wie leer war. Nur Umzugskartons und Plastikmülleimer und ein Esszimmerstuhl wie jene bei Greet.

»Sie ziehen um?«, fragte Matt.

»Ja«, antwortete Reggie. »Fast alles ist weg. Gibt nur noch letzte Kleinigkeiten.«

»Dafür brauchen wir dich«, sagte Greet, indem sie zur Decke zeigte.

Mitten im Wohnzimmer, dort, wo der Tisch gestanden hatte, hing ein hässlicher, mittelgroßer Lüster mit Messingapplikationen.

»Der gehört mir«, sagte Reggie. »Ich habe ihn aufgehängt, und ich nehme ihn wieder mit.«

»Keine Sorge«, sagte Greet. »Das klappt schon. Ein paar Schrauben und ein bisschen Schnipp-Schnapp. Das geht schneller, als du gucken kannst.«

Dann drehte sie sich zu Matt und Amy um. »Das Gebäude hat nur Standardlampen, billiges Gerümpel. Wir müssen diese abnehmen und die alte wieder aufhängen. Ich habe überlegt, wie groß du bist«, sagte sie zu Matt. »Du bist etwas kleiner als gedacht. Dummerweise haben wir keine Leiter, aber ich hoffe, dies genügt.«

Sie zog den Stuhl in die Zimmermitte, öffnete den Werkzeugkasten und entnahm ihm einen orangefarbenen Akkuschrauber. »Aufgeladen und einsatzbereit«, sagte sie. »Und ich habe bestimmt den passenden Kreuzschlitzaufsatz.«

»Karen kriegt diese Lampe nie in die Finger«, erklärte Reggie. »Sie bildet sich ein, alles, was wir besitzen, stünde ihr zu, bloß weil sie mit unserem kleinen Eddie verheiratet ist.«

Während sie das sagte, sah Reggie Amy an und wies auf den Lüster, sprach aber so, als wüsste alle Welt, wer diese unsägliche Karen war. Falls Karen glaubte, sie könnte hier hereinspazieren und sich den Lüster unter den Arm klemmen, dann – *tja*.

»Da oben hängen achtundsiebzig echte Kristalle«, sagte Reggie. »Achtundsiebzig. Kein Glas. Echtes Bleikristall. Der Lüster war ein Hochzeitsgeschenk von Henrys Großmutter, wir haben ihn gleich nach unserer Heirat zu Hause aufgehängt. Jedes Jahr im Frühling habe ich die achtundsiebzig Kristalle einzeln abgenommen. Ich habe eine Schüssel mit Essig hingestellt und Handschuhe angezogen, und los ging's.«

Sie ließ ihren Rollator los und ahmte, auf eigenen Beinen

stehend, das Putzen nach. In der einen Hand hielt sie einen imaginären Kristall, mit der anderen polierte sie wie wild.

»Sie hätten sehen sollen, wie das aussah, direkt nach dem Putzen, es blitzte und blinkte. Sagenhaft, wie gut ich das hinbekommen habe, es war eine Pracht. Als wir nach dem Verkauf unseres Hauses hier eingezogen sind, war der Lüster das Einzige, was ich unbedingt mitnehmen wollte.«

Greet holte Isolierband aus dem Werkzeugkasten. Sie knipste das Licht aus und klebte einen Streifen über den Schalter.

»Nur zur Sicherheit«, sagte sie. »Wir wollen ja nicht, dass bei dieser kleinen Aktion jemandes Haare verbrutzeln.«

Ihr Plan ging auf. Auf dem Stuhl stehend, war Matt gerade groß genug. Er setzte den Schrauber an, und die Schrauben ließen sich problemlos lösen. Es gab eine Deckenhalterung und einen extradicken Draht, der den Lüster hielt, als dieser beim Lösen der Schrauben absackte. Matt betrachtete ihn zweifelnd.

»Ich weiß nicht, ob ich das hinkriege«, sagte er.

»Du kriegst das hin«, entgegnete Greet.

Zwanzig Minuten später zog er das letzte Kabel aus der Lüsterklemme. Dann hielt er den Lüster mit beiden Händen am dicken Draht fest.

»Nun helft ihm doch, um Gottes willen«, befahl Greet, entriss Amy das Baby und schubste sie zum Stuhl. Dann senkte sie den Blick auf Ella. »Na, da haben wir ja die brave kleine Esserin«, sagte sie mit großen, leuchtenden Augen.

Amy trat unter den Lüster, und Matt ließ ihn in ihre erhobenen Arme sinken. Sie spürte, wie das Gewicht an sie überging. Der Lüster war schwer und doch leichter als erwartet. Sie trugen ihn gemeinsam zu einem der Mülleimer und legten ihn darauf ab.

Als Amy den Lüster in Empfang nahm, brach sich das Licht, das von draußen hereinfiel, in den Kristallen. Amy kannte dieses Phänomen aus der Grundschule, damals hatte die Lehrerin im Naturkundeunterricht mit Hilfe eines Prismas die Lichtbrechung demonstriert. Und genau wie damals schien der Raum auch jetzt zu explodieren, nur waren die Farben noch intensiver als in ihrer Erinnerung. Sie ergossen sich über die beigefarbenen Wände, den Teppich und alle Anwesenden. Rot und Violett über Matts Gesicht. Grün und Blau über Reggie und ihren Rollator. Orange und Gelb über das Baby und Greet. Alle Farben des Spektrums, immer im Wechsel.

Amy musste daran denken, wie sie mit Matt in einem Club mit Nebelmaschine, Stroboskoplicht und Regenbogenlasern getanzt hatte. Sein Körper, hagerer und kräftiger, war ihr damals noch neu gewesen. Sie hatte es geliebt, zu Techno-Beats zu tanzen: *bum, bum, bum, bum.*

»Und nun dieser Schund«, sagte Greet und nickte in Richtung der alten Deckenleuchte, die auch auf einem Mülleimer lag. Es war eine schlichte Leuchte mit zwei Glühlampen und einem glockenförmigen Milchglasschirm, der an eine Brust erinnerte.

Die ursprüngliche Billigleuchte war in fünf Minuten montiert und angeschlossen, und Matt stieg vom Stuhl.

Er stand noch nicht mit beiden Beinen auf dem Boden, da fragte Reggie: »Möchten Sie vielleicht ein kaltes Bier?«

Diese Worte klangen in Amys Ohren wie eine Zeile aus einem Drehbuch, wie etwas, das sich Reggie im Vorfeld ausgedacht und dann einstudiert hatte.

»Ich habe sechs eisgekühlte Biere im Kühlschrank.«

»Nein, danke«, sagte Matt und klopfte auf seinen Bauch. »Greet hat mich mit Truthahn vollgestopft, ich platze gleich. Ein Glück, dass der alte Stuhl nicht unter mir zusammengekracht ist.«

Ein kurzes Schweigen, dann zeigte Greet der Reihe nach auf den Lüster, die Billigleuchte unter der Decke und die Wanduhr.

»Habe ich's nicht gesagt?«, verkündete sie, an Reggie gewandt. »Ich hab's ja gesagt: *Um drei sind wir fertig*. Und jetzt schau auf die Uhr: Viertel vor drei, und alles ist erledigt!«

Reggie und Greet sahen einander mit einem Ausdruck an, den Amy nicht zu deuten wusste. Eine Mischung aus Stolz, Erleichterung und Triumph, wie es schien. Alles perfekt erledigt. Das Ergebnis sprach für sich.

»Karen wird vor Wut im Dreieck springen!« Reggie musste schallend lachen. »Wenn sie das sieht – stell dir mal vor! Oder besser: Wenn sie den Lüster *nicht* mehr sieht. Miss *La-Di-Da*.«

»Du bist schön still«, sagte Greet. »Ja kein Wort zu ihr oder jemand anderem. Es soll eine nette, kleine Überraschung werden. Jetzt wird sie uns nicht mehr austricksen, wie?«

Amy musste an den Schulhof denken. Oder daran, wie sie manchmal mit ihren engsten Freundinnen geredet hatte. Mädchen konnten einander so berechnend wie verbissen hassen. Ebenso den ehemaligen Freund oder das Arschloch von Ex-Mann. Und es konnte irre lustig und unglaublich befriedigend sein, wenn andere hundertpro zu einem hielten, hundertpro gegen das waren, was man selbst hundertpro ablehnte.

Greet zog schwungvoll das Isolierband vom Lichtschalter und betätigte ihn mehrmals. Die mickerigen Glühbirnen gingen an und aus.

»Ist doch schauderhaft, oder?«, fragte sie, einen Arm reckend. Sie schien sich ein Loch in den Bauch zu freuen.

»So soll es ja auch sein«, sagte Reggie. »Aber nun müsst ihr rasch nach oben verschwinden.«

*

Verblüffenderweise tut man an manchen Tagen Dinge, an die man morgens nicht mal im Traum gedacht hätte.

Dieser Gedanke ging Amy durch den Kopf, während sie allein vor dem Aufzug wartete. Als sich beim Öffnen der Türen zeigte, dass die Kabine leer war, winkte sie den anderen und flüsterte: »Alles klar, die Luft ist rein.«

Daraufhin schlichen ihre Schwipp-Großtante, Greet Walker, die Ella in den Armen hielt, und Matt, ihr Lebensgefährte, aus Reggies Wohnung. Matt schleppte einen potthässlichen, mittelgroßen Lüster mit Messingapplikationen.

Amy blockierte die Tür mit einem Fuß, hielt über die Schulter kurz Ausschau nach möglichen Augenzeugen und sah dann zu, wie die anderen im Gänsemarsch anrückten. Der Anblick erinnerte sie an eine Film-Klamotte. Oder an eine Gangstertruppe, die just einen Coup gelandet hatte.

Im neunten Stock äugte sie wieder in den Flur, und wieder war niemand in Sicht.

»Nimm du sie«, sagte Greet und übergab das Baby an Amy. Dann huschte sie davon, um ihre Wohnungstür aufzuschließen. »Jetzt!«, sagte sie. Und alle anderen eilten durch den Flur – Amy und Ella und Matt mit dem Lüster.

Sobald sie Greets Schwelle überschritten hatten, legte Matt das Ungetüm von Deckenleuchte erst einmal auf das Sofa, und Amy schnallte Ella im Kinderwagen fest.

Amys Herz pochte rasant, ohne dass sie gewusst hätte, wieso: Euphorie vielleicht?

Greet lächelte, Matt dagegen schien leicht verstimmt zu sein.

»Und wohin mit dem Monstrum?«, fragte er.

Greet zeigte auf die geschlossene Tür des Gästezimmers. »Wir deponieren ihn erst mal dort. Muss aber nicht sofort sein. Wir können auch warten, bis ihr zu Atem gekommen seid. Ich koche gern einen frischen Tee. Möchte jemand noch einen Tee?«

Amy spürte, wie sie von Greet gemustert wurden, als wollte sie abschätzen, wie viel Kraft sie noch hatten.

»Nein, nein«, sagte Matt, noch deutlicher verstimmt. »Zeig uns einfach, wo wir das Teil ablegen sollen.«

Greet ging zur Tür des Gästezimmers und öffnete sie einen Spalt. »Ziemlich voll, fürchte ich. Ich muss überlegen, wohin damit.«

Matt und Amy trugen den Lüster gemeinsam zur Tür.

In dem Zimmer war es dunkel, aber nicht stockfinster, denn durch die zugezogenen Vorhänge drang schwaches Licht.

»Der Lichtschalter ist dahinten«, sagte Greet. »Ich benutze ihn kaum noch. Ich musste ihn sogar abkleben.«

Amy erfasste nicht gleich, was sich in diesem Zimmer befand. Zu dritt hatten sie kaum Platz darin. Sie zählte fünf randvolle Geschirrschränke, vielleicht waren es sogar sechs. Einer, mit ausgezogenen Besteckschubladen und oben verglast, war eher ein Büfettschrank. Er war jedenfalls wuchtig. Sie versuchte, das Gesamtgewicht der Möbelstücke zu schätzen, die Masse des Massivholzes. Kein Staubflöckchen, keine Schlieren, alles roch nach Möbelpolitur und Glasreiniger.

Während sie sich umsah, schien sie aus jedem Winkel von Queen Elizabeth II. beäugt zu werden. Das königliche Antlitz wurde mit jedem der gold- oder silbergerahmten

Schmuckteller, die diverser Regentschaftsjubiläen gedachten, etwas älter.

Es gab eine Sammlung handgefertigter Quilts, die Kante an Kante über den Querstangen eines Gestells hingen. Ein stümperhaftes Gemälde, das ein zwischen Bäumen verlaufendes Flüsschen zeigte. Militärische Auszeichnungen auf den Samtpolstern offener Kästchen. Einen ausgestopften Fuchs. Hinten an der Wand hingen an die fünfzig Souvenirlöffel mit reich verzierten Stielen. Den Deckel des dazugehörenden Kastens schmückte eine detaillierte Brandmalerei der Niagarafälle, darüber stand in Schnörkelschrift *Maid of the Mist*. Auf einem Bücherschrank thronte das weit verbreitete Porträtfoto des Eishockeystars Maurice Richard, seine Augen funkelten zornig, hinter ihm wirbelten Eisstückchen durch die Luft, sein Autogramm war sauber und gut lesbar geschrieben, und die 9 auf seinem Trikot war eingekringelt.

»Wieso wusste ich nichts davon?«, fragte Matt leise. Er hielt immer noch den Lüster.

»Ach, alles nur Gerümpel«, sagte Greet.

Dann ergänzte sie jedoch: »Tja, natürlich ist es nicht nur Gerümpel. Aber zu viel von allem. Und schlussendlich ist es tatsächlich bloß ein Berg von nichts. Er bereitet mir bloß Kopfschmerzen, dieser gigantische Haufen Krimskrams. Ich weiß auch nicht, warum ich das tue.«

Sie schien den Raum zum ersten Mal genauer zu betrachten. »Das Problem besteht darin, für alles ein gutes Zuhause zu finden. Oder auch nur für manches. Ich weiß nicht, was tun. In letzter Zeit habe ich alle, die mich gebeten haben, mit ›Nein und nein und abermals nein‹ abgefertigt. Die Hütte ist voll.«

Sie zeigte in die hintere linke Ecke. »Die da zum Beispiel. Meine Güte, was mute ich mir bloß zu?«

Auf einem niedrigen Tisch standen Salz- und Pfefferstreuer, sicher an die sechzig Paare. Solche in Gestalt von Eulen und Bären waren am häufigsten, aber es gab auch ein dickes österreichisches Pärchen in Lederhosen. Außerdem Soldaten und Windmühlen, Insekten und Schirmpilze. Und, rechts davon, auf Augenhöhe, das gerahmte altmodische Porträtfoto eines kleinen Jungen, der in Shorts und Stiefeln mitten auf einem zugefrorenen Teich stand.

Greet hatte die Lippen geschürzt, sie schüttelte den Kopf, fast verzweifelt, wie es schien, doch beim Anblick von Matt, der immer noch den Lüster hielt, lächelte sie wieder. »Der ist natürlich ein Sonderfall.« Sie ließ ein paar Kristalle klimpern. »Dieses Ding. Ich durchschaue die Sache nicht ganz, aber es ist ihr ungeheuer wichtig. Und der alten Reggie kann ich nichts abschlagen. Wir sind schon so lange befreundet.«

Sie klopfte mit einem Fingerknöchel gegen die Glasscheibe eines Kabinettschranks. »Meist wollen sie verhindern, dass ihre Sachen am Ende auf der Straße landen.«

Sie dachte kurz nach. »Oder bei den falschen Leuten. Die meisten würden ihre Sachen lieber behalten als weggeben. Das gilt auch für das Ding hier.« Sie zeigte wieder auf den

Lüster. »Reg würde es jedem überlassen, nur nicht dieser Karen.«

Matt hob den Lüster hoch. Wo sollte man ein so sperriges, empfindliches Stück deponieren?

»Und nun? Wohin damit?«, fragte er. »Wie lagern?«

»Am besten da oben hin«, sagte Greet und reckte das Kinn zur Decke.

Aufhängen, ja, das war naheliegend. In der Decke gähnte ein Loch, die achteckige Metallhalterung war zu sehen, ebenso das schwarze und das weiße Kabel.

»Letzte Woche habe ich eine Kiste auf diesen Tisch gestellt und bin hinaufgeklettert, um das kleine Ding abzumontieren, aber ich hatte meine liebe Not, stand sehr wackelig und wusste gleich, dass der Lüster mich überfordern würde. Und hier gibt es niemanden mehr, der helfen könnte. Einer nach dem anderen dankt ab, es ist schrecklich.«

Amy gefiel die Wortwahl nicht. Dieses *wir* aus Greets Mund. *Wen meinst du mit* wir*?*, hätte sie gern gefragt.

Sie erinnerte sich an das Schrankzimmer neben der Wohnungstür, an die zig Hemden und Hosen im Anzugschoner, die scheußlichen Krawatten aus verflossenen Dekaden. Sie dachte an das Nachleben der Dinge. All jener Dinge, die im Gegensatz zu ihren Besitzern noch auf der Welt waren.

Sie sah zu, wie Matt, auf den Tisch steigend, das Gewicht dieses speziellen Erbstücks zu stemmen versuchte. Greet verfolgte jede seiner Bewegungen mit Argusaugen.

Amy fragte sich: *Durch wie viele Hände bist du gegangen, bevor du bei uns gelandet bist?*

Sie sah ihre Namen unten auf einer langen Liste. Sie waren das Ende der Fahnenstange. Und sie stellte sich vor, was Greet zu Reggie gesagt hatte, bevor sie bei ihnen durchklingelte: »Ja, das könnte klappen. Ich kenne die beiden nicht so gut, aber ja, vielleicht. Ich denke, er ist groß genug. Ich müsste auch einen Truthahn braten, aber gut, das ist ja keine Arbeit. Kannst du ein paar Biere in deinen Kühlschrank tun?«

Matt versuchte, den dicken Draht in die Deckenhalterung zu haken. »Ich glaube, ich brauche Hilfe«, sagte er zu Amy. »Kannst du die Kabel anbringen, während ich das Teil halte?«

»Klar«, sagte sie. Und dann stand sie neben ihm auf dem Tisch.

Während sie die Kabel anschloss und unter die Halterung schob, presste sie Hüften und Brüste gegen Matt, so dicht stand sie vor ihm. Beide hatten die Arme gereckt, sein T-Shirt und ihre Bluse waren hochgerutscht, und die Haare, die auf Höhe seines Bauchnabels wuchsen, scheuerten genau dort, wo ihre Schwangerschaftshaut noch sensibel und schlaff war. Anfangs war ihr das unangenehm, aber ein kurzer Blick verriet ihr, dass Greet nur Augen für ihre Hände hatte.

Schließlich reichte Greet den Akkuschrauber und robuste Schrauben nach oben. »Auf zum Endspurt. Eine Schraube da, die andere dort, dann sind wir fertig.«

In diesem Moment begann die im Kinderwagen angeschnallte Ella zu weinen. Richtig zu weinen. Amy konnte sie nicht sehen, aber sie kannte dieses anschwellende Schreien. Die Tonlage, das Tempo und die Stakkato-Struktur des untröstlichen Armageddon-Geheules, das jeden Moment explodieren konnte. Die Kleine, erschöpft, allein und, klar, hundemüde, war fix und fertig. Ihre Lungen füllten und leerten sich, japsend und hustend.

»Ich schaue nach ihr«, sagte Greet. »Ihr macht das fertig.«

Amy konzentrierte sich auf die Löcher, schob die Schrauben hinein und zog sie mit der Maschine fest. Die Halterung ruckte auf einer Seite unter die Decke, danach auf der anderen. Sie ließ die Hände sinken und prüfte, ob die Halterung absackte. Anschließend löste auch Matt seine Hände, behutsam und eine nach der anderen. Der Lüster saß bombenfest. Der letzte Teil der Aktion hatte etwa fünf Minuten gedauert.

Als sie die Blicke von der Decke lösten, stand Greet da, das beschwichtigte Baby in den Armen. Sie wandte den Wiege-und-summ-Trick an, und obwohl Ella knallrot im Gesicht war und aus beiden Nasenlöchern Schnodder blubberte, hatte sie sich beruhigt.

»Und? Was hältst du von den beiden?«, fragte Greet und zeigte auf die auf dem Tisch stehenden Eltern. »Sind sie nicht geschickt? Meinst du nicht auch, wir sollten sie hierbehalten? Wie fändest du das?«

Amy zog ihre Bluse nach unten und stieg vom Tisch, Matt folgte ihr. Er zwängte sich zwischen den anderen Tischen hindurch, musste manche wegschieben, um zur Rückwand zu gelangen. Dort pulte er das Isolierband ab und betätigte den Lichtschalter.

Als Kind hatte Amy immer *Kahl-sei-der-Kopf* verstanden, wenn von einem Kaleidoskop die Rede war. Daran musste sie denken, als der Lüster im Halbdunkel aufflammte und alles in seinen Schein tauchte. Die Farben leuchteten, Glas, Silber und poliertes Holz reflektierten das Licht. Sie stand eine Weile stumm unter dem Lüster.

Dann tat Matt etwas, das er besser unterlassen hätte. Er ließ das Licht nicht einfach brennen, löschte es auch nicht, sondern knipste es mehrmals rasant an und aus. Das grelle Aufblitzen blendete alle schmerzhaft, und Amy nahm befremdet zur Kenntnis, dass er stolz wie Bolle und viel zu breitbeinig dastand. So war es immer, wenn ihm etwas gelungen war. Dazu sein albernes Gerede.

»Wollte nur mal schauen, ob sich Funken entwickeln, Ma'am«, sagte er. »Wir müssen überprüfen, ob alles korrekt angeschlossen ist. Aber wie es aussieht, droht keine Gefahr.«

»Ja, ja«, sagte Greet vollkommen unbeeindruckt. Dann wandte sie sich direkt an Ella. »Daran hätten wir ohne *ihn* nie im Leben gedacht, wie? Wer hat den Lichtschalter wohl abgeklebt, was meinst du? Ob die alte Dame ohne ihren großen, starken Beschützer zurechtkommen kann?«

Sie klang verblüffend spitz und bissig, und Matt sah Amy mit hochgezogenen Augenbrauen an.

Aber Greet war nun in Fahrt. »Ach Gott«, sagte sie. »Manchmal vergesse ich, wie es mit diesen jungen Hüpfern ist.«

Amy glaubte zunächst, sie redete von Ella, doch ihre Worte zielten auf Matt.

»Ich weiß, ich weiß. Manche sind ganz nützlich, vor allem für Basteleien dieser Art. Hier ein bisschen schleppen, da ein wenig heben. Andere wiederum … Ach du liebe Güte. Sie rauben einem den letzten Nerv. Weißt du, was ich meine?«

»Ja«, antwortete Amy zu ihrer eigenen Überraschung wie aus der Pistole geschossen.

Sie versuchte, das gleiche Gesicht aufzusetzen wie Greet. Sie hatte in einer Zeitschrift gelesen, dass man seine Zustimmung am besten signalisierte, indem man die Miene des Gegenübers imitierte. Und die letzten drei Wörter wiederholte. Nur konnte sie Greets Tonfall nicht ganz einordnen. Die alte Dame klang einerseits scherzend, schien einen Witz zu machen, andererseits meinte sie es, wie Amy spürte, aber hundertpro ernst.

»Ihr wisst ja, was mir passiert ist«, sagte Greet und wiegte weiter das Baby. »Damals. Weshalb ich von zu Hause wegmusste, weshalb ich hier gelandet bin. Man hat euch bestimmt längst alles erzählt.«

Amy sah Greet in die Augen. »Nein«, sagte sie voller Ernst. »Ich weiß rein gar nichts darüber.«

Greet schnaubte durch die Nase, als wäre es unfassbar, dass Amy so unwissend war. Dann sah sie zu Matt, der noch beim Lichtschalter stand. Für ihn galt das Gleiche. Absolut ahnungslos. Hier bot sich die Gelegenheit auszupacken. Was, dachte Amy, hatte Greet Walker wohl zu erzählen?

Ein langes Schweigen, während die alte Dame gründlich nachzudenken schien. Schließlich schüttelte sie den Kopf, zuckte die Schultern.

»Ach was, das ist Schnee von gestern«, sagte sie. »Seht euch um.« Sie zeigte auf die Teller und auf Rocket Richard, auf die Queen und den Fuchs. »Was für ein Umstand«, sagte sie. »Für mich selbst und alle anderen. Ihr würdet es nicht glauben. Was wir alles durchmachen mussten. Vor sechzig Jahren hat man mir nicht die Butter zum Brot gegönnt, und nun schleppen sie diesen ganzen Krempel an.«

Sie griff nach dem Foto des kleinen Jungen, der in Shorts auf dem Eis stand, und hängte es wieder gerade hin. »Tja, andererseits sind wohl alle tot.«

Sie klang nun nüchtern und sachlich. »Die Nonnen, meine Eltern, meine Brüder und Schwestern, alle, die sich damals das Maul zerrissen oder den Gerüchten Glauben geschenkt haben. Heute ist die Sache kein Thema mehr. Als wäre all das nie passiert.«

Sie senkte den Blick auf Ellas aufgequollenes Gesicht, machte Kulleraugen und setzte ihr schiefes Lächeln auf. Dann wiederholte sie ihre Worte, wenn auch in einem Singsang, in dem aufgesetzt heiteren Ton, den Erwachsene für Kleinkinder reservieren.

»*Als wäre all das nie passiert.*«

Sie übergab das Kind an Amy und wandte sich ab.

Amy schaute hinüber zu Matt, danach zu Ella, dann zu Greet.

Matt wollte sich gerade in Bewegung setzen, als Greet durch die Nase tief Luft holte und sich zur vollen Größe aufrichtete.

»Nein«, sagte sie, klatschte zweimal in die Hände, rieb sie dann aneinander. Und überging alles, indem sie fragte. »Und? Wie sieht es aus? Wollt ihr auch ganz bestimmt nichts mehr essen?«

*

Ella presste sich noch fester gegen Amys Brust. Der Geruch, den dieses Kind oben und unten entließ. Erbrochene Kartoffelbrocken klebten auf dem hübschen Strampelanzug, aus der Windel sickerte eine dunkle Flüssigkeit. Greets Kleidung war auch besudelt.

»Gut, ich denke, wir müssen sie komplett umziehen«, sagte Amy. »Bitte die Windeltasche, sie liegt unten im Kinderwagen.«

»Okay«, sagte Matt und ging ohne ein weiteres Wort an ihnen vorbei aus dem Zimmer.

Greet schaute ihm nach, dann betrachtete sie den Lüster. Amy folgte ihrem Blick. Eine Scheußlichkeit vor dem Herrn. Beide schüttelten den Kopf und lachten leise.

Sie hörte, wie Matt nebenan in den Sachen wühlte.

»Ich hab's!«, rief er schließlich. »Alles da!«

»Na wunderbar«, antwortete Amy.

Sie blickte Greet an und verdrehte die Augen, die alte Dame lächelte, und Amy stellte sich vor, wie es sein würde, Ella in zwanzig Jahren diese Geschichte zu erzählen.

»Deine Urgroßtante lebt nicht mehr, und du erinnerst dich bestimmt nicht, aber sie hat dich damals an einen Stuhl gebunden und bis zum Erbrechen mit Kartoffeln gefüttert. Und dein Dad und ich, wir haben einen potthässlichen Lüster gestohlen und in ihrer Wohnung anmontiert. Und dann ... Tja, ich weiß auch nicht, was danach aus uns allen geworden ist.«

In diesem Tagtraum oder was immer es war, in dieser Vision von einer erwachsenen Ella oder jugendlichen Ella, Amy war sich nicht ganz sicher – sie sah lange Haare und lange Beine, aber nur flüchtig –, wandte sich die junge Frau von ihrer Mutter ab, um etwas zu betrachten, das auf ihrer Handfläche lag, irgendein Gerät. Kein Smartphone, vielleicht dessen Nachfolger. Eine Lichtkugel, die ihre Tochter wie gebannt anstarrte.

Amy hatte dieses Bild mitsamt der Worte, die sie an ihre groß gewordene Tochter richtete, nur kurz vor Augen, dann verflog es, dann war sie wieder im spätnachmittäglichen Montreal. Dreißig Grad, neunzig Prozent Luftfeuchtigkeit, und die Heimfahrt würde über eine Stunde dauern.

Sie wusste, dass sie so rasch wie möglich aufbrechen mussten. Der übliche Tagesablauf war hinüber, den Rest des Tages konnten sie vergessen. In der Metro würde die Luft schal und stickig sein, und Ella würde wohl wieder einschlummern, während sie durch die Tunnel rumpelten, wenn auch zur falschen Zeit. Und dann, um drei Uhr nachts, würden sie aus dem Schlaf gerissen werden. Wieder der alte Kampf, das Bemühen, ein hellwaches Kind in den Schlaf zu wiegen. Sie hatte die kommenden Stunden so deutlich vor Augen, als wären sie schon verstrichen.

Aber gut, es musste nicht zwangsläufig so kommen. Vielleicht ließ sich das Unvermeidliche hinauszögern. Amy spürte Ellas Atem, merkte, wie sich ihr Puls beruhigte. Ihr eigener Körper reagierte entsprechend. Sie betrachtete Geschirrschränke und Büfett, in fremden Wohnungen ausgeräumt, hierhergeschleppt und wieder eingeräumt. Die randvollen Schubladen und Regale. Draußen wurde der Himmel immer fahler, aber während sie in diesem engen Raum stand, direkt unter dem Lüster, schien sich eine lichte Stille über sie zu ergießen, als würde die ferne Vergangenheit anbranden und die Zukunft wegspülen. Ella und Amy und Greet. Stumm standen sie in dieser Kammer voller Kostbarkeiten, die ihren Besitzern ans Herz gewachsen waren, voller Schätze, die andere nicht in die Finger bekommen durften.

Die Schlüsselübergabe

Es geschah um die Ecke. Das *Bide-a-While* existiert noch, aber nachdem alles – oder fast alles – ans Licht gekommen war, musste man den Laden umtaufen. Er schloss ein paar Monate, dann wurde die Neueröffnung groß gefeiert, er gehört nun zu den *Sleep Station Motels*. Das Schild mit dem Namenszug, zuvor von verblichenem Orange, ist blau und mit Sternen und Monden geschmückt, aber wie ein Blick ins Innere zeigt, sind es die gleichen Gäste wie zuvor. Fernfahrer und Straßenbauarbeitertrupps, Vertreter mit Koffern voller Proben, Vertragsarbeiter, die vorübergehend hier tätig sind. Sie alle, fern der Heimat und auf Stippvisite, brauchen ein Bett und eine Verschnaufpause, und genau das bieten die zwölf Zimmer des einstöckigen Gebäudes. Bettwäsche und Handtücher werden ausgetauscht, dienstbare Geister wischen Haare aus Waschbecken, entfernen Lippenstiftränder und Fettschlieren, spülen die Gläser und hüllen sie in angeblich keimfreies Wachspapier. Man leert Mülleimer, saugt Teppiche, legt kleine Seifen bereit, stellt frische Shampootuben hin. Man schrubbt auf dem Rost herum, der sich hartnäckig um den Badewannenabfluss bildet. Die Gäste geben einander die Klinke in die Hand, zig Kreditkarten werden durch den Leseschlitz gezogen. Auch wir waren vorübergehend ein Teil dieses Kreislaufs. Rein und raus.

Einerseits entschieden wir uns für den Laden, weil er günstig war – die Übernachtung kostete nur halb so viel wie im *Super 8* oder im *Quality Suites* weiter unten in der Straße –, andererseits wegen der optimalen Lage: anderthalb Blocks von unserem neu erworbenen Haus entfernt, unserem langfristigen Zuhause, das wir zwei Tage später beziehen sollten. Ein Neustart in jeder Hinsicht. Die Stadt war Neuland, wir hatten neue Jobs, würden auch in vielerlei Hinsicht ein neues Leben führen, wollten unser Leben jedenfalls neu strukturieren. Unsere Tochter Lila war vier, und Maddy war im siebten Monat, Henrys Geburt stand also kurz bevor. Nach Lila war es zu einer sehr späten und tragischen Fehlgeburt gekommen, bei dieser Schwangerschaft waren wir also besonders vorsichtig. Keine abrupten Bewegungen, keine unnötigen Anstrengungen. Wir stellten einen detaillierten, aber nicht besonders ehrgeizigen Umzugsplan auf, zu dem auch das *Bide-a-While* gehörte. Zwei Doppelbetten, Minibar und Kaffeemaschine für dreiundsechzig Dollar pro Nacht. Sobald die Wohnung in Montreal leer geräumt wäre, würden wir nach Halifax fahren und im Motel wohnen, bis das Umzugsunternehmen anrückte. Die Schlüsselübergabe, der offizielle Einzugstermin, stand seit Monaten fest, alle Unterlagen waren mit dem Datum 1. Juni gestempelt; zuvor wollten wir aber verschnaufen, um uns innerlich neu zu justieren. Wir wollten für die Veränderung bereit sein.

Wahrscheinlich hat jeder Mensch einmal eine Nacht in einem Motel wie dem *Bide-a-While* verbracht. Als wir Kinder waren, entschieden unsere Eltern sich stets für eine solide Unterkunft dieser Art, günstig und mit Parkplatz vor der Tür, wo wir, sieben Meter von den Lastzügen und dem Verkehrsgetöse des Highways entfernt, ohne Aufsicht in einem unbeheizten Swimmingpool plantschten. Wir waren fünf Geschwister, und unsere Eltern baten, wenn möglich, um benachbarte Zimmer. Der Manager gab uns den Schlüssel – meist an einem überdimensionierten Stück Holz oder Plastik befestigt –, und wir durften durch die Zwischentür mit dem schimmernden Metallknauf rennen, die den meisten Gästen verschlossen blieb.

Die nebeneinanderliegenden Zimmer waren identisch, wenn auch spiegelverkehrt, die Doppelbetten standen jeweils vor der Trennwand. Wir tobten unsere restliche Energie aus, indem wir in unserem Zimmer über den Abgrund zwischen den Betten sprangen, durften lange aufbleiben und bizarre Sendungen schauen, teils im Fernsehen von Québec. Wenn es ein heißer Tag gewesen war, besorgten unsere Eltern ein Sixpack Bier oder eine Flasche Wein, dazu eine Tüte Chips oder ein paar Pizzastücke, und nach einer halben Stunde stand einer von beiden auf, um die Zwischentür behutsam zu schließen. Ich habe noch das Klicken im Ohr. Danach waren wir Kinder allein, aber eine gute Stunde später ging die Tür wieder auf, und wir gruppierten uns um. Ein paar von uns schliefen bei Mom, die anderen im Nebenzimmer bei Dad.

Als die Geschichte publik wurde, zeigten alle Medien Bilder des Motels. Streifenwagen und blinkende Rundumlichter, Absperrband und Leitkegel, Leute in Schutzanzügen, die die mobile Forensik-Station betraten oder verließen. Während der ersten Woche rollte ein halbes Dutzend Übertragungswagen auf den Parkplatz, und eine Journalistenriege, schöne Menschen unterschiedlichster Hautfarbe mit perfekt sitzender Frisur, berichtete live für inländische und ausländische Sender. Die Zeitungen thematisierten die Sache über Monate, fast ein ganzes Jahr. Vorübergehend fühlte es sich an, als stünden wir im Mittelpunkt weltweiter Aufmerksamkeit – nichts ist kribbelnder als dramatische Tode. Maddy und ich waren vielleicht die Einzigen, die fanden, dass die Berichterstattung – all das Trara mit Kabeln, Scheinwerfern, Reflektoren und Split-Screen-Analysen – den Kern der Sache verfehlte. Wenn wir im neuen Haus morgens vor Müsli und Orangensaft saßen, schauten wir die Sendungen und lasen die Zeitungen, konsumierten also eine weit über dem empfohlenen Maß liegende, fast gesundheitsgefährdende Dosis an Schreckensnachrichten. Die Fotos der Opfer und die tragischen Hintergründe waren uns bald innig vertraut, und wir begannen, über die Leitartikel, die tiefschürfenden Analysen und die Suche nach Erklärungen den Kopf zu schütteln. Manchmal empfanden wir es als Beleidigung, dass sich diese Fremden über die Sache ausließen, obwohl sie keinen blassen Schimmer hatten. Im Laufe des Jahres nahmen wir die Story, die sich Tag für Tag etwas deutlicher herausschälte, in Besitz – oder sie ergriff Besitz von uns –, und wir wurden unbeabsichtigt zu Protagonisten mit klar definierten Rollen und Textzeilen. Alle Welt ließ sich über das *Bide-a-While* aus, ein dichter Wortnebel, der uns einhüllte und den wir zwangsläufig einatmeten.

*

Wie heute jeder weiß, hatte der Mörder einen Installationsbetrieb. Sein Transporter stand bereits vor Zimmer 107, als wir das Motel nach langer Fahrt erreichten. An der Fahrertür hing ein rechteckiges magnetisches Schild, das er anbringen oder abnehmen konnte, je nachdem, ob er beruflich oder privat unterwegs war. Es zeigte das Piktogramm eines Eimers, der fünf Tropfen auffing. Darunter hieß es: *Lassen Sie den Fachmann ran! 902–555–0111.*

Wir bekamen ihn nicht zu Gesicht, während wir Koffer, Toaster, Wasserkocher und die Box mit Reiseproviant ausluden. Saft und Bananen, Brot, Gorgonzola und Cracker. Es war der Abend des 30. Mai. Die Daten sind genauso wichtig wie die korrekte Chronologie. Der folgende Tag war also der einunddreißigste. Morgens verließen alle gleichzeitig ihr Zimmer, es war gegen halb neun: Maddy und Lila, der Mörder und ich. Wir schlossen unsere benachbarten Türen und traten ins Freie.

Es gab einige Formalitäten zu erledigen, wir mussten erst zur Versicherung, dann zum Notar, danach zum Makler, anschließend wollten wir uns um Telefonanschluss, Wasser, Strom und so weiter kümmern. Die Liste war etwas wirr – es war umständlicher als gedacht –, aber jeder Punkt wollte abgehakt werden.

Maddy scheuchte Lila zum Auto. Ich habe sie noch vor Augen: ihr hübsches Kleidchen, die Sandalen, den Schlapphut. Das Kleid hatte gelbe Träger, die auf den Schultern zu Schleifen gebunden waren, und einen weit ausgestellten Rock. Die Sandalen waren vorn mit roten Blümchen verziert, und ihre Haut, großzügig mit Sonnenspray behandelt, glänzte ölig.

Als Maddy und Lila am Mörder vorbeikamen, lächelte dieser und hob die rechte Hand für ein High Five. Lila schlug kräftig ein. Er trug eine blaue Cargohose mit zig Taschen und ein graues, in den Bund gestopftes Hemd mit Brusttaschen. Ich weiß noch, dass er eine Spitzzange in der Linken hielt und eine Rolle Panzerband wie einen Armreif über dem Handgelenk trug. Noch einmal: Dies war der Morgen des einunddreißigsten. Wir sind es wiederholt durchgegangen. Wie er das Zimmer verließ, wie er das Werkzeug trug, alles war ganz normal. Er öffnete eine Tür und warf die Sachen in die Fahrerkabine, und als er sich umdrehte, stand Lila mit erhobener Hand für ein weiteres High Five bereit. Er reagierte umgehend.

»Schönen Tag, kleine Miss Lady«, sagte er. Dann lächelte er mich über das Dach seines Wagens hinweg an und nickte grüßend. Ich schloss die Fahrertür auf und betätigte den Schalter, der die anderen Türen entriegelte. Ich sah, wie er seine rechte Hand beschnupperte, und als er meinen Blick spürte, warf er theatralisch den Kopf zurück, als würde ihn der intensive Geruch des Sonnensprays in der Nase beißen.

»Uijuijui!«, sagte er und wedelte mit der Hand vor seinem Gesicht.

Lila lachte beglückt. So lachte sie nur wenige Monate, von dreieinhalb bis Anfang vier – länger hält sich dergleichen wohl nicht –, aber in dem Moment erklang dieses Lachen, sie schenkte es dem Mörder. Ein Ausdruck puren Erstaunens, freudiger Überraschung, ungetrübt von Gedanken. Ich liebte dieses Lachen über alles, fand phänomenal, wie mühelos sie es hervorzauberte.

»Al-bern«, entschied sie und sang dann: »Albern, albern, albern.« Sie zeigte auf den Mann, danach auf mich. »Alberner Mann«, sagte sie zu mir.

»Na, besten Dank auch«, sagte er und verbeugte sich leicht vor ihr.

Er nahm die Sonnenbrille vom Mützenschirm und setzte sie auf. Sie war verspiegelt, und als er sich zu uns umwandte, sah ich in den Gläsern Maddy, Lila und mich.

»Schönen Tag, Kumpel«, sagte er zu mir. »Sie bleiben noch eine Nacht? Sie checken nicht aus?«

Ich nickte, und er wies auf die Zimmertüren.

»Na, dann sehen wir uns ja vielleicht noch.«

Wir stiegen in unser jeweiliges Auto, ließen den Motor an. Er hielt mir den gereckten Daumen hin und streckte Lila im Davonfahren die Zunge raus.

*

Um ein Haus zu finden, hatten Maddy und ich, im Bett liegend und einen Laptop zwischen uns, bis in die späten Abendstunden Dutzende, ja Hunderte Immobilienangebote durchgescrollt und es gegen Ende meisterhaft verstanden, mit dem Cursor die Welt zu bewegen. Lila wurde gegen halb acht schlafen gelegt, danach polsterten wir unsere Rücken mit einem Berg Kissen aus und ließen abwechselnd den Mittelfinger auf dem Touchpad kreisen. Der Computer stand zwischen uns, und ich erinnere mich noch an die Wärme, die der Akku abstrahlte, an die Vibrationen des Prozessors neben meinem Schoß. Blaues Licht hüllte uns ein, während die Bilder vorbeizogen, und wenn sich der Hintergrund kurz eindunkelte, konnte ich unsere Köpfe dicht nebeneinander im Bildschirm erkennen. Unsere Münder standen halb offen, die Mienen waren ausdruckslos, unser Blick hingegen war hoch konzentriert. In diesen Momenten erkannte ich uns kaum wieder – zwei Fremde schienen uns wie gebannt anzustarren, ein Paar, dem nicht klar war, dass es beobachtet wurde.

»Das da«, sagte Maddy oft und klickte ein Angebot an,

klickte und zeigte, klickte und zeigte. Sie leckte über ihre Oberlippe, während sie das Potenzial eines bestimmten Hauses erwog, und ich merkte, wie sie die Luft anhielt und wieder entließ, wie ihre Aufgeregtheit Enttäuschung wich. Während dieser Phase konnte es passieren, dass sie mich unbeabsichtigt erregte. Ihre Haare waren offen, sie hatte die Brille auf der Nase, trug eine Pyjamahose und das Tanktop, das ich so mochte. Doch es war nicht der passende Zeitpunkt.

»Konzentrier dich«, sagte sie und tippte auf den Bildschirm.

Auf den Fotos war stets Sommer – belaubte Bäume, üppige Gärten –, und Menschen waren nie zu sehen, selbst wenn wir Google Earth Street View aufriefen. Wahrscheinlich sorgte ein Algorithmus oder ein raffinierter Code dafür, dass Passanten und Hunde, alles, was mögliche Käufer ablenken konnte, ausgeblendet wurden. Wir bewegten uns durch die verwaisten Straßen, Block für Block, Haus für Haus. Nach einer Weile entwickelten wir ein Gespür für den Immobilienmarkt und die Preise. Die Summen schienen auf einem logischen Schema zu basieren, und wir begannen, das Ganze als mathematische Gleichung aufzufassen, als simplen Handel. Wenn uns ein Haus nicht gefiel, war es entweder scheußlich oder aberwitzig teuer – nur Idioten würden darin wohnen wollen –, die Immobilien hingegen, die wir in Betracht zogen, waren etwas Besonderes und Einzigartiges, gute langfristige Investitionen und die hohen Schulden, die wir uns aufbürden müssten, mehr als wert. Wir suchten nach etwas Speziellem, nach einem versteckten Juwel, das nicht auf Anhieb als solches zu erkennen war, nach einem Haus mit einem ganz besonderen Potenzial, das nicht jeder erfasste.

*

Die Detectives, die zu einer ersten Befragung erschienen, waren glänzend informiert: Über unsere Kreditkartenabrechnungen, die Gästeliste des Motels, das Ferngespräch mit Maddys Eltern, sogar über die mit PIN bezahlten Lebensmittel und die dreißig Dollar, für die ich unten in der Straße getankt hatte. Hieb- und stichfeste Beweise, solides Datenmaterial aus dem unauslöschlichen digitalen Gedächtnis der Welt. All das ordnete uns auf einem vollen Bogen Millimeterpapier exakt ein. Unser Aufenthalt an jenem bestimmten Ort und zu jener bestimmten Zeit war wie in Stein gemeißelt.

»Denken Sie noch mal nach«, sagte der Jüngere, jener, der etwa in unserem Alter war, ein beflissener Typ, der sich freundlich gab, wenn auch auf die berechnende Art von Polizisten. Der Ältere war still und wirkte etwas müde, bemühte sich jedoch, uns trotz des gelben Notizblocks und des digitalen Aufnahmegeräts auf dem Küchentisch ein gutes Gefühl zu vermitteln. Wir versorgten die beiden mit Tee und gingen alles noch zwei- oder dreimal durch, während die Kinder oben schliefen. Später mussten wir aufs Revier, um ein weiteres Mal auszusagen, nun einzeln.

»Ich möchte, dass Sie sich an den einunddreißigsten Mai zurückversetzen und sich in Erinnerung rufen, was Sie getan haben, was sich ringsum abgespielt hat. Geben Sie wieder, was Sie gesehen haben, alles, woran Sie sich erinnern können. Das winzigste Detail könnte sich als wichtig erweisen.«

Der ältere Mann ließ den Stift zwischen Daumen und Mittelfinger rotieren. Das rote Lämpchen des Rekorders leuchtete stetig.

»Führen Sie sich alles noch mal vor Augen«, ergänzte der Jüngere. »Gut möglich, dass Sie das, was für uns entscheidend ist, damals nur halb bewusst wahrgenommen haben.«

*

Die Wetteraufzeichnungen bestätigten unsere Aussagen. Der einunddreißigste Mai war ein für die Jahreszeit ungewöhnlich warmer Tag gewesen, zehn Grad wärmer als der Vortag, am späten Nachmittag hatten bis zu dreißig Grad geherrscht. Wir hatten einiges erledigen wollen, nur war es schlecht gelaufen – anfangs hatten wir uns nicht zurechtgefunden –, und die schwitzende Lila hatte hinten die ganze Zeit gequengelt. Wir brauchten dringend eine Pause und kehrten zum Motel zurück. Maddy wollte mit Lila dortbleiben, ich sollte einkaufen fahren. Gegen sechzehn Uhr rollten wir auf den Parkplatz. Als wir die Tür öffneten, schlug uns eine Welle zum Schneiden dicker, glühend heißer Luft entgegen.

»Na super«, sagte Maddy. Sie war bleich, auf ihrer Schläfe pochte eine dunkelrote Ader. Am Hinterkopf waren ihre Haare verklebt.

»Zu heiß«, beklagte sich Lila. »So, so heiß.«

Es gab keine Klimaanlage, also stellen wir den Deckenventilator an, rissen die rückwärtigen Fenster auf und ließen die Tür offen stehen. Fünf Minuten später begann sich die Luft zu bewegen, viel kühler wurde es aber nicht.

»Ich kaufe schnell was ein«, sagte ich. »Ein paar Getränke, einen Beutel Eis und Bananen. Wenn es im Laufe der nächsten Stunde nicht erträglicher wird, suchen wir uns ein anderes Motel.«

»Okay«, sagte Maddy. »Aber beeil dich. Ich halte das nicht mehr lange aus.«

Damals schien diese Entscheidung unbedeutend zu sein. Ich musste einkaufen, das war's, und verschwendete keinen weiteren Gedanken daran, als ich ging und die beiden in dem Glutofen von Zimmer unter dem kreisenden Deckenventilator zurückließ.

Ich brauchte dann doch über eine Dreiviertelstunde und fand bei meiner Rückkehr eine vollkommen andere Situation vor. Als ich mit fünf Plastiktüten, deren Griffe in meine Hand schnitten, zur Tür hereinkam, saß der Mörder auf unserem Bett, und Lila war allein. Sie hatte offenbar Leave-

In Conditioner in den nassen, zurückgebürsteten Haaren und hüpfte in Unterwäsche auf dem zweiten Bett herum. Der Mörder beobachtete sie in aller Ruhe, und ich bezweifele – bezweifele bis heute –, dass irgendetwas Ungutes in seinem Blick lag. Lila sang die ganze Zeit: »Auf und ab und auf und ab und auf und ab.«

In der Hand hielt sie ein großes, blaues, langsam schmelzendes Wassereis, der Mörder lutschte eines in Orange. Er hielt es mit einer Hand unten fest und schob sich mit der anderen Hand die Spitze in den Mund. Während Lila abbiss und mampfte, sickerte farbige Flüssigkeit aus ihren Mundwinkeln, lief über ihr Kinn, Hals und Bauch bis zum Nabel. Bei meinem Anblick lächelte sie und zeigte dabei bläuliche Zähne. Der Mörder begrüßte mich, indem er einen Finger schwenkte.

»Hallo?«, rief ich lauter als nötig. »Wo seid ihr denn alle?«

Die Badezimmertür ging auf, und Maddy kam zum Vorschein. Sie trug eines meiner alten T-Shirts, das über Bauch und Brüsten spannte, und das Handtuch, das sie um ihre Hüften geschlungen hatte, stand vorn einen Spalt offen und bot einen etwas zu tiefen Einblick. Auch sie hatte ihre Haare zurückgebürstet, sah schön und strahlend aus, erholt, abgekühlt und glücklich. Sie hatte auch ein Wassereis, ein rotes, und auch ihre Mundwinkel waren verfärbt.

Sie zeigte auf den Mörder. »Dank sei Gott für diesen Mann«, sagte sie, und dann sprudelte alles aus ihr heraus.

»Nachdem du weg warst, saßen wir hier, und ich dachte: Jetzt eine Dusche, eine kühle Dusche, um den Gestank abzuspülen. Aber die Wasserhähne funktionieren nicht, das Wasser ist so heiß, als käme es direkt aus dem Kocher – kein Tropfen kaltes Wasser.« Sie schüttelte den Kopf, schwenkte eine Hand in Richtung des lausigen Bades. »Also gehe ich zur Rezeption, aber da ist nur ein Junge, der sich nicht auskennt und sagt, er muss den Manager informieren, das kann aber bis morgen dauern. Das gibt mir den Rest, das ist wirklich unfassbar, und ich kehre zu diesem Loch zurück, und dann sehe ich den Transporter und denke: Ha! Glück im Unglück. Ich klopfe, und Mark öffnet, und ich erkläre ihm, was los ist, und er sagt: ›Kein Problem.‹ Er kommt sofort raus, holt sein Werkzeug aus dem Wagen und öffnet die Abdeckung unter den Wasserhähnen, und zwei Sekunden später ist das Wasser nicht mehr heiß, sondern herrlich kalt. Nicht eiskalt, aber kalt genug. Ich dusche Lila ab und wasche ihre Haare, und als wir aus dem Bad kommen, steht Mark noch einmal vor der Tür, hat gegenüber im Laden für jeden ein Eis gekauft. Ich frage, ob er kurz auf Lila aufpasst, während ich unter der Dusche bin, und er sagt wieder: ›Kein Problem‹, und nun bist du auch zurück. Und da sind wir alle.«

Währenddessen hüpfte Lila weiter auf dem Bett herum und nickte, und der Mörder genauso. Jeder hatte ein andersfarbiges Eis, und alle waren happy.

Ich bedankte mich bei ihm. »Was schulden wir Ihnen?«,

fragte ich. »Für Ihre Arbeit? Eilige Sachen oder Notfälle sind ja meist nicht ganz billig.«

»Ach was«, sagte er und winkte ab. »Was reden Sie da? Das war doch ein Klacks. Hat keine zwei Minuten gedauert.«

Er lehnte sich zurück, stützte sich auf die Ellbogen und sah hinauf zum Ventilator, beobachtete, wie die rotierenden Blätter die Luft durchschnitten. Der Luftzug drang bis nach unten und fuhr in die Haare, die unter seiner Baseballkappe hervorlugten.

»Wenn Sie wieder heißes Wasser brauchen, sagen Sie Bescheid, dann öffne ich die Leitung.« Er wies mit dem Kinn auf die Wand zwischen unseren Zimmern und lachte. »Wenn die Zwischentür aufginge, müsste ich nicht mal außen rum. Könnte mich einfach reinschleichen und die Arbeit erledigen, während Sie schlafen.«

Die Tür war mir bislang nicht aufgefallen – ich hatte sie glatt übersehen –, aber da war sie, in der gleichen Farbe gestrichen wie die Wand, damit sie nicht auffiel, direkt neben dem Kopfbrett unseres Bettes. Wahrscheinlich war sie seit Jahren nicht mehr geöffnet worden. Heutzutage sind Familien nicht mehr so vielköpfig, und man reist nicht mehr in großen Gruppen. Höchstens für Baseball-Turniere, dachte ich. Ja, für ein Baseballteam müsste man diese Tür vermutlich öffnen.

»Geben Sie Bescheid, dann erledige ich das sofort«, sagte er. »Ich stehe die ganze Woche rund um die Uhr für Notfälle zur Verfügung.«

Das war der Abend des einunddreißigsten. Wenn alles stimmt, was Zeitungen und Fernsehen berichten – und nichts, rein gar nichts deutet darauf hin, dass es nicht korrekt wäre –, dann ermordete er sein zweites Opfer, den jungen Mann, in genau jener Nacht. Wahrscheinlich nur wenige Stunden, nachdem er bei uns gewesen war, wahrscheinlich keine drei Meter von uns entfernt. Er kehrte unseren Wasserhähnen, dem Wassereis, unserem Bett und dem Deckenventilator den Rücken, verließ unser Zimmer und nahm den nächsten Job in Angriff. Die Frau war ihm schon Tage vor unserer Ankunft zum Opfer gefallen, aber es könnte sein – wäre sogar gut möglich –, dass der junge Mann schon im Nebenzimmer wartete, während Mark das süße Wassereis aus der Plastikhülle schlürfte.

Damals waren wir vollkommen ahnungslos. Wir hatten anderes im Kopf, mussten uns auf unsere Aufgabenliste konzentrieren. Es dauerte über ein Jahr, ja fast zwei Jahre, bis wir allmählich begriffen, was sich zugetragen hatte.

*

Ein Blick auf das Haus, und wir wussten, das war es. Es schien ein Signal auszusenden, das nur wir empfangen konnten. Maddy schrieb umgehend eine E-Mail, um 1:27 früh, und morgens vereinbarten wir sofort einen Besichtigungstermin. Die Maklerin holte uns mit einem silberfarbigen SUV vom Flughafen ab, und sie brauchte bestimmt keine dreißig Sekunden, um uns einzuschätzen. Das kostete sie nur einen Blick auf unsere Schuhe, Sonnenbrillen und Frisuren.

»Ja«, sagte sie. »Ich habe ein gutes Gefühl. Ich glaube, für Leute wie Sie ist das Haus goldrichtig.«

Hohe Decken, üppiger Stuck, schmiedeeiserne Kaminroste und Heizkörper, Gips und Lattenwerk, alles original erhalten. Ein alter Kamin, seit Ewigkeiten nicht betrieben, aber funktionstüchtig, eingebaut in einer Zeit, als noch andere Bauvorschriften und Gesetze galten. Wir fanden es großartig, dass alles beim Alten geblieben war, dass man nie renoviert, kein Propangas-Feuer installiert hatte.

»Diese alten Häuser haben Charakter«, sagte die Maklerin. »Man muss allerdings mit den Nachteilen leben können.«

Der Gutachter zeigte uns die Risse im Fundament, wies auf die Muscheln hin, die im sandigen Zement der Kellerwände enthalten waren und langsam zerfielen. Das Dach würde auf jeden Fall im Laufe der nächsten fünf Jahre erneuert werden müssen, und natürlich war der Schornstein ein Problemfall, aber wir schoben all das vorerst beiseite und rechneten die Sache durch. Wir hatten die weitaus höheren Immobilienpreise in Toronto, Vancouver und Ottawa im Kopf und gestatteten uns das Wort »Schnäppchen«, bevor wir uns dem Haus mit Haut und Haar verschrieben.

»Mein Stuhl kommt genau hierhin«, sagte Maddy und zeigte auf die schmale Nische, die sie bis heute liebt. »Meine Lampe kann dort stehen, das wird meine Leseecke. Dicht am Feuer, aber nicht zu dicht. Und ich kann eine Tasse Tee auf die Mauerkante stellen.«

Ich legte eine flache Hand auf die alte Mauer, als könnte ich auf diese Weise Nachrichten verschicken und empfangen. »Heißt das, wir haben uns entschieden?«, fragte ich. »Das soll es sein?«

Maddy sah mich mit großen Augen an, sie strahlte. »Ja«, sagte sie und klatschte dreimal rasch in die Hände. »Ja, unbedingt, auf jeden Fall. Genauso habe ich mir unser Zuhause immer vorgestellt.«

Der Job und die neue Stadt, eine Tochter und ein verlorenes Kind, doch ein weiteres unterwegs. Und nun das Haus. Wir sahen uns Kräften ausgesetzt, Kettenreaktionen, die wir nicht unter Kontrolle hatten. Unsere Körper waren ein Gewirr von Gewebe und Knochen und Nervenenden, archaischen Synapsen und sprühenden Rezeptoren. Elektrische Strömungen durchzuckten unser Gehirn, alle Signale waren verwirrend. Angeblich gibt es eine Bezeichnung für dieses Phänomen, diesen überwältigenden Nestbauinstinkt, der während einer Schwangerschaft akut wird und einen antreibt, sich auf ein neues Leben vorzubereiten. Vielleicht ist das die Erklärung oder schafft wenigstens etwas Klarheit. Vielleicht befanden wir uns in einer Phase extremer Veränderungen, ähnlich der Pubertät oder den Wechseljahren, vielleicht waren Hormone und chemische Prozesse im Spiel, ich kann es nicht genau sagen. Und ich bezweifele, dass es nur Frauen betrifft, denn der Drang war in mir genauso stark wie in Maddy. Ich war ebenso besessen. Ich wollte dieses Haus, dieses bestimmte Haus, und ich wollte es auf Vordermann bringen. Lange bevor wir es besaßen, als es noch anderen Menschen gehörte, einem älteren Paar, träumte ich von den Maßnahmen, die ich ergreifen würde. Die Hecke vor dem Haus ausroden, die hintere Terrasse erneuern, innen alles streichen.

*

Während unserer ersten Tage in der Stadt kannten wir dort niemanden außer dem Mörder, er war unser einziger Anker. Als wir sein Gesicht gut zwei Jahre später in den Nachrichten sahen, kam er uns vor wie ein alter Freund, den wir aus den Augen verloren hatten, jemand, der für sein ehrenamtliches Engagement geehrt wurde, endlich die verdiente Anerkennung erhielt.

»Ist das nicht Mark?«, fragte ich Maddy und zeigte auf den Fernseher. Das Verbrecherfoto, das bald bekannt werden sollte, füllte den gesamten Bildschirm aus, ein Foto, das ihn mit leicht geöffneten Lippen, zusammengezogenen Augenbrauen und der v-förmigen Stirnfalte zeigt, die tiefes Nachdenken suggeriert. »Der Klempner aus dem Motel, weißt du noch? Der Typ, der das heiße Wasser abgestellt hat. Das ist er doch, oder?«

Wie sich zeigte, hieß er tatsächlich Mark, und er war das fehlende Detail, ein jahrelang unbemerkt gebliebenes, aber entscheidendes Bindeglied. Wie im Fall eines Sternbilds oder eines raffinierten 3-D-Bilds, das sich erst erschließt, wenn man weiß, wie man gucken muss, war auch Mark eine Art Muster, ein Netz mit Verknüpfungen und Paradoxen, stets präsent, aber erst erkennbar, nachdem darauf hingewiesen worden war. Er war ständig unterwegs gewesen, hatte riesige Entfernungen zurückgelegt, und es gab keine augenfälligen Übereinstimmungen, was Opfer und Tatorte, das Timing oder seine Vorgehensweise betraf.

Kriminologen, die bei Fernsehinterviews von der Willkür sprachen, mit der er gemordet hatte, konnten ihre Bewunderung nur mit Mühe verhehlen. Sie nannten sein Verhalten »hochgradig inkohärent«, ich selbst habe diesbezüglich Zweifel. Ich denke, er hatte ein System, eine bestimmte Taktik, die es ihm gestattete, potenzielle Opfer zu studieren und etwas in ihnen zu erkennen, vielleicht eine Aura, die ihm verriet, dass es Menschen waren, die wie er durch die Welt vagabundierten. Menschen, ähnlich einsam wie er, die niemanden hatten, der für sie sorgte oder sich erkundigte, wo sie steckten. Alle Morde, die er begangen hatte, galten bis zu seiner Verhaftung als Cold Cases. Vor fünf Jahren eine Frau aus dem nördlichen New Brunswick, danach ein junger Mann aus dem Umkreis von Kenora, Ontario. Eine ältere Dame aus einer rein französischsprachigen Gemeinde in der Gaspésie.

Die junge Frau aus Esquimalt, praktisch ein Teil der Innenstadt von Victoria, war das erste Opfer. Ich muss oft an sie denken, stelle mir vor, wie sie ihren Heimatort verlässt, all die Gärten, Blumen und gewaltigen Bäume in British Columbia, die aussehen, als könnten sich hinter ihnen Dinosaurier verstecken. Insgesamt neun Opfer. Drei plus drei plus drei. Es war auf jeder Titelseite.

Seine Reise ging in Sasketchewan zu Ende. Eine Anhalterin hatte eine ungute Ahnung und lehnte die angebotene Fahrt ab, notierte das Kennzeichen und lieferte der Polizei eine Beschreibung des Fahrers und des Transporters. Das Nummernschild erwies sich als gestohlen, und die Polizei ortete umgehend ihr Handy über GPS – eine Chipkarte besiegelte sein Schicksal. Diverse Klicks und eine halbe Stunde später wurde er gestoppt. Nachdem er ausgestiegen war, legte er ein umfassendes Geständnis ab: Namen und Daten, die Orte, wo die sterblichen Überreste lagen. Er klappte den Fahrersitz des Wagens um. Darunter verbarg sich eine Sammlung von Kennzeichen und Magnetschildern, Letztere mit der immer gleichen Aufschrift, dem gleichen Eimer und den gleichen Tropfen, aber mit jeweils unterschiedlicher Vorwahl. Er ging fast überall als Einheimischer durch.

Er erzählte den Ermittlern von einem Motel in Nova Scotia, wo man die Zimmer wochen- oder monatsweise mieten konnte. Binnen acht Tagen hatten dort eine Frau von Anfang vierzig und ein Mann in den Zwanzigern gewohnt. Sie seien die Nummern vier und fünf gewesen. Er beschrieb seine Vorgehensweise, ob Chloroform und Panzerband, ob Spanngurte oder Plastikriemen. Er dozierte über Lösungsmittel, Abflussreiniger und Bakterien. Man untersuchte seine Werkzeuge mit Infrarotlicht, das alle Spuren enthüllte. Stunden später hielten Polizeiwagen und ein Laborfahrzeug auf dem Parkplatz des Motels. Man durchkämmte den Wald vor der Stadt mit Leichenspürhunden, die nach zwanzig Minuten fündig wurden. Das ging schnell, wenn die Hunde am richtigen Ort waren. Sie hatten Massengräber erschnüffelt, die vor über sechzig Jahren angelegt worden waren. Ihnen entging nichts, egal, wie lange es zurücklag, egal, wie gründlich ein Täter gewesen war. Am folgenden Vormittag erschienen dann Kamerateams und Übertragungswagen.

*

Kurz nachdem die Sache bekannt geworden war, gleich zu Beginn, als die Crews noch vor Ort und die Einzelheiten ungeklärt waren, klopfte eine Frau aus unserer Straße – ich kannte sie nur vom Sehen – an unsere Tür. Es war abends, Henry und Lila waren so gut wie im Bett. In der einen Hand hielt die Frau ein Einmachglas mit einem brennenden Teelicht darin, die andere hatte sie flach über die Öffnung gelegt, als enthielte das Glas einen gefangenen Schmetterling, der nicht entwischen sollte.

»Ja?«, sagte ich.

»Mein Name lautet Candance«, erklärte sie förmlich wie

eine Grundschülerin. »Wir organisieren ein privates Gedenken und halten heute Abend vor dem Motel eine Totenwache für das bedauernswerte Paar ab. Vielleicht möchten Sie auch kommen?«

Sie hatte diese Worte sicher vor zig Haustüren heruntergebetet.

»Nichts Großes, nur Kerzen und Blumen. Manche Leute werden wohl singen oder spielen, aber man kann auch still gedenken. Es beginnt in einer halben Stunde.«

Ich bedankte mich.

Die Einladung war ausgesprochen, und ich vermute, es gab eine Sekunde, in der ich bereit gewesen wäre, sie anzunehmen, einen Impuls, der mich drängte, mich an dem Gedenken zu beteiligen, mich mitreißen zu lassen, zumal mir eine solche Aktion – vielleicht eine einmalige Gelegenheit – neu war, aber schlussendlich ließ ich mich nicht darauf ein. Eine nüchterne, fast ungehörig kalte Seite meiner Persönlichkeit schaltete sich ein, und obwohl ich besser den Mund gehalten hätte, erwiderte ich etwas.

»Soweit ich weiß, waren die beiden kein Paar«, sagte ich und sah sie mit unbewegter Miene an. »Meine Frau und ich haben gehört, dass die Morde mit einem gewissen Abstand begangen worden sind, dass es zwei unterschiedliche Vorfälle waren. Die Opfer kannten sich nicht, glaube ich, sie sind einander wohl nie begegnet. Ich denke, zwischen den beiden gab es keine Verbindung.«

Die tiefe Verwirrung, die im Blick von Candance aufschien, wanderte über ihre Stirn und wich dann einer Erbostheit, die an Abscheu grenzte.

Sie fragte nur: »Vorfälle?« Und fauchte dann: »Für mich sind die beiden ein Paar. Und so denken hier viele Leute, man sieht keine einsamen Personen, sondern eine Verbundenheit.«

Sie machte kehrt und stampfte davon. Um ein Haar wäre die Kerze erloschen.

*

Hier nun alles Übrige. Was tatsächlich geschah, was wir selbst am einunddreißigsten Mai erlebten, am Abend vor der Schlüsselübergabe, am Abend vor dem Einzug in unser Haus, am Abend, als der junge Mann ermordet wurde und spurlos von der Bildfläche verschwand.

Auf unserer Seite der Trennwand im *Bide-a-While* hatten wir eine günstige Monsterflasche Sekt – anderthalb Liter Nicht-Champagner – in einen Papierkorb gestellt und einen halben Beutel Eiswürfel dazugetan. Während sie abkühlte, packten wir alles, was herumlag, ein und luden die Sachen ins Auto. Gegen zwanzig Uhr waren wir fertig, alle hatten ihre Schlafsachen an, und dann ging auch ich unter die kalte Dusche. Als sich das Wasser auf meine Brust ergoss, rang ich um Atem, aber nach einer Weile gewöhnte ich mich an die Kälte und entspannte mich, wusch mich mit der kleinen Seife und spülte mich anschließend ab. Das dauerte gut fünf

Minuten. Danach trocknete ich mich ab und zog die letzte frische Unterhose und mein letztes sauberes T-Shirt an. Ich wuschelte meine Haare zurecht und wollte ins Schlafzimmer gehen.

Dort stand Maddy. Sie reckte mir beide Handflächen entgegen, hielt sie direkt vor meine Nase. Dann zeigte sie auf unsere Tochter und legte sich einen Finger auf die Lippen.

Lila lag im zweiten Bett unter einer dünnen Decke auf dem Rücken, Arme und Beine gespreizt wie ein Seestern. Ihre Augen waren zu, ihr Atem ging tief und gleichmäßig.

»Wie das?«, flüsterte ich. »Betäubungspfeil? Hast du etwas in ihre Milch getan?«

»Nö«, antwortete Maddy, dann lächelte sie. »Sie ist von allein eingeschlafen, ein Sommerwunder.«

Sie griff Lilas schlaffe Hand beim Gelenk, hob sie an und ließ sie wieder auf die Matratze plumpsen. Keine Reaktion. Das Mädchen atmete unverändert gleichmäßig.

»Weggetreten«, sagte ich. »Komplett weggetreten. Unfassbar.«

Wir waren beide sauber, rochen auch besser als sonst. Hier bot sich eine Gelegenheit.

Ich küsste Maddy, und als unsere Zungen sich berührten, waren unsere Münder feuchter als üblich. Sie legte mir eine Hand auf den Hinterkopf, ließ ihre Fingerspitzen durch meine Haare bis zur Haut darunter gleiten und streichelte die Mulde zwischen den Nackenmuskeln.

Wir griffen nach dem Papierkorb, zogen uns ins Badezimmer zurück und schlossen die Tür bis auf einen schmalen Spalt. Zu zweit hatten wir kaum Platz, also stellte ich den Papierkorb in die Wanne und stieg dann selbst hinein. Die Flasche war schwer und mit Kondenswasser gesprenkelt, und ich löste die Alufolie und den Draht. Ich schüttelte sie ein wenig, sodass der weiße Plastikkorken mit einem gedämpften Ploppen in die Luft schoss, gegen die Decke knallte und zu Boden fiel. Sekt sprudelte über meine Hände, und wir füllten rasch die Zahnputzgläser.

»Dann prosit!«, sagte ich und hielt ihr das Glas zum Anstoßen hin. »Auf dies.«

»Ja, auf all das.« Maddy lachte und wies auf den Haufen nasser Handtücher in der Ecke neben der Tür.

Wir stießen an, leerten die Gläser auf ex und schenkten neu ein. Zum ersten Mal seit dem Beginn der Schwangerschaft trank Maddy etwas, aber es waren ja nur noch wenige Wochen bis zum Stichtag.

»Ein zweites Glas kann auch nicht schaden«, sagte sie und trank noch einmal.

Ich stieg aus der Wanne, und wir saßen aneinandergeschmiegt auf dem Rand. Unsere kleinen Zehen berührten sich. Die Kohlensäure trübte die Gläser, und das Bad war so klein und eng, dass wir das Platzen jeden Bläschens zu hören meinten.

Ich legte meine Hand auf die weiche Innenseite ihres Oberschenkels, mein Daumen streifte den Rand ihres Slips. Wir saßen gut dreißig Sekunden still und stumm da, während wir alles erwogen, dann machten wir Ernst und küssten uns noch wilder. Es war extrem eng, und wir mussten uns verrenken, um die T-Shirts auszuziehen, hätten uns beinahe gegenseitig die Ellbogen ins Gesicht gerammt. Während wir uns küssten, strich sie über meine Rückenwirbel und legte mir dann die Hand flach auf die Brust. Ich zog sie fest an mich.

Es war lange her, sehr lange her. Jede kleine Komplikation während der Schwangerschaft hatte Anlass zu tiefer Sorge gegeben, denn Henry sollte lebendig und gesund zur Welt kommen. Und wieder: Geheimnisvolle chemische Stoffe fluteten Körper und Gehirn, vor allem gegen Ende der Schwangerschaft, und wir glaubten, um jeden Preis ein fragiles Gleichgewicht wahren zu müssen. Unser Schwangerschaftsratgeber, den wir einander wie eine Beschwörung vorgelesen hatten, war gespickt mit rätselhaften medizinischen Begriffen und Bezeichnungen. *Progesteron, Oxytocin, Prostaglandine.* Nichts blieb gleich, es gab Reaktionen und Gegenreaktionen, die wir ertragen mussten, ohne sie erklären, geschweige denn vorhersagen zu können. Die Ärzte beteuerten, wir trügen keine Schuld an der Fehlgeburt, es sei nichts schiefgelaufen. Ein ganz natürlicher Vorgang, sagten sie, etwas, das oft passiere, nur empfanden wir die Sache anders. In diesem engen Badezimmer jedoch war alles wieder da, es fühlte sich an, als würde unser Inneres endlich wieder richtig funktionieren, Fahrt aufnehmen und in die passenden Bahnen strömen.

»Besser nur mit der Zunge«, flüsterte sie. »Bitte.«

Wir zogen das letzte frische Handtuch vom Halter und legten es auf den Klodeckel. Maddy spreizte die Beine, setzte einen Fuß auf den Badewannenrand, den anderen in den Schwanenhals unter dem winzigen Waschbecken. Sie stemmte die Hände links und rechts gegen die Wand, und ich ließ mich auf den Boden sinken. Meine linke Hand lag auf ihrem Bauch oder auf ihren vollen, straffen Brüsten, während ich die Finger der rechten Hand rhythmisch, aber behutsam hinein- und hinausgleiten ließ und zugleich den richtigen Punkt mit der Zunge liebkoste.

»Langsam«, hauchte sie. »Mach langsam.«

Nach einigen Minuten schob sie eine Hand in meine Haare und stieß mich zurück. Ich bewegte den Kopf nach links statt nach rechts und knallte gegen die Stahlstütze des Waschbeckens. Sie wollte, dass ich aufstand, doch als ich rückwärts zur Tür zurückwich, bohrte sich ein Haken in meinen Nacken.

»Geschickt«, sagte sie und musste lachen.

»Das ist nicht so einfach«, entgegnete ich.

»Jetzt du«, sagte Maddy. Sie legte das Handtuch vor der Kloschüssel auf den Boden und kniete sich darauf. Dann zog sie meine Shorts runter, nahm meinen Schwanz in den Mund und bearbeitete ihn gleichzeitig mit der Hand. Doch es geschah zu viel auf einmal, Ungewohntes und Vertrautes mischten sich, und ich konnte nicht loslassen. Ich sah mich im Bad um, stellte mir vor, wie wir weitermachen würden.

Stehend in der Wanne, im Hocken auf dem Fliesenquadrat. Keine Position wäre optimal, immer wäre etwas im Weg. Wir hätten hier nicht genug Platz, und die Zeit lief uns davon.

»Nebenan?«, flüsterte ich. »Vielleicht nebenan?«

Ich öffnete die Tür. Die Vorhänge des Fensters zum Parkplatz waren halb offen, und ein Strahl der sinkenden Sonne fiel direkt auf Lilas Gesicht. Sie schlief weiter, und ich eilte mit zwei, drei langen Schritten durchs Zimmer und zog die Velourvorhänge zu. Danach erglühten sie nur noch an den Rändern.

Maddy hatte sich auf das Bettzeug des anderen Bettes gelegt. Wenn Lila erwachte, würden wir uns nicht bedecken können.

»Meinst du wirklich?«, fragte ich.

»Aber ja«, sagte sie. »Das klappt schon. Komm. Rasch.«

Anfangs konnte ich nur an Lila denken, achtete auf jede kleinste Regung und dachte, Maddy und ich könnten uns notfalls vom Bett rollen und dahinter verbergen. Ich wollte nicht von einer Vierjährigen in flagranti ertappt werden, und es wäre sicher nicht gut, wenn sich ihr eine solche Szene einprägte.

Dann standen wir, und ich drückte Maddy gegen die Wand. Der Druck erhöhte sich, das Tempo auch. Von da an schaltete ich ab, weiß nicht mehr, was geschah oder in welcher Reihenfolge. In mir gab etwas nach, in uns beiden, und wir hatten nach zig Monaten der Reglosigkeit das Gefühl, wieder in Bewegung zu sein, unsere Aufgabe zu erfüllen.

»Auf dir«, sagte sie nach einer Weile. »Ich möchte auf dir sein.«

Ich ließ mich aufs Bett kippen, sie setzte sich rittlings auf meine Oberschenkel und stützte sich mit einer Hand am Kopfbrett ab. Sie bewegte sich heftig und ich genauso. Wir näherten uns dem Höhepunkt, verschwendeten keine Gedanken mehr an Henry. Heisere Laute entwichen uns, auch Worte, die wir normalerweise nicht benutzten. Mir war dunkel bewusst, dass es immer lauter und intensiver zuging, aber es war mir egal. Maddy wuchtete sich mit geschlossenen Augen rasant und energisch hin und her. Das Kopfbrett stieß rhythmisch gegen die Wand, die Lampenschirme zitterten. Wir steckten unser ganzes Gewicht, all unsere Kraft in jede Bewegung.

Ich keuchte, und meine Oberschenkel begannen zu brennen. Ich wollte gerade etwas sagen, als hinter der Wand drei dumpfe, aber laute Schläge zu hören waren. Sie ertönten in exakt gleichmäßigen Abständen, als wäre dort eine Maschine am Werk, die in Abständen immer wieder für zwei Sekunden innehielt. Ein dumpfer Schlag und noch ein dumpfer Schlag und noch ein dumpfer Schlag. Wir sahen einander schwer atmend an. Wir waren kurz davor, wussten aber nicht, ob diese Schläge ein Protest waren oder nicht. Vielleicht sowohl als auch – immerhin ertönten sie, während wir Sex hatten –, aber wir konnten sie nicht einordnen.

Die Geräusche ertönten etwa auf Höhe unserer Köpfe, sie schienen die Wand zu durchdringen wie eine Welle;

Vibrationen, wie man sie nach der Detonation eines Böllers in der Brust spürt, oder Erschütterungen, wie sie durch Bauarbeiten für eine Tiefgarage ausgelöst werden. Sie klangen, als würde nicht einfach eine Hand, ein Arm, eine Schulter Schläge gegen eine Stelle führen, sie klangen nach mehr. Ich legte den Kopf zurück und bildete mir ein, im Putz täte sich ein Riss auf und würde immer länger. Dann sah ich im Spiegel auf der Kommode gegenüber, dass wir unbeeindruckt weitermachten. Sie stieß ihr Becken auf und ab, und ich erwiderte die Bewegung. Sie war im siebten Monat schwanger, noch war Henry, unser zweites Kind, nicht auf der Welt. Seine große Schwester, Lila, schlummerte seelenruhig im anderen Bett. Sie schien weder den Krach nebenan wahrzunehmen noch den Lärm, den wir verursachten.

Ich starrte Maddy an, und unsere Blicke trafen sich, und sie schüttelte den Kopf. Bevor ich etwas sagen konnte, verschloss sie mir mit der freien Hand den Mund. Unser Rhythmus beschleunigte sich weiter.

»Nicht aufhören«, sagte sie.

Wir zogen die Sache durch. Es kam zu keiner Frühgeburt, unsere Tochter schlief bis zum nächsten Morgen durch, nebenan blieb alles still. Keine Geheimtür wurde geöffnet, kein Telefon klingelte, es wurden keine Beschwerden laut. Die Nacht des einunddreißigsten Mai versank rasant und vollständig in unserer gemeinsamen Vergangenheit, und am Morgen des 1. Juni begann unser neues Leben, das fast zwei Jahre lang währte.

Dann jedoch war sein Foto im Fernsehen, und die andere Geschichte – die viel größere, jene, die uns alle einschloss – nahm ihren Lauf. Die Detectives statteten uns einen Besuch ab, sie saßen mit uns am Küchentisch, während die Kinder oben schliefen. Wir erzählten ihnen fast alles – von unserem Umzug, den Übernachtungen im *Bide-a-While*, dem Haus, dem Sonnenspray, den Wasserhähnen, dem Wassereis –, was abends passiert war, verrieten wir aber nicht. Die dumpfen Schläge zu später Stunde – eine direkt an uns adressierte Botschaft oder auch eine, die auf dem Umweg über uns in die Welt hinausgetragen werden sollte – fanden keinen Eingang in den offiziellen Bericht. Als man uns zum Revier fuhr, sagten Maddy und ich getrennt vor jeweils anderen Beamten aus, unsere Aussagen deckten sich, sie wiesen an den gleichen Stellen die gleichen Lücken auf. Wir behielten die Geräusche jahrelang für uns, teilten diese Erinnerung mit niemandem.

Offenbar denken wir trotzdem oft daran. Die Erinnerung spukt uns oft im Hinterkopf herum. Die dumpfen Schläge und unser Schweigen bilden inzwischen eine Einheit, und die Folgen unserer Entscheidungen – dessen, was wir getan und unterlassen haben – sind, obwohl ich die alternativen Szenarien wiederholt durchgespielt habe, schwierig zu ermessen. Vielleicht haben wir, indem wir damals untätig blieben, unser Leben und das unserer Kinder gerettet. Vielleicht sind wir dadurch verschont geblieben. Andererseits würden manche Opfer vielleicht noch leben, wenn wir die Schläge, die wir gehört hatten, umgehend der Polizei gemeldet hätten. So gesehen könnten wir an den nachfolgenden Morden eine Mitschuld tragen. Vielleicht sind die Möglichkeiten, die unser Leben bot, durch das, was der Mörder nebenan tat, nachhaltig eingeschränkt worden. Schwer zu sagen. Ich kann die Grenze zwischen dem Privaten und der großen, weiten Welt nicht genau ziehen.

Immerhin weiß ich, dass unser Leben jetzt viel ruhiger verläuft. In unserem Haus herrscht eine Stille wie im Museum, Maddy wird früher müde, wir gehen zu unterschiedlichen Uhrzeiten zu Bett, teilen auch keinen Computer mehr. Jeder hat sein Gerät, ein iPhone mit immer größerem Display und immer besserer Fotoqualität, und wir benutzen das Ding, um uns auf jeweils eigene Art in den Schlaf zu wiegen. Keineswegs ungewöhnlich, wie ich finde. Sobald die Kinder schlafen, machen wir die Küche und gehen unter die Dusche. Anschließend sitzen wir zusammen, bis sie nach ein paar Minuten sagt: »Ich glaube, ich gehe rauf«, und dann küssen wir uns und wünschen einander eine gute Nacht. Wir entscheiden in unterschiedlichen Etagen und in unterschiedlichen Zimmern, was wir schauen, die Bilder und Töne spenden einen gewissen Trost. Sie tragen zur Entspannung bei. Maddy guckt bis heute gern *Forensic Files*, nicht zuletzt wegen der sonoren und beruhigenden Off-Stimme, oder sie schaut zum x-ten Mal ihre Lieblingsfolgen von *True Crime* oder *Grand Design* oder *House Hunters International*. Ich nehme an, es sind weitere hinzugekommen, neue

Serien, die sie streamt, wenn sie oben allein im Bett liegt, ich weiß es nicht genau. Ich erkundige mich nie, sie wiederum interessiert sich weder für die Siege oder Niederlagen meiner bevorzugten Sportteams noch dafür, was ich nach dem Ende der West Coast Games schaue. Wenn ich mich schließlich neben sie lege, bemühe ich mich, sie nicht zu stören, vermeide sogar jeden Körperkontakt. Wir müssen am nächsten Morgen fit sein.

Dieses Haus hat sich als richtige Wahl erwiesen, wir haben den Kauf nie bereut. Wände und Stuck bewahren bis heute den alten Charakter, alles ist von den Spuren und Geschichten der früheren Bewohner erfüllt. An manchen Abenden, wenn ich vor dem Feuer sitze, habe ich sie vor Augen, Generationen von Fremden, die an genau dieser Stelle gesessen, ihre Hände zur Wärme und zum Licht gestreckt haben. Sie sind alle verschwunden, das Haus gehört jetzt uns. Wir haben es nach unseren Bedürfnissen gestaltet. Unsere ganz eigenen Entscheidungen, unsere geheimen Sehnsüchte, Vorlieben und Abneigungen haben hier eine häusliche Gestalt angenommen, die nur wir zu würdigen wissen.

Trotzdem denke ich manchmal zurück und sehe uns damals, als alles begann, im Motelzimmer, im Spiegel. Wir sind zusammen, Maddy im siebten Monat schwanger, und heben gleich ab. Dann löst sich die Wand auf, und ich betrachte die Szene aus der Vogelperspektive, und er, nur wenige Schritte entfernt, rückt auch ins Bild, eine Hand erhoben, als warte er auf ein Zeichen. Bei anderen Gelegenheiten stelle ich mir vor, wie er stumm in einem anderen stillen Raum sitzt, der Gefängniszelle, in der er seine Strafe verbüßt. Ich stelle mir ein Bett vor, ein paar Bücher und das Klo aus rostfreiem Stahl. Mark und ich und Maddy und Lila und Henry: Niemand von uns weiß, wo er sich in seiner jeweiligen Lebensspanne verorten soll – ob wir alt oder jung sind, geborgen oder bedroht, dem Anfang oder dem Ende näher, auf der Schwelle des Todes stehend oder noch weit davon entfernt. Keiner von uns weiß, ob der entscheidende Augenblick längst eingetreten ist oder ob er noch vor uns liegt. Wir ziehen hinaus ins Leben und gehen unseren Weg, unser einziger Leitstern ist die Sehnsucht. Und wir nächtigen, jeder für sich, in Räumen, die nur vorübergehend unsere eigenen sind, die eines Tages andere Menschen beherbergen werden.

Dank

Diese Stories wurden, teils in früheren Versionen, in folgenden Literaturzeitschriften und Anthologien veröffentlicht. »Was die Toten wollen« erschien unter dem ursprünglichen Titel »Cousins« in *iLit Modern Morsels: Selections of Canadian Poetry and Short Fiction* (McGraw Hill Ryerson, 2012). »Die Schlüsselübergabe« erschien in der Anthologie *Sex and Death*, herausgegeben von Sarah Hall und Peter Hobbs (Faber & Faber/ House of Anansi Press, 2016). »Lagomorpha« erschien in *Granta 141* (2018), später noch einmal in *The O Henry Prize Stories 100th Anniversary Edition 2019*. Mein besonderer Dank gilt Madeleine Thien, Catherine Leroux, Rosalind Porter, Luke Neima und Laura Furman, die sich für diesen bestimmten Text eingesetzt haben. »Darf ich fragen, was Sie da anstarren?« erschien in französischer Übersetzung unter dem Titel »La Parade des Assumption Purple Raiders« in *A Dark Thread: Des Nouvelles Noires Inspirées Par Les Photographies De Henry Wessel* (Sonderausgabe, MACK Books/La Maison Européenne de la Photographie, 2019).

Ich danke Mark McCain und der Artworker Retirement Society dafür, mich mit Henry Wessels Fotografie bekannt gemacht und mich zur Teilnahme an der Ausstellung *Henry Wessel: A Dark Thread* eingeladen zu haben, die 2019 im Maison Européenne de la Photographie gezeigt wurde. Die Fotos, die »Darf ich fragen, was Sie da anstarren?« angestoßen haben – *Pasadena, Kalifornien 1974*, und *Pasadena, Kalifornien 1975* –, waren in dieser Pariser Ausstellung zu sehen.

Während ich an diesen Stories arbeitete, wurde ich durch Stipendien des Canada Council for the Arts sowie Arts Nova Scotia unterstützt. Einen besonderen Dank schulde ich Marilyn Smulders, der Vorsitzenden der Writers' Federation of Nova Scotia. Harold Hoefle, mein Erstleser, hat meine Seiten mit seinen Anmerkungen übersät. Seine Sorgfalt ist vorbildlich.

Meine Agentinnen, Jenny Hewson, Susan Golomb und Francesca Davies, haben mich mit exzellenten Ratschlägen versorgt. Jonathan Galassi, Jared Bland, Robin Robertson, Ana Fletcher und Željka Marošević haben viel zur Entwicklung der Stories beigetragen, und ich fühle mich geehrt, mit einem so guten verlegerischen Team zusammenarbeiten zu können. Jennifer Griffiths hat dieses Buch elegant gestaltet, Shaun Oakey und Melanie Little haben den Text genauestens lektoriert und Korrektur gelesen.

Zu guter Letzt gilt mein Dank Anita Chong, meiner altbewährten Lektorin bei McClelland & Stuart. Ihr scharfer Blick und ihr ausgeprägtes Gespür für Stories waren mir eine wichtige Hilfe. Ich habe ihr viel zu verdanken.

Jedes Mitglied meiner Familie hat zu diesem Buch beigetragen, und die Menschen aus der Curry Avenue und R. R. # 1 Inverness werden mir stets nahe sein. Ich habe auch den Garretts und Morrisons, den McCormacks und Ryalls zu danken. Während mühsamer Phasen wurde ich oft von Freunden beherbergt: Doug Vincent, nach seiner Façon, Michel Ducharme, *toujours dans la monde imaginaire*, Danny MacLennan, Jennifer VanderBurgh, Crystal Bona, Owen Gottschalk, Rich Tremain, Mark Kiteley, Drew MacAulay, Jason Petro, Seán Kennedy, Kris Bertin, Anakana Schofield und Andrew Steeves.

Unsere Kinder, Evelyn, John Robert und Frances lassen die ganze Welt in einem besseren Licht erscheinen. Manchmal wünschte ich, so würde es bleiben. Ich möchte auch Panda und Gunther würdigen, zwei Tiere, die uns auf den Boden der Tatsachen zurückgeholt haben.

Und Crystal Garrett, der stärkste Mensch, den ich kenne. Diese Texte wurden durch ihre Klugheit und ihr journalistisches Bedürfnis nach Klarheit geschärft. Sie erschien aus dem Nichts und nahm zu Beginn einer langen Busreise neben mir Platz. Seither haben wir zusammen eine Million Meilen zurückgelegt. Ich könnte für ihre Gesellschaft nicht dankbarer sein.

Die kanadische Originalausgabe erschien 2022 unter dem Titel »Animal Person« bei Jonathan Cape, einem Imprint von Penguin Random House Ltd., London.

Alistair MacLeod, »Im Herbst«. Aus: *Die Insel*, S. Fischer Verlag, Frankfurt 2003. Deutsch von Brigitte Jakobeit
Elizabeth Bishop, »Im Wartezimmer«.
Aus: *Gedichte*, Carl Hanser Verlag, München 2018.
Deutsch von Steffen Popp
Abdruck mit frdl. Genehmigung der Verlage.

MIX
Papier | Fördert gute Waldnutzung
FSC® C014496

Penguin Random House Verlagsgruppe FSC® N001967

1. Auflage

Luchterhand Literaturverlag, München,
in der Penguin Random House Verlagsgruppe GmbH,
Neumarkter Str. 28, 81673 München
Covergestaltung: buxdesign | Ruth Botzenhardt
unter Verwendung eines Motivs von © plainpicture,
modifiziert von Ruth Botzenhardt
Satz: Buch-Werkstatt GmbH, Bad Aibling
Druck und Einband: GGP Media GmbH; Pößneck

Printed in Germany
ISBN 978-3-630-87664-1

www.luchterhand-literaturverlag.de
www.facebook.com/luchterhandverlag